Adam
Zameenzad

Mein Freund Matt
und Hena
die Hure

Zu diesem Buch

Kimo und seine Freunde Matt, Golam und Hena brechen aus einem kleinen afrikanischen Dorf zu einer nächtlichen Wanderung auf, um den großen Geistertanz im Nachbarort zu besuchen. Aber das Abenteuer wird zum Totentanz, zu einer Odyssee durch die Schrecken eines Landes, das von Hunger und Bürgerkrieg heimgesucht wird, durch eine Welt, in der die Kinder nicht wachsen, sondern vor Hunger schrumpfen.

Nur der Lebensmut und die Weisheit der Großmama Zottelzitz bleibt ungebrochen in dieser Welt, vor der das Verständnis der Erwachsenen versagt. Kimo und seine Freunde geben nicht vor, etwas davon zu begreifen. Und eben deshalb vermag Kimo davon zu erzählen, mit Neugier, Sachlichkeit und erschütternder Heiterkeit. Erst als sie heimkehren in ihr zerstörtes Dorf, verschlägt es Matt die Sprache, und »in seinen Augen ist mehr Schmerz, als es auf der ganzen Welt gibt«.

Der Autor

Adam Zameenzad, 1947 in Lahore geboren, in Kenia aufgewachsen, studierte Philosophie, Persisch und Literaturwissenschaft in Pakistan, Großbritannien und Amerika. Heute lebt er in Südengland.

Adam Zameenzad

Mein Freund Matt und Hena die Hure

Aus dem Englischen von
Wolfgang Krege

Unionsverlag
Zürich

Die englische Originalausgabe erschien 1988
unter dem Titel *My Friend Matt and Hena the Whore*
by Fourth Estate, London
Die deutsche Erstausgabe erschien 1992
im Verlag Klett-Cotta, Stuttgart

Unionsverlag Taschenbuch 72
Diese Ausgabe erscheint mit freundlicher Genehmigung
des Verlags Klett-Cotta, Stuttgart
© 1988 by Adam Zameenzad
© für die deutsche Ausgabe J. G. Cotta'sche Buchhandlung
Nachfolger GmbH, gegr.1659, Stuttgart 1992
© by Unionsverlag 1996
Rieterstrasse 18, CH-8059 Zürich, Telefon 01-281 14 00
Alle Rechte vorbehalten
Umschlaggestaltung: Heinz Unternährer, Zürich
Umschlagbild: Momar Billy Djité
Druck und Bindung: Clausen und Bosse, Leck
ISBN 3-293-20072-9

Die äußersten Zahlen geben die aktuelle Auflage
und deren Erscheinungsjahr an:

1 2 3 4 5 – 99 98 97 96

Inhalt

Teil V: MEIN FREUND MATT
(wieder eine Art Anfang, diesmal anders)

Zum Gedenken an die kleine Mama Walters und ihre fünf Kinder: das unbenannte, BB, Benjamin, ET und Chu Chu, die alle binnen sechs Monaten nach dem Tod ihrer Mutter starben. Mögen ihre Leiber die Erde für die Hungernden düngen.

In der Hoffnung, daß das Leben auf diesem Planeten irgendwann ein Stadium erreichen wird, in dem kein Mann und keine Frau mehr die Schande erleben muß, noch so ein Buch wie dieses zu schreiben.

Teil I

DER GEISTERTANZ

(eine Art Anfang)

1

Matt, Hena, Golam und die Großmama Zottelzitz

Mein Freund Matt ist ein echter Klugscheißer. Er weiß alles, aber auch alles: warum die Vögel fliegen können und die Menschen nicht – unsere Scheiße ist tödlich für die unter uns; was die Mama Nashorn mit dem Baby Nashorn macht, wenn es frech ist – sie zieht ihm die Nase lang; wann der ungünstigste Moment ist, sich in der Nase zu bohren – nachdem man sich im Arsch gebohrt hat; wie erkennst du, wie groß ein Pimmel ist, wenn du ihn nicht siehst – du mußt ihn anfassen; was machen die Berggeister mit den Baumgeistern, wenn sie nachts tanzen gehen – sie treten sich in den Tälern auf die Füße. Er weiß auch, wann die Kühe wollen und wann sie nicht wollen, welche Wasserlöcher tief sind und welche flach sind, wo die Toten hingehn, wenn sie gestorben sind, welche Wolken Regen bringen und welche bloß ... Wenn ich euch alles aufzählen wollte, worüber Matt Bescheid weiß, könnte ich nie mehr aufhören. Ich erwähne hier nur manches vom Wichtigsten.

Und er ist noch jung! Immerhin zwar ein Jahr älter als ich, also zehn. Kein Kind mehr, würd ich sagen, aber noch ziemlich jung.

Ziemlich jung für so einen Klugscheißer, meine ich.

Und recht hat er auch immer. Wenigstens fast immer.

Und wenn er mal nicht recht hat, dreht er's trotzdem so, daß am Ende du dir blöd vorkommst. Als ob du selber schuld bist, wenn du ihm was glaubst. Als ob er bloß einen Witz gemacht hat, und du hast nicht kapiert.

Aber uns macht es nichts. Jedenfalls nicht soviel, daß

man's merkt. Denn drei Wimpernschläge später ist er wieder ein wahrer Kumpel, der sein Leben hergibt für einen Freund. Und darauf kommt es doch nur an, letzten Endes. Fragt die Großmama Zottelzitz, wenn ihr es mir schon nicht glaubt.

Sie ist auch so eine, die weiß alles. Nur noch mehr, weil sie so alt ist. Sie ist ungefähr vierhundertdreiundsiebzig Jahre. Mam sagt, sie ist nur dreiundsiebzig. Aber ich finde, vierhundertdreiundsiebzig ist besser.

Ich finde, vierhundertdreiundsiebzig ist besser, weil ich nämlich denke, wenn sie es schon einmal vierhundertdreiundsiebzig Jahre gemacht hat, dann macht sie es wahrscheinlich auch noch mal vierhundertdreiundsiebzig Jahre.

Das finde ich besser, weil ich nämlich möchte, daß sie nie stirbt.

Matt, Golam, Hena und alle anderen Kinder im Dorf wollen auch, daß sie nie stirbt. Weil wir sie so gern an den Titten zupfen.

Sie hängen und schlappen so herum, der Großmama Zottelzitz ihre Titten, wie lebendiges Leder. Sie will sie nicht neumodisch bedecken, sagt sie, denn das ist ordinär. Warum soll man verstecken, was die Geister so gemacht haben, und es liften, damit es nach was aussieht, was es nicht ist?

Wenn wir sie an den Titten zupfen, kommt sie uns hinterhergerannt und schimpft und tobt und droht, euch werd ich mit meinem Lendentuch erdrosseln. Wir rennen ein Stück, dann lassen wir uns hinfallen, damit sie uns kriegt. Und dann packt sie zu, und wie! Sie drückt uns und schwenkt uns in ihren Armen und gibt uns von ihren besten selbstgemachten Süßigkeiten, erzählt uns Geschichten von den guten Geistern und den bösen Geistern, von den guten Bergen und den bösen Bergen, von den guten Menschen und den bösen Menschen, vom guten Regen und vom bösen Regen, von den guten Tieren und den bösen Tieren und küßt und knuddelt uns kurz und klein. Und darum finden wir, sie soll nie sterben.

Matt sagt, sie wird aber doch sterben. Dieser Klugscheißer, ich haß ihn! Trotzdem bin ich sein bester Freund.

Golam ist auch sein bester Freund. Alle drei sind wir die besten Freunde. Matt sagt, ist nur richtig so, denn die besten Dinge im Leben kommen immer zu dritt. Ein Kopf plus zwei Augen, eine Nase plus zwei Löcher, ein Ding plus zwei Eier, ein Mund und ein Arschloch plus je zwei Backen – und so weiter und so fort.

Ein Matt plus zwei Freunde, Golam und Kimo. Kimo bin ich.

Hena ist auch unser Freund, aber irgendwie ist es mit ihr nicht dasselbe. Wir mögen sie, und wir mögen sie nicht.

Keiner weiß, wie alt sie ist, aber ich würde sagen, sie ist wenigstens neun, neuneinhalb.

Sie weiß nicht alles, nicht wie Matt und die Großmama Zottelzitz, aber sie weiß allerhand. Mehr als Golam und ich zusammen. Sie weiß immer, was einer denkt, ob er sich's anmerken läßt oder nicht.

Am besten weiß sie, was sie will und wie sie kriegt, was sie will. Egal was, egal wie. Natürlich hat sie es leicht, weil sie nämlich reich ist. Sie kann essen, soviel sie will und wann sie will, und niemand fragt, warum und wieso. Und sie hat allerhand Sachen. Ich kann euch gar nicht sagen, was das alles für Sachen sind, denn ich kenne sie selbst gar nicht alle. Ihr Dada läßt uns an ihre Sachen nicht ran.

Das meiste, was wir machen, machen wir zusammen. Meistens denkt Matt es sich aus und macht den Anfang; Golam und ich machen mit, meistens; Hena kommt später dazu, irgendwo, irgendwie – wenn sie will.

So wie neulich, spät am Abend, als Matt zu mir gerannt

kommt, lange nach Sonnenuntergang. Das ist nichts Neues. Niemand weiß, wann Matt schlafen geht und ob er überhaupt schläft.

Weil er nicht schläft, deswegen ist er so dünn und klein, sagt Großmama Zottelzitz, aber Matt ist es egal.

Er zieht gern nachts herum und sucht Vogelnester und schlafende Tiere. Er sieht, wo die Sterne langgehn, und trifft andere herumziehende Geister, und von denen hört er so allerlei. Und er kommt zu Entschlüssen.

»Morgen gehn wir nicht zur Schule«, sagt er. Das ist neu.

Anders als der Rest der Welt geht Matt gern zur Schule. Er ist so ein Klugscheißer, er spielt sich gern auf vor dem Lehrer – und vor uns allen!

Er kann die Sprache des Nordens und die Sprache des Südens; er kann Englisch lesen und schreiben, und er spricht noch eine andere Sprache des weißen Mannes. Er kann zusammenzählen und abziehen und malnehmen, und über die Wissenschaft weiß er alles, was es zu wissen gibt.

Natürlich kann er nicht halb so gut wie ich singen oder tanzen, und das ist doch das Wichtigste, sagt Großmama Zottelzitz. Aber sie hat etwas gegen Prahlereien, also wechseln wir lieber das Thema.

»Wir gehn nicht zur Schule«, sagt Matt ganz außer Atem, weil er den ganzen Weg bis zu mir gerannt ist.

»Warum?« sag ich.

»Warum!« sagt er, »warum – weil wir nach Gonta gehn, du Blödie, darum!«

Einfach so. Er sagt nicht: »Kommst du mit nach Gonta?« oder »wir könnten doch mal nach Gonta gehn, vielleicht morgen«, oder »ich hab gehört, in Gonta soll es schön sein um diese Jahreszeit«, oder irgend sowas Nettes. Nein, sondern ohne Wenn und Wie-wär's-denn: »Wir gehn nach Gonta, du Blödie.«

14

Gonta, das ist das nächste Dorf etwa zwanzig Stunden zu Fuß nach Westen. Gehört hab ich davon, aber mehr nicht. Weil es ziemlich nah bei der großen Stadt liegt, ist es sehr berühmt. So jedenfalls hab ich gehört. Die Idee, dort hinzugehn, hat schon was Aufregendes, aber davon will ich mir nichts anmerken lassen. Jetzt zeig ich ihm mal, wie stark ich bin. Daß ich meinen Kopf für mich hab.

»Ich glaube, ich mag morgen nicht nach Gonta«, sag ich. Er soll ja nicht denken, daß mich Gonta interessiert. »Morgen haben wir Geschichte, und Geschichte mag ich nun mal.«

Das ist nicht gelogen. Geschichte ist das einzige Fach in der Schule, das mir gefällt. Lauter so Geschichten. Ich glaube sie nicht, aber ich mag sie. Matt glaubt sie und mag sie nicht.

Er findet, sie machen ihm angst. Sie machen ihm angst, sagt er, weil sie wirklich wahr sind. Mir machen Geschichten mehr angst, die nur so ein bißchen wahr sein sollen, Geschichten von Gespenstern und Unholden und Monstern.

Matt fürchtet sich mehr vor richtigen Menschen. Er gibt es vor niemandem zu, aber so ist es. Ich weiß es, ich kenne doch Matt!

»Du willst morgen nicht nach Gonta?« sagt Matt, mit so einem fiesen Ton in der Stimme, daß man einfach die Ohren spitzen muß, weil man so gespannt ist, was nun kommt. »Na, macht nichts«, redet er weiter, immer noch mit diesem fiesen Ton, »denn wir gehn heute nacht schon nach Gonta.«

»Heute nacht!« rufe ich.

Ich meine, ich weiß ja, daß er meistens nachts herumspukt wie ein Gespenst ohne Namen, und viele, viele Male bin ich schon mit ihm gegangen – aber nach Gonta mitten in der Nacht? »Na, das sind etliche Tagesmärsche«, sag ich und stell es so hin, als wär es noch weiter, als es ist, damit es sich so richtig unmöglich anhört.

»Nein, so weit ist es nicht«, sagt Matt. »Da wären wir mitten in Bader, wenn wir so weit gingen.«

Bader ist die große Stadt weiter im Westen. Matt setzt mir weiter zu. »Bis Gonta kann es nur ein Tag sein oder zwei.«

»Weit genug, wenn du mich fragst«, sag ich. Wenn Matt so weit laufen kann, kann ich's schon lange. Ich bin ja zweimal so groß wie er. Beinah. Aber jetzt sind wir mal bockig.

»Wenn wir den Fußweg nehmen«, redet Matt weiter, »und uns nicht an die Hauptstraße halten, kürzen wir's um einige Stunden ab.«

Das macht mich nun doch nervös. Der Fußweg führt durch dichten Buschwald vor der Wüste, dann in die Berge hinauf. Niemand geht da lang heutzutage, wegen der Geschichten, die wir so hören.

»Aber ...«, sag ich.

Bevor ich weiß, was ich sagen will, sagt er: »Ich dachte, du hast die stärksten Beine im ganzen Dorf?«

Mir sollte was Besseres einfallen, als wegen solchen Geredes aufzustehen, trotzdem tu ich's. Grad, wie er sich das gedacht hat.

Aber was soll's? Denn schließlich, ich will ja mit.

»Was sagen wir denn Mam und Dada?«

»Was du sagst, weiß ich nicht, aber ich hab Ethlyne gesagt, sie soll Dada sagen, er soll sich keine Sorgen machen. Daß ich Montag zurück bin. Spätestens Dienstag.«
Ethlyne ist seine kleine Schwester.

»Dienstag«, knurre ich. »Aber das sind doch mehrere Tage!«

16

»Wir versäumen nur ein paar Tage Schule«, sagt er.

Es ist Donnerstag.

Das ist auch meine geringste Sorge. Daß ich die Schule versäume, meine ich. Aber davon rede ich nicht mehr, weil ich unbedingt mit will.

»Du hast mir noch nicht gesagt, warum wir nach Gonta gehn.«

Denn schließlich macht man sowas ja nicht alle Tage. Ich schätze, von den Älteren sind viele ihr Lebtag noch nicht in Gonta gewesen.

»Wirst schon sehen«, ist alles, was er sagt.

Es ärgert mich so, daß ich beinah beschließe, ich geh nicht mit.

Aber ich gehe mit. Ich gehe mit, bin aber sauer, was ihm grad recht ist, denn dann stell ich keine Fragen mehr. Ich stelle nie Fragen, wenn ich schlecht aufgelegt bin, und er weiß das. Der Klugscheißer, ich haß ihn!

Ich schreibe auf einen Zettel, daß ich für die Schule etwas »erforschen« gehn muß – ziemlich clever, find ich –, zieh eine Schnur durch den Zettel und leg sie meinem kleinen Bruder um den Hals. Dazu muß ich einmal kurz seinen Kopf anheben, aber nichts kann ihn wecken, und da ist nichts zu befürchten. Lesen kann er schon, also wird er Mam und Dada Bescheid sagen. Was sie dazu sagen, erfahre ich, wenn ich zurück bin.

Ich ziehe die Hose an und schmeiße die Schuhe in den Umhängebeutel, für alle Fälle. Obwohl Sommer ist, nehme ich den Schal um die Schultern – es kann ein bißchen kühl werden nachts, besonders über die Berge – und gehe auf Zehenspitzen aus der Schlafdiele ins Freie, einen Schritt vor Matt, grad so, daß er sehn kann, meine Beine sind wirklich größer und stärker als seine. Ihn kümmert es nicht. Oder wenn doch, dann läßt er es sich nicht anmerken.

Wir kommen zu dem kleinen Baum am Ende des Dorfes, hinter dem kleinen Hügel. Das ist gewöhnlich unser Treffpunkt.

Der Hügel ist kaum höher als ein Haus, aber dahinter kann uns niemand sehen. Und wenn wir hinaufkriechen, sehen wir unten so gut wie alles, denn das Dorf ist flach wie ein Brotfladen.

Die Nacht ist extraschwarz. Am Himmel sind Wolken, die das Sternenlicht mit schmierigen grauen Schals verhängen. Das und das kalte Schweigen zwischen uns machen den kurzen Weg lang. Kaum zu glauben, daß wir diesen Weg jeden Tag mindestens einmal machen. Jetzt ist es, als ginge man durchs Haus eines Fremden.

Als wir auf den kleinen Hügel kommen, ist Golam schon da und wartet auf uns. Das ärgert mich noch mehr. Es bedeutet, Matt hat mit ihm gesprochen, bevor er zu mir gekommen ist. Dann überleg ich es mir. Es bedeutet auch, Golam hat er allein kommen lassen. Mich hat er abgeholt. Das versöhnt mich ein wenig, aber das behalte ich lieber für mich.

Golam grinst über beide Backen. Er hat große weiße Zähne und das zufriedenste Lächeln, das man je gesehn hat. Wenn er lächelt, wird sein ganzes Gesicht anders, so wie wenn aus einem Tonbecher eine schöne Porzellantasse wird. Im Dunkeln sieht man nur die Zähne und das Weiße der Augen, aber man spürt, wie er sich freut. Da kann ich auch nicht mehr sauer sein.

Aber bevor ich ein Wort sagen kann, sagt eine spitze Stimme: »Ihr habt euch wohl Zeit gelassen, wie?«

O ihr Geister des Kots! Ich springe fast rauf auf den Hügel.

Hätt' ich mir denken können, aber ich hab's nicht geahnt!

Es ist Hena.

Sie hat einen großen Beutel neben sich und sitzt auf der bequemsten Stelle des Hanges, wo ein Müldchen im Boden ist, in dem grad ihr Popöchen Platz hat. Einen Arm hat sie auf einen schnörkeligen Felsbrocken gelegt, der auf der einen Seite heraussteht.

Auf lange Reisen nehmen wir Hena nicht gern mit. Überhaupt können wir sie für längere Zeit nicht ertragen. Es läuft drauf hinaus, daß wir rumrennen müssen und tun, was sie sagt. Was tun wir nicht alles für sie! Natürlich tut sie auch was. Aber immer nur, was sie mag. Und wir müssen auch tun, was sie mag. Wir können tun, was wir mögen, wenn es sie nicht interessiert, was wir tun. Aber wenn sie nicht mag, was wir tun, oder möchte, daß wir etwas anderes tun, dann müssen wir aufhören, zu tun, was wir mögen, und müssen tun, was sie mag.

Sogar Matt kann dagegen nichts machen.

Manchmal tun wir etwas, was sie mag und was wir überhaupt nicht mögen, und wir merken es nicht mal. Mit der Zeit gefällt es uns sogar. Manchmal jedenfalls. Manchmal tun wir zuerst so, als ob wir das gern tun, und glauben es dann selber. Meistens glauben wir es nicht, tun es aber trotzdem.

Meine schlechte Laune kommt wieder.

»Was macht die denn hier?« frag ich mich selber, aber die Antwort bleib ich mir schuldig.

»Was macht die hier?« frag ich den Baum. Er breitet bloß hilflos die Arme aus.

»Die nehmen wir doch nicht mit?« frag ich die Erde. Sie spuckt mir Staub in die Augen.

»Oder sollen wir?« frag ich Golam. Er zittert von Kopf bis Fuß und bewegt die Lippen, aber ich höre keine Wörter. Nur einen Seufzer.

»Sollen wir?« frag ich Matt.

»Mußt du wissen!« Jetzt ist er sauer auf mich. »Auf dich ist sie doch scharf.«

»Wie kommt's dann, daß sie immer mit euch beiden herumhängt?«

»Kinder, Kinder, zankt euch nicht meinetwegen!« steigt Henas schrille Stimme bis zum spitzesten Ton.

Sie dringt mir ins Ohr wie Nadeln des Nordwinds.

Etwas in der Art, wie sie spricht, und das Wort »Kinder« – und das auch noch vor Matt! – verraten mir, daß ihr heute alles zuzutrauen ist.

Sie steht auf, fällt beinah hin, als sie ihren Beutel vom Boden aufhebt, findet das Gleichgewicht und geht los, zum Dorf hin. Ich stelle mich erleichtert, aber mein guter Geist sagt mir, sie hat noch etwas im Ärmel.

Nein, nicht im Ärmel. Sondern in ihrem Beutel.

Matt hat sich's schon gedacht.

»Wart ab!« Er stößt mich in die Rippen, gegen die dritte von unten links, da wo bei manchen Leuten der Bauch ist.

»Wart ab!« sagt er noch mal und stößt mich noch mal mit seinem dünnen, spitzen Ellbogen. Es fühlt sich an wie ein Stich in den Knochen. »Sie hält an, bevor sie zwölf Schritte weit ist, und dann zieht sie etwas aus ihrem Beutel und piepst los.«

Ich zähle die Schritte nicht mit, aber sehr weit liegt er nicht daneben.

Hena bleibt stehn, zieht eine Taschenlampe aus dem Beutel, knipst sie an und leuchtet damit umher. »Sowas ist nützlich«, sagt sie, »besonders, wenn man weiter gehn will, als die Fledermaus fliegt.«

Sie wartet auf eine Reaktion.

Es macht uns Eindruck, aber wir sagen nichts. »Besonders, wenn es so stockfinster ist wie heute«, sagt sie weiter. »Besonders in den Wäldern.«

Ich werde schon unschlüssig und will etwas sagen, aber

Matt kneift mich in den Arm. Erstaunlich, wie stark er kneifen kann mit seinen knochigen Fingern.

Hena steckt die Taschenlampe wieder in den Beutel, wühlt darin und holt eine große, runde Uhr heraus. Die Ziffern leuchten fast im Dunkeln.

Sie tritt näher zu Golam und sagt: »Kannst du sehn, wie spät es ist? Ich hab was im Auge.«

Sie weiß, wie gern Matt immer eine Uhr haben möchte.

Er hat so eine Macke mit der Zeit. Er läßt sich davon bezaubern wie die Kobra von der Flöte. Eine Armbanduhr tragen, einmal die Hand umdrehen und sagen können, wie spät es ist, davon träumt er.

Dieses große, schwere Ding hier natürlich kann man nirgendwo am Körper tragen. Aber immerhin hat man die Zeit.

»Einen Wecker hat sie auch«, fügt Hena hinzu, während wir immer noch den Mund halten.

Diesmal holt Matt Luft, als ob er was sagen wollte, aber nun kneife ich ihn in den Arm.

Eine Taschenlampe und eine Uhr: sie ist reich, die Kleine! Und schlau wie der Geist des linkshändigen Untiers.

Aber wir halten stand. Wir wollen Hena nicht drei Tage und drei Nächte lang bei uns haben. Das läuft auf Arbeit hinaus oder auf Streit.

Sie holt ein Bündel Schals aus ihrem Beutel, eine Flasche mit Ziegenmilch, Fladenbrot, getrocknetes Fleisch, halbreife Mangofrüchte, eine Ananas, eine Kokosnuß, ein Feuerzeug und ein Transistorradio. Es funktioniert nicht, aber trotzdem ist es ein Transistorradio.

Gegen all das kommt man nicht auf.

»Woher hast du denn überhaupt gewußt, was wir vorhaben?« frage ich Hena, als wir losgehen, in Richtung auf die Bäume, die dunkel vor dem dunklen Himmel stehn.

Eine halbe Nacht weit ist es bis dahin.

Sie sagt nichts, sie bleibt am liebsten still und geheimnisvoll.

Golam, links neben mir, kommt aus dem Tritt. Ich wette, sie hat ihn im Griff oder besticht ihn. Vielleicht beides.

Der Rücken tut mir weh unter dem Gewicht ihres Beutels. Matt plant, Hena trickst, Golam grinst, und ich, ich kriege die schweren Sachen zu tragen. Immer dasselbe.

Matt sagt, ist nur richtig so.

Er hat Hirn, darum benutzt er's.

Golam hat ein schönes Lächeln, und das benutzt er.

Hena hat Haken und Ösen im Kopf, und die benutzt sie.

Ich habe Körperkraft, also muß ich die benutzen. Irgendwie muß ich ihm recht geben und irgendwie auch wieder nicht. Ich meine, es hört sich gerecht an, aber ob es das ist? Ich meine, für Golam wär es dann doch ein bißchen leicht. Für Hena auch, sogar für Matt. Und ich, ich kann mich abschleppen, daß mir die Beine weh tun und die Arme steif werden.

Matt sagt: »Sieh's doch mal so an! Wenn was schiefgeht, oder du kannst nicht mehr, dann können wir dir die Last abnehmen. Aber du kannst mir nicht mein Hirn abnehmen oder Hena ihre Tricks oder Golam sein Grinsen, oder doch? Kannst du's?«

So sagt er, der Klugscheißer!

Es kommt mir trotzdem nicht gerecht vor.

Ich gehe eine Weile so weiter, dann bleib ich stehen, denn nun ist mir eingefallen, was ich dazu noch sagen kann.

»Ändert nichts dran, daß ich müd werde«, sag ich. »Groß und stark sein heißt nicht, daß man nicht müd wird.«

Ich bin ganz stolz auf diesen Gedanken.

»Denkst du, ich werde nicht müde vom Denken?« antwortet er.

»Und Golam zerreißt sich das Gesicht beim Lächeln, meinst du?« sag ich, und es wäre mir recht, wenn es stimmen würde.

»Er hilft dir doch, wenn's nötig wird, oder etwa nicht?« Das stimmt nun auch wieder, darum halte ich den Mund und gehe weiter.

»Du kannst Kimo seine Last abnehmen«, höre ich Henas Stimme zu Matt sagen, »aber kannst du ihm auch seine Kraft abnehmen? Kannst du's? Kannst du's?«

Sie ist die einzige, die es mit Matt aufnimmt.

Mein Herz fliegt ihr zu, trotz ihrem Gesicht.

Aber so schnell gibt sich Matt nicht geschlagen.

»Nein. Aber ich kann dir deine Gosche abnehmen, aber ich will dir deine Gosche nicht abnehmen«, sagt er ganz ruhig.

Ich versteh nicht, was das heißen soll, aber darauf hält sie den Mund.

Matt kann jedem das Maul stopfen, sogar den Lehrern, sogar Hena.

Nur Golam nicht, weil der es sowieso nie aufmacht. Nur um zu grinsen.

Heraus kommt bei dem Streit, daß die Sachen verteilt werden. Matt nimmt die Uhr, das Radio – obwohl keine Batterien drin sind – und das Feuerzeug. Matt haßt Zigaretten, liebt aber die Feuerzeuge, mit denen man sie anzündet. Er sieht gern Feuer. Golam trägt das Futter. Hena behält ein Stück Tuch, einen Spiegel, Kämme, ein Stück Seife und noch so ein paar unnütze Sachen. Ich trage die Schals und von allen die Schuhe. Am Ende ist mein Pakken schwerer als vorher.

»Sieh's doch mal so an«, sagt Matt, »wir werden die

Schuhe bald brauchen und dann auch die Schals, vielleicht«
– das Vielleicht fügt er hinzu, weil er Schals und Schuhe
nicht mag –, »und dann bist du am besten dran.«

Ich sage gar nichts.

»Ach, schon gut«, sagt er, »nun schmoll nicht! Ich nehm
dir ja schon was ab.«

Aber ich gehe mit allem weiter.

Überrascht ihn gar nicht, denn so bin ich nun mal,
wenn ich so bin.

Golam hält mich an, steckt die Hände in meinen Beutel,
nimmt ein paar Schals heraus, schlingt sie sich um die
Schultern und grinst. Ich grinse zurück.

Kaum sind wir zehn Schattenlängen eines Baumes weiter,
da höre ich Worte von Hena an meinen Ohren vorüber-
pfeifen. »Hoffentlich lohnt sich's. So weit zu laufen und das
ganze Gezänk für diesen Geistertanz!«

Mir geht ein Licht auf. Jetzt versteh ich. Da will Matt
mit uns hin! Zum Geistertanz in Gonta, der ist jedes Jahr
um diese Zeit. Von Nord und Süd und Ost und West
kommen die Häuptlinge und die Stämme zusammen, um
für die Geister zu tanzen. Und die Geister kommen dann
auch von Nord und Süd und Ost und West, um teilzunehmen und allen, die für sie tanzen, mitsamt ihren Freunden
und Verwandten, Glück und Segen zu bringen. Glück und
Segen und Heilung von ihren Krankheiten für ein ganzes
Jahr bis zum nächsten Geistertanz.

Und den Geistern zu Ehren gibt es im Dorf einen großen Jahrmarkt mit Rutschbahnen, Karussells, Kino und
sogar einem Zirkus, alles als Zugabe zu dem Tanz.

Der Tanz ist so berühmt, daß sogar die mitmachen, die
nicht an die Geister glauben: die Christen (einen oder zwei
gibt es bei uns im Dorf) und die Moslems (Golam ist einer). Manchmal einfach aus Freude am Tanzen; oft, weil

sie im Herzen doch noch an die Geister glauben, wie ihre Väter. Und die Väter ihrer Mütter.

Die Kinder Mosis allerdings, die nicht. Die nehmen nie an dem Tanz teil. Aber sogar sie kommen zum Jahrmarkt. Und weiße Männer kommen auch.

Matt hat es schon immer mit Geistern und Göttern und dergleichen gehabt. Er redet nicht oft über sie, aber er hat ein Gefühl für sie. Er möchte über sie Bescheid wissen. Er möchte über alles in der ganzen weiten Welt Bescheid wissen. So ist er nun mal. Neugierig wie ein schwarzer Panther. Und nie zufrieden.

»Wieso weiß Hena Bescheid?« frag ich. Das frag ich oft, aus gutem Grund. »Wieso weiß Hena, daß wir zum Geistertanz gehn?«

»Wie Hena sowas eben weiß!« sagt Matt und läßt seine Schultern auf und nieder rucken. »Schwarze Magie. Eine Hexe, das ist sie!«

»Vielleicht bin ich eine und vielleicht nicht«, sagt Hena, und dann wird sie wieder still und geheimnisvoll.

Solange sie es nicht von Matt weiß, ist mir's egal. Wenn sie es von ihm wüßte, das hielte ich nicht aus. Wenn nicht, ist mir's egal.

Es wundert mich. Aber es ist mir egal.

Ehrlich gesagt, es wundert mich auch gar nicht. Es würde mich nicht wundern, wenn Hena wirklich eine Hexe wäre. Oder, noch schlimmer, der Geist einer Hexe.

»Es ist jetzt dreizehn Sekunden und dreiunddreißig Minuten nach neun Uhr abends«, sagt Matt. Ich weiß nicht, warum er das sagt, aber er sagt es. Es ist früher, als ich dachte. Wegen der Wolken denkt man, es ist später.

Matt sagt noch etwas, aber seine Stimme verschwindet im Donnern eines Flugzeugs, das so niedrig fliegt, daß man den Kopf einziehen möchte.

Wir sind nun vier volle Stunden und vierzehn Minuten gelaufen. Ich weiß es so genau, weil Matt immerzu die Zeit ansagt. Er sagt, er macht es in regelmäßigen Abständen. Ich sage, er macht es immerzu.

Matt sagt, bevor wir Rast machen, sollten wir vom Dorf weit genug weg sein, daß unsere Dadas, wenn sie uns suchen wollen, müde werden und umkehren.

Ich bin müde. Golam ist müde. Matt ist müde. Sogar Hena ist müde, obwohl sie sagt, sie ist nicht müde.

Ich sage, jetzt kann nichts mehr passieren, wenn wir für den Rest der Nacht ausruhen. Matt sagt, es ist am besten, wir gehen bis zu dem Waldgestrüpp und suchen uns eine Stelle unter den Bäumen. Dann können wir uns verstekken, sogar wenn jemand so weit kommt.

Ich glaube, niemand wird uns nachkommen. Ich glaube, niemand wird überhaupt nach uns suchen. Mein Dada traut mir nicht, aber Matt traut er und wird denken, es ist O.K. Golam hat keinen Dada. Henas Dada hat viel Land und viel zu ernten, aber nichts im Kopf. Sowieso ist er meistens betrunken, und schon darum wird er sich wohl nicht rühren. Außerdem traut er Matt, genau wie mein Dada.

Und es ist ja auch nicht das erste Mal. Wir sind schon öfter fort gewesen und wohlbehalten wiedergekommen. Wenn einer von uns allein fehlen würde, oder eine, wenn es Hena wäre, dann würden sie sich Sorgen machen. Aber wo wir nun alle weg sind, da werden sie nur die Augen rollen, ein paar Seufzer und spitze Worte ausstoßen, aber mehr nicht.

Aber Matt geht gern auf Nummer Sicher. Das macht er immer, wenn er sich etwas in den Kopf gesetzt hat, und er will nun mal zu dem Geistertanz. Den will er auf keinen Fall versäumen. Da darf ihm nichts dazwischenkommen, und darum humpeln wir weiter zum Waldrand hin.

Ein Glück, es ist nicht allzu weit. Nicht mehr.

Jetzt sind wir da. Wir bleiben stehen und bestaunen die Höhe der Bäume. Und die Stärke der Bäume. Und die Magie der Bäume. Mein Dada glaubt, unsere Familie stammt von den Baumgeistern ab. Darum werden wir auch so groß und sind stark gebaut und leben lange. Matt denkt manchmal, er ist der Geist des Fuchses: klein, hübsch (denkt er) und gescheit. Aber meistens glaubt er, er ist der Geist des schwarzen Panthers, weil er nämlich immer nachts unterwegs ist und immer nach etwas sucht, ohne zu wissen, was. Ich weiß nicht genau, ob der schwarze Panther das auch macht, aber Matt sagt, er macht es.

Wenn Hena nicht der Geist einer Hexe ist – aber sie ist einer –, dann ist sie der Flußgeist: trüb, tief, gewunden und unzuverlässig. Mal trocken, mal überschwappend.

Golam darf an »all solchen Quatsch« nicht glauben, aber ich bin ganz sicher, heimlich glaubt auch er, daß er der Geist von irgendwas ist. Ich denke, er ist der Geist des Wolfs, wegen der Zähne.

Einen Schritt in den Wald hinein, und es wird schwarz wie die Hölle, wenn das Feuer aus ist. Draußen im Freien fanden wir es schon stockfinster, aber jetzt, hier drinnen, finden wir nicht mehr, daß es draußen finster war.

Matt sagt, das ist gut so. Da sind wir sicher. Was er bloß immer mit seiner Sicherheit hat! Komisch, wo er doch oft unterwegs ist und mit bloßen Händen Schlangen und Eidechsen fängt. Unser Lehrer sagt, das ist nicht gerade ungefährlich, aber mein Dada sagt, ein Mann muß sowas lernen. Ich, wenn ihr mich fragt, ich will davon lieber nichts wissen. Matt sagt, er macht es wie der Fuchs oder der schwarze Panther: lebe gefährlich, aber geh auf Nummer Sicher!

Aber so sicher sind wir in den Wäldern gar nicht, wie ihr noch sehn werdet. Geschieht ihm recht, weil er so hochnäsig ist!

2

Der arme nackte Mann, der das schmutzige weiße Gewand angehabt hatte

Ich lasse mich nicht gern schütteln, wenn ich wach bin. Ich hasse es, wenn man mich aus dem Schlaf schüttelt. Jetzt wache ich auf, weil man mich wachschüttelt, nachdem man mich schon aus dem Schlaf geschüttelt hat.

Matt ist es, wer sonst! Seine knochigen Finger drücken sich tief in meinen Arm, wie Adlerklauen. Ich werde auch zu den günstigsten Zeiten nicht schnell wach. Nach einem langen Tag und einer langen Nacht und einem langen Fußmarsch dauert das Wachwerden lange wie der Tod.

»Kannst du was hören?« höre ich Matt sagen.

»H ... h ... hwas, was?« grummle ich – so nennt Matt das, was ich mache, wenn ich im Schlaf murmele.

»Kannst du was hören?« sagt Matt noch einmal.

»Ja«, bringe ich durch meine schlafgeschwellten Lippen heraus.

»Und was denkst du, was es ist, was du hörst?«

»Ich höre, wie du sagst, ›kannst du was hören?‹«

»Das mein ich nicht, du Blödie!«

Ich habe mir schon immer vorgenommen, das nächste Mal schrei ich, wenn er Blödie zu mir sagt, aber getan hab ich's noch nie. Ich finde, dies ist eine gute Gelegenheit, es mal zu probieren.

Ich schreie.

Er erwürgt mich beinah.

»Was fällt dir ein?« brüllt er flüsternd.

»Was fällt dir ein?« flüstere ich brüllend. Es ist kein lautes Flüstern, denn meine Kehle ist noch zu, obwohl er die linke Hand nicht mehr vor meinen Mund und die rechte nicht mehr um meinen Hals hält.

Beide Hände haben wieder meine Arme gepackt, und ich werde wieder geschüttelt. Matt kann nicht verstehen, warum ich so lange brauche, um wach zu werden. Ihm fällt das leichter. Beim kleinsten Geräusch oder Luftzug ist er aus dem Bett, schnell und flink wie ein Furz.

Für alle Fälle legt er mir wieder die Hand auf den Mund und sagt: »Mach jetzt bloß kein Geräusch! Hör mal! Hörst du nichts?«

Ich gebe mir alle Mühe, aber meine Ohren sind noch am Träumen. Träumen von nichts, der süßeste aller Träume.

Aber alle Träume haben ein Ende, sagt die Großmama Zottelzitz. So auch dieser. Ich höre etwas wie ein Rascheln, wie wenn sich Blätter bewegen. Nicht, wie wenn jemand über Blätter läuft, nur so wie Blätter, die sich bewegen.«

»Wie wenn sich Blätter bewegen«, sag ich.

»So kommt's mir auch vor. Blätter in Bewegung.«

»Aber warum sollten Blätter sich bewegen?« sagen wir beide sozusagen gleichzeitig.

Es weht nicht das leiseste Lüftchen. Es müßte aber schon ein mächtiger Wind sein, der in dieses Dickicht eindringen und die Blätter am Boden aufrühren könnte (das Geräusch ist wie von Blättern am Boden, nicht an den Bäumen).

Die Blätter rings um uns liegen schön still, eines im Schoß des andern. Das unheimliche Rascheln kommt in regelmäßigen Abständen, nicht ganz regelmäßig, aber ziemlich.

»Sie gehn nachts um«, sagt Matt mit fast verschluckter Stimme. Ich hab ihn noch nie so flüstern hören. Es schüttelt mich innerlich, wie seine Hände meinen Körper geschüttelt haben. Ich blicke zu ihm auf, aber es ist immer noch stockfinster, und ich kann sein Gesicht nicht sehen. Nicht mal die Augen, jedenfalls nicht richtig.

»So hört sich das nicht an, wenn ein Mann geht«, sag ich, »auch nicht, wenn es eine Frau oder ein Kind ist. Und wenn das ein Tier ist, dann freß ich meine Schuhe!« Ich erschrecke selbst, wie ich das sage, denn mein Dada hängt mich an den Zehen auf, wenn ich meine Schuhe nicht heimbringe. Und wenn es nun doch ein Tier ist, dann wird Matt dafür sorgen, daß ich sie esse.

Aber er achtet gar nicht auf das, was ich sage.

»Sie gehn nachts um«, sagt er wieder.

Ich krieg es mit der Angst, seinetwegen. So hab ich ihn noch nie erlebt.

Alles, was mir einfällt, ist, zu wiederholen: »So hört sich das nicht an, wenn ein Mann geht, auch nicht ...«

»Ich hab's ja gehört«, unterbricht er mich, und ich bin ganz froh, denn ich hab gar keine Lust, alles noch mal von vorn zu sagen. »Ich rede nicht von Mann, Frau oder Kind – oder Tier. Das sind sie.«

Allmählich wird es mir zu bunt. »Sie! Wer ist sie?« frage ich knurrig.

»Die Geister.«

Plötzlich bin ich hellwach.

Plötzlich versteh ich Matts Benehmen.

»Gehn die zum Tanz?« flüstere ich. »So wie wir?«

Ich bin nicht so verrückt nach Geistern wie Matt, aber interessieren tun sie mich auch. Klar, wen interessieren sie nicht?

Das Geraschel scheint schneller und weniger regelmäßig zu werden, dann hört es auf. Nun erwarten wir Stille. Wir hören andere Geräusche. Undeutliche Geräusche, für die wir keinen Namen wissen.

Wir horchen. Wir horchen voll Angst und Hoffnung.

Angst, es mit wütenden Geistern zu tun zu bekommen;

Hoffnung, gutgelaunten Geistern zu begegnen. Voll Angst und Hoffnung stehen wir auf und gehen ohne einen Gedanken in Richtung der geheimnisvollen Geräusche. Beide halten wir uns für Asse im Verfolgen von Zeichen und Lauten.

Diesmal sind wir nicht so gut.

Die Bäume und Büsche lassen die Geräusche bald durch, bald halten sie sie auf. Wir kommen ihnen näher und sind immer noch weit weg.

So geht das eine Ewigkeit, bis wir an eine Stelle kommen, wo die Bäume höher sind als mein Dada zehnmal übereinandergestellt, und dunkler – was ungewöhnlich ist, denn mein Dada ist dunkler als die Nacht. Die Büsche duften so lieblich wie meine Mam, und ich schmiege mich dicht an sie. Alles hier ist vollkommen still.

Wir denken, wir sind entweder zu weit abgekommen oder die Geister haben uns gehört und sind nun ganz still. Wir denken, wir sollten am besten umkehren und zurückgehen. Wir denken, wir haben uns verlaufen. Wir denken, jetzt sind wir wirklich in Nöten.

Als wir den Geräuschen nachgingen, sind wir von dem schmalen Weg abgekommen, der von jahrelanger Benutzung ausgetreten ist, und befinden uns nun auf hartem Boden mit kleinen Erhebungen und einem Büschel scharfem Gras hier und da.

Wir haben Angst. Ich jedenfalls, und ich bin mir sicher, Matt auch.

Wir spähen auf dem Boden umher, um zu sehen, ob wir unsere Spur zurückverfolgen können, aber dazu ist es zu dunkel. Matt flucht über die Dunkelheit, was verrät, daß er sich Sorgen macht, denn sonst kann ihm keine Nacht finster genug sein.

Wie sich zeigt, ist die Dunkelheit gut.

Plötzlich sehn wir ein schwaches Flackern von blassem

Licht. Es ist so schwach, daß wir es nicht bemerkt hätten, wenn die Nacht nicht so dunkel wäre. Es schimmert durch die dunklen Bäume, verschwindet und scheint wieder auf.

»Die Lichtfrau!« ruft Matt, gegen die erste Regel der Fährtenjagd.

Die Lichtfrau ist die beste von allen Geistern. Sie ist die Mutter des Lebensgeistes.

Kein Wunder, daß Matt vor Aufregung die erste Jagdregel vergißt! Wer der Lichtfrau begegnet, wird in alle Ewigkeit leben.

Eine Weile bleiben wir vollkommen starr, dann, ganz sachte und langsam, um die Geister nicht zu erzürnen oder zu erschrecken, bewegen wir uns auf die Bäume zu, durch die wir das Licht haben schimmern sehen.

Dichte Büsche stehen vor uns. Wir fahren zusammen, als einer der Büsche umfällt, als wir aus Versehen mit den Füßen dagegen stoßen. Wir merken, er ist dort hingestellt worden und nicht dort gewachsen. Dann finden wir noch andere, ebensolche. Dies wird immer seltsamer. Wer sollte so viele dichte Büsche abgehackt und sie genau in einer Reihe wieder aufgestellt haben? Nicht in einer geraden Reihe, eher in einer Art Kurve.

Nicht nur wer, sondern auch warum?

Wir werden es erfahren.

Matt bewegt sich schon vorwärts, als ob er über gewaltige Kräfte verfügt oder als ob er von ihnen geschoben wird. Ich komme kaum mit.

Wieder sehen wir Licht flackern, diesmal heller und näher. Matt gleitet durch die Bäume wie ein flüchtender Hirsch oder ein Panther auf der Jagd und bleibt dann plötzlich stehen.

Hat ihn eine Schlange gebissen? denke ich bei mir, und schon wieder habe ich eine neue Sorge. Darin bist du groß, im Ausdenken von Gefahren, sagt Matt immer. Mam und Dada sagen es auch, mein kleiner Bruder und die große Schwester ebenso, also muß es wohl stimmen. Aber nein, eine Schlange hat ihn nicht gebissen. Er steht hoch aufgerichtet und steif da, mit offenem Mund. Ich kann es sehn, denn hier ist etwas Licht. Ob er wirklich die Geister gesehn hat, frage ich mich, und ob es die Lichtfrau ist, die diese Dunkelheit heller werden läßt? Die Sorgen, die ich mir jetzt mache, sind gute Sorgen. Matt sagt, gute Sorgen gibt es nicht, aber ich sage, doch. Ich muß es wissen, denn ich mache mir welche. Alles weiß Matt eben auch nicht.

Ich schaue so sehr auf Matt, daß ich nicht sehe, was vor mir liegt. Ich bin so sehr mit meinen Sorgen um nichts beschäftigt, daß ich in die echten Probleme beinah hineintappe. Matt packt mich, legt mir die Hand auf den Mund und zieht mich hinter einen Baum. Er nimmt die Hand nicht von meinem Mund, bis er sicher ist, daß ich still bleibe. Inzwischen habe ich gesehen, was es zu sehen gibt. Jedenfalls genug, um zu wissen, es sind keine Geister, und gut ist es auch nicht.

Aus unserem Versteck hinter diesen abgehauenen Büschen und den großen Bäumen sehe ich auf eine Lichtung. Eine von Menschenhand gemachte Lichtung, ziemlich groß, fast so, daß zwei oder drei Häuser darin Platz hätten. Sie ist ungefähr rund wie ein Kreis. In dem Kreis stehen zwei Hütten, die eine kleiner als die andere. Frisches Laub, das vom Boden aufgefegt oder von den Bäumen geschnitten worden ist, bedeckt sie, damit sie wie Büsche aussehen.

»Wir müssen gehört haben, wie sie die Blätter zusammengekehrt haben, um frische auf die Hütten zu legen«, sagt Matt so leise, daß ich ihn kaum höre.

Sogar ich hab mir das schon überlegt. Aber ich sage nichts.

Wir sehen einen Mann in irgendwie fleckiggrüner Hose und fleckiggrünem Hemd leise mit einem anderen, ähnlich gekleideten Mann reden. Er hält eine kleine Lampe in der einen Hand, die schon ziemlich trüb ist, aber er hält noch die andere Hand davor, damit man sie überhaupt nicht sieht. Bald darauf kommen noch drei Leute aus der größeren von den beiden Hütten: zwei Männer und eine Frau. Der eine von ihnen, groß und mit dickem Bauch, und die Frau, auch groß und mit dickem Hintern, tragen ebenfalls die fleckiggrüne Kleidung. Der zweite Mann trägt eine Art schmutziges weißes Gewand und hat einen wütenden Ausdruck im Gesicht, das irgendwie ganz aufgedunsen ist und lauter verschiedene Farbtöne hat.

Der große Mann mit dem dicken Bauch und die große Frau mit dem dicken Hintern haben Pistolen. Ebenso die beiden Männer, die wir zuerst gesehen haben.

Den Mann in dem schmutzigen weißen Gewand schieben und stoßen die beiden anderen vor sich her. Der große Mann mit dem dicken Bauch gibt ihm einen mächtigen Tritt zwischen die Beine, und die große Frau mit dem dicken Hintern rotzt ihm in die Augen.

Der Mann mit der Lampe und sein Kumpel gehen zu ihnen und helfen mit, den Mann in dem schmutzigen weißen Hemd zusammenzuschlagen.

Sie brüllen ihn auch an. Nicht laut, aber sie brüllen.

Bis auf die Frau. Sie brüllt nicht, sie zischt und spuckt, teils Worte, teils Rotz.

Ich verstehe nicht, was sie sagen, denn es ist nicht die Sprache, die mein Dada spricht. Das ist die einzige, die ich kann, bis auf ein paar Worte Englisch. Matt kann das meiste verstehen. Es kommen Wörter aus der Sprache des Nordens drin vor, die Matt kennt. Damit vermischt sind Wörter aus einer anderen Sprache der Weißen, die Matt ein bißchen versteht. Er wird starr vor Schreck über das, was er hört. Mit seinen knochigen Fingern packt er mich beim Arm und zieht mich in die Büsche.

»Rühr dich nicht«, sagt er in einem angestrengten Flüsterton, »und sag kein Wort!«, was ich komisch finde, denn schließlich ist er es, der mich zieht und der redet. Langsam und geschmeidig beugt er sich herunter und hockt sich neben mich, locker und gespannt zugleich, wie eine Katze.

Er bringt den Mund so nah heran, daß seine Lippen mein Ohrläppchen streifen.

»Sie sagen zu diesem Mann, er hat noch ein paar andere dabei, nicht weit von hier. Sie sagen, sie wissen das, denn sie hätten aus sehr zuverlässigen Quellen von ihnen gehört. Sie sagen, wenn sie die andern finden, werden sie dafür sorgen, daß die wünschen, sie wären nie geboren. Sie sagen, wenn seine Mutter da wäre, würden sie ihn zurückjagen in ihre ...« Matt redet schnell und leise, und was er sagt, läßt mich wünschen, ich wäre wieder in den Armen meiner Mam. Ich möchte heulen, weiß aber, ein Laut, und wir sind so gut wie tot. Warum, weiß ich nicht, aber darauf kommt es jetzt nicht an. Jetzt kommt es nur auf eins an: nichts wie weg hier.

Matt weiß, was ich denke.

»Am besten, wir warten, bis sie wieder in die Hütte gehn.«

»Und wenn sie nicht gehn?« bringe ich schließlich heraus. »Es wird bald hell sein. Und dann sehn sie uns sicher.«

»Stimmt auch wieder«, gibt Matt zu. Matt gibt nicht oft zu, daß ich — oder sonstwer — in irgendwas recht haben könnte. »Warten wir noch ein bißchen. Wenn sie dann immer noch draußen sind, machen wir, daß wir wegkommen.«

Ich finde, jetzt geht es am besten, weil die Männer reden und brüllen und uns nicht hören werden. Matt sagt nichts, das ist sehr ungewöhnlich. Dann begreife ich, warum er nicht gleich wegschleichen will, wie es jeder machen würde, der bei Trost ist. Er ist neugierig. Er will sehn, was passiert.

Eines Tages werden wir noch alle umgebracht, seinetwegen! Oder, noch schlimmer, wir kriegen Probleme.

Was mich an Hena und Golam erinnert. Ich kann nur hoffen, sie schlafen noch und suchen nicht nach uns. Wenn sie nach uns suchen, machen sie wahrscheinlich Lärm und werden geschnappt. Und wir dann auch.

Golam wird nicht wach werden, das weiß ich. Aber Hena, die schläft überhaupt nie, jedenfalls glaub ich's nicht. Die findet keinen Schlaf, weil sie sich ohne Pause neue Gemeinheiten ausdenkt. Was sie bloß machen wird, wenn sie merkt, daß wir weg sind?

Matt verrenkt sich schier die Ohren und Augen, um alles mitzubekommen, was es zu hören und zu sehen gibt.

Die vier Fleckiggrünen sind nun wirklich gemein zu dem armen Kerl in dem schmutzigen weißen Gewand. Sogar ich vergesse meine Probleme und denke an seine Probleme.

Sie reißen ihm das Gewand vom Leib und treten ihm gegen die Brust, in den Bauch und zwischen die Beine. Die Frau setzt sich auf sein Gesicht, damit er nicht schreien oder brüllen kann. Ab und zu hebt sie ihren dicken Hintern, damit er eine Chance hat, ihnen zu sagen, was sie von ihm wissen wollen. Aber er sagt nichts.

»Warum sagt er's ihnen denn nicht?« sag ich.

»Wie soll er? Er weiß es nicht. Jedenfalls sagt er das.«

»Vielleicht lügt er«, sag ich.

»Ist egal«, sagt Matt. »Er muß es ihnen ja nicht sagen, bloß weil sie ihn zusammenschlagen.«

»Er muß was Böses getan haben«, sag ich.

»Ich weiß nicht, ob er was Böses getan hat«, sagt er, »aber soviel weiß ich, daß die jetzt was Böses tun.«

Plötzlich hören sie auf mit dem Treten und Prügeln. Wir freuen uns für den armen Mann auf dem Boden, der sein schmutziges weißes Gewand nun nicht mehr anhat. Aber wir fragen uns auch, warum. Wir brauchen nicht lange drüber nachdenken.

Noch ein Mann kommt zu ihnen. Er muß auch aus der Hütte gekommen sein, denn wenn er durch die Büsche gekommen wäre, hätten wir ihn gehört. Die drei Männer, die aufgehört haben, den armen Mann zu treten und zu prügeln, der sein schmutziges weißes Gewand nicht mehr anhat, stehen respektvoll da und warten auf den Neuen. Die Frau steht von dem Gesicht des armen Kerls auf und tritt zu den Männern.

»Das muß der King sein«, sagt Matt.

Wenn Matt »der King« sagt, meint er nicht den König, der der Mann von der Königin ist, oder sowas. Er meint den Boß.

Ich sage das immer, wenn Matt »der King« sagt und alle staunen, was er für ein gescheites Kerlchen ist, und mir Fratzen schneiden, als ob ich das letzte Stück Hornvieh wäre. Aber ich sag es trotzdem, denn ich hab es beim erstenmal auch nicht verstanden, und darum denke ich, am besten sollte ich es erklären, denn wenn es mir jemand erklärt hätte, dann hätte ich es gleich beim erstenmal richtig verstanden, anstatt weiter etwas Falsches dabei zu denken. Aber egal. Hier hole ich am besten mal Luft.

Jedenfalls, dieser Neue kommt, und das Prügeln hört auf. Ich bin froh. Ich denke, vielleicht läßt der den armen Kerl nun laufen und schickt die bösen Männer weg. Und die böse Frau auch. Und vielleicht könnten wir uns dann auf den Rückweg machen.

Aber da denke ich was Falsches.

Als dieser Neue kommt und die andern Männer mit dem Treten und Prügeln aufhören und die Frau ihren Hintern von dem Gesicht des armen Kerls am Boden nimmt, da macht der arme Kerl auch einen Versuch, wenigstens auf die Ellbogen hochzukommen, als ob er hoffte, auch aufstehen oder sich aufsetzen zu können. Und sobald er sich rührt, hebt der große Mann mit dem dicken Bauch seinen rechten Stiefel hoch in die Luft, an dem die Sohle mit blitzenden Nägeln beschlagen ist, hält ihn genau über das Mittelstück von dem armen Kerl und stampft ihm hart zwischen die Beine. Genau auf das Eins-plus-zwei von dem armen Kerl. Ich kann nicht mehr vor Angst. Matt packt mich fest beim Handgelenk, und ich spüre, wie er zittert.

Der Neue ist nun bei den andern, und sie unterhalten sich leise. Sie stecken sich Zigaretten an und werfen die brennenden Zündhölzer auf den armen Kerl am Boden. Die ganze Zeit hat der große Mann mit dem dicken Bauch seinen schweren Stiefel auf dem Dudu und allem von dem armen Kerl. Die Frau hat sich mit ihrem dicken Hintern wieder auf das Gesicht von dem armen Kerl gesetzt, damit er ein bißchen Ruhe gibt, denn er hat angefangen, gemeine Wörter zu brüllen. Wir können ihn nun nicht mehr hören, aber wir spüren, wie sein Körper vor Schmerz brüllt, wenn er zuckt und nach Luft schnappt.

Etwas, das der Neue sagt, bringt sie alle zum Lachen. Alle bis auf den armen Kerl am Boden, der nicht lachen kann, weil nämlich jemand auf seinem Gesicht sitzt. (Wie schwierig das ist, zu lachen oder gute Laune zu beweisen, wenn einem jemand auf dem Gesicht sitzt, kann ich nicht genau sagen, weil es mir noch nie passiert ist, worüber ich heilfroh bin.)

Sie lachen so sehr, daß der große Mann mit dem dicken Bauch seinen Stiefel vom Allermächtigsten des armen Kerls nimmt, das Bein anhebt und sich auf den Schenkel klatscht. In dem Moment findet der arme Kerl, daß es Zeit wird, etwas zu unternehmen. Er beißt der Frau in ihren dicken Hintern. Sie springt hoch und kreischt etwas wie, er hat mich in den Hintern gebissen, was natürlich stimmt. Während sie hochspringt, setzt er einen beidfüßigen Tritt aufwärts in den Schritt des großen Mannes mit dem dicken Bauch. Er hat noch Stiefel an, obwohl er im übrigen splitternackt ist. Der Doppelangriff dieser beiden Stiefel tut den Eiern des Mannes nicht gut. Er klappt über seinem dicken Bauch zusammen und stöhnt etwas Entsetzliches.

Dann springt der nackte Mann auf seine gestiefelten Füße und rennt.

Wir beide sind sehr aufgeregt und feuern ihn innerlich an. Die Frau vergißt den Biß in ihrem Hintern und schießt hinter ihm her. Nach einer Sekunde, als sie begriffen haben, was los ist, schießen die Männer auch, bis auf den, der sich die Eier hält.

Wenn der nackte Mann es bis zu den dichten Büschen und dicken Bäumen hinter den Hütten schafft, hat er eine gute Chance zu entkommen.

Er sieht einen Baumast nicht, der so weit vorragt, daß ein Blinder ihn sehen könnte. Aber die Angstblindheit ist schlimmer als die richtige Blindheit, sagt Großmama Zotbelzitz. Der Ast erwischt ihn am Hals, und schon liegt er wieder auf dem Rücken.

Die vier stürzen sich auf ihn, und diesmal setzt sich die Frau mit dem dicken Hintern auf seinen Bauch. An jedem Ende drückt ihn einer von den Männern nieder, während der dritte in eine der Hütten rennt und mit spitzen Holzpflöcken zurückkommt. Vier davon hämmern sie in den Boden. Zwei Männer ziehen ihm die Stiefel aus und binden seine Fußknöchel mit einem gedrehten Strick an zwei Pflöcken fest. Dann fangen sie an, mit dem Hammer auf seine Fußsohlen zu schlagen, während der dritte Mann ihm die Handgelenke festbindet.

Er liegt nun gespreizt auf dem Boden, die Arme über den Kopf hochgezogen, die Beine gestreckt und weit auseinander.

Die Frau mit dem dicken Hintern ist nun von seinem Bauch aufgestanden.

Die beiden Männer haben aufgehört, auf seine Fußsohlen zu hämmern.

Alle stehen ruhig um ihn herum, sagen nichts, tun nichts. Überhaupt nichts.

Ich glaube, ich kann Matts Knochen knacken hören, wie sein ganzer Körper steif und steifer wird.

Ich dagegen, ich werde weich wie Butter.

Ich sage, der arme Kerl kriegt nun die Prügel seines Lebens.

»Seines Todes schon eher«, antwortet Matt zischelnd.

Aber es passiert gar nichts.

Sie stehen nur ruhig um ihn herum, sagen nichts, tun nichts. Überhaupt nichts. Ich finde das immer schrecklicher.

»Was denkst du, wie dem armen Schwein zumute sein muß!« sagt Matt.

Das arme Schwein brüllt nicht und schreit nicht und macht nichts dergleichen. Ich an seiner Stelle, ich hätte die Wälder zusammengebrüllt.

Der Neue macht nun etwas Seltsames. Er läßt die Frau sich umdrehen und zieht ihr die Hose und Unterhose herunter. Dann geht er in die Hocke und hat nun den dicken Hintern genau vor dem Gesicht. Er schaut, glaub ich, nach den Zahnspuren von dem Biß. Er küßt sie, damit es nicht mehr so weh tut.

Es muß schlimmer sein, als ich dachte, denn er muß eine ganze Weile küssen. Ich denke, das ist nun der Grund, warum er der Frau die Hosen runtergezogen hat. Um die schmerzende Stelle zu küssen.

Aber das ist noch nicht alles.

Er richtet sich wieder auf und hebt die Frau hoch, indem er mit den Händen hinten unter ihre Schenkel greift, die leicht gespreizt sind. Ihre Knie reichen fast bis zu den Ohren hoch.

Er hält sie über das Gesicht von dem armen Kerl. Sie kichert irgendwie mädchenhaft und läßt dann ihr Wasser auf das Gesicht von dem armen Kerl plätschern.

Es muß lange her sein, seit sie zuletzt gewesen ist, denn sie hört und hört nicht auf. Das Geräusch ist, wie wenn Fleisch brät.

Der Neue schüttelt sie, damit die letzten Tropfen abfallen. Ich sehe Matt ins Gesicht. Ich weiß nicht, warum ich Matt ins Gesicht sehe, aber ich sehe ihm ins Gesicht. Ich schäme mich, daß mich das, was da geschieht, so interessiert. Matt sieht nicht interessiert aus. Er sieht sonderbar aus. Sonderbar und wütend.

Der Neue stellt die Frau nun auf ihre Füße. Ihre Hose liegt noch am Boden um ihre Knöchel. Er gibt ein Zeichen, und alle Männer machen ihre Hosenschlitze auf und holen ihre Dinger heraus, die dick und groß und steif sind; nur das von dem großen Mann mit dem dicken Bauch ist ein bißchen lummelig. Sie drücken sie mit den Händen runter, so daß sie auf den Körper des Manns am Boden zielen, und lassen Wasser. Sie schwenken ihre Dinger, damit er überall durchgeweicht wird.

Der arme Kerl zappelt nicht und flucht nicht, er macht nur Mund und Augen zu. Die Frau mit dem dicken Hintern kniet sich neben ihm hin und hält ihm die Nase zu, so daß er den Mund öffnen muß. Der Große mit dem dicken Bauch und dem kleinsten Ding zielt genau hinein. Den Mann würgt es.

Sie lachen alle, wobei ihre Strahlen abgelenkt werden und glücklicherweise auch der Große mit dem dicken

41

Bauch und dem kleinsten Ding nicht mehr so genau zielen kann. Sein Strahl schießt irgendwie hoch und trifft die Frau ins Gesicht. Sie zuckt zurück und flucht, aber bald lacht sie wieder.

Der arme Kerl zappelt nicht und flucht nicht, er macht nur Mund und Augen zu. Sobald sie die letzten Tropfen abgeschüttelt haben, stecken sie ihre Dinger wieder in die Hosen, aber gleich darauf holen sie sie noch mal heraus. Sie holen sie wieder heraus, weil die Frau mit dem dicken Hintern die linke Hand zur Faust geballt hat, damit herumfuchtelt und auf ihr unanständiges Teil zeigt. Mit der rechten Hand zieht sie sich die Hose und Unterhose von den Knöcheln.

Bevor sie sich wieder aufrichtet – sie hatte sich gebückt, als sie sich die Hose und Unterhose auszog und mit der Faust auf ihr unanständiges Teil zeigte –, stopft sie die Unterhose dem armen Kerl in den Mund, so fest und tief, daß ich denke, er kriegt keine Luft mehr.

Die Männer ziehen nun alle ihre Sachen aus, bis sie ebenso nackt sind wie der Mann auf dem Boden; nur die Stiefel behalten sie an.

Aus irgendeinem Grund kniet die Frau sich vor den Neuen hin, um sein Ding genauer zu betrachten. Die anderen drei Männer wollen grinsend zu ihnen treten; aber der Neue schiebt die Frau weg und macht den Männern ein Zeichen, daß sie aufhören sollen. Alle kucken sich irgendwie verständnislos an und warten, was er machen wird. Er geht zu der kleineren Hütte, wobei sein Ding allmählich den Kopf hängen läßt, vor Scham – jedenfalls hoffe ich, es ist Scham. Als er wiederkommt, steht sein Ding wieder steif und scheußlich und wackelt gierig vor ihm her. Er hat eine Büchse mit irgendwas in der Hand und so ein komisches krummes Messer.

Ich krieg eine solche Angst, daß ich zu heulen anfange.

Matt legt mir die Hand fest auf den Mund, um jedes Geräusch zu verhindern, aber die Tränen laufen mir übers
Gesicht, schneller als unser Dorfbach, und ich kann kaum
mehr etwas sehen, und das ist ja auch gut so. Es muß
wirklich schlimm sein, was passiert, denn Matt atmet ganz
schwer, nimmt seine Hand von meinem Mund und legt
sie sich auf seinen.

Ich wische mir mit dem Handrücken die Tränen ab und
blicke hoch. Es beginnt nun zu dämmern, und man sieht
besser.

Sonderbarerweise drücken die vier Männer und die Frau
sich jetzt gegenseitig auf den Boden. Es muß weh tun,
denn sie stöhnen.

Der arme Kerl liegt immer noch ausgestreckt da, aber
irgendein Zeug klebt jetzt überall an seinem Körper. Die
Blechbüchse, die der Neue gebracht hat, und das krumme
Messer liegen dicht neben ihm, zusammen mit seinen
Stiefeln.

Die andern sind ein ganzes Stück weg, auf unserer Seite,
beinahe vor uns.

Ich starre sie an, mit offenem Mund. Sie fangen ein
Spiel an, das »Find-das-Loch« oder »Mach-ein-Loch« heißt,
oder irgend sowas Blödes. Sie machen sich gegenseitig mit
ihren Körpern – oder mit Teilen von ihren Körpern – die
Körper auf oder zu.

Ich spüre eine mächtige Angst, wie sie mir ins Blut
eindringt, mir das Rückgrat durchlöchert und in den Fin-
gerspitzen kribbelt, mir die Fußsohlen kitzelt, mir auf der
Zungenspitze glüht und mein Gehirn in Brand steckt. Es
ist eine sonderbare Angst, denn vor dieser Angst möchte
ich nicht weglaufen. Ich mag sie gern. Ich mag sie gern,
wo ich doch spüre, ich sollte sie lieber nicht gern mögen.
Die Tränen kommen mir wieder.

Ich schaue wieder Matt an. Er schaut nicht zu den

vieren vor uns. Er hat die Augen auf den Mann geheftet, der weiter von uns weg ist und allein ausgestreckt daliegt.

»Weißt du, was sie mit ihm gemacht haben?« fragt er mit verschluckter Stimme.

»Was?« sag ich und höre ihm nur halb zu.

»Ob du weißt, was sie mit dem armen Kerl gemacht haben?«

»Ach so«, sage ich und schiebe den Blick von den vieren vor uns zu dem einen hin, der weiter weg ist. »Natürlich weiß ich, was sie mit ihm gemacht haben.«

Ärgert mich ein bißchen! Denkt er denn, ich bin ein reines Hornvieh, oder was?

»Dann sag mir's mal!« sagt er, unverschämt wie immer, wenn er an meiner Stimme hört, daß ich gereizt bin. Ich sag es ihm.

»Das nicht! Das sieht doch jedes Hornvieh.«

Widerlich, wenn er sich so aufspielt!

»Was denn, du Klugscheißer!« Den Klugscheißer sag ich ihm nicht oft ins Gesicht. Diesmal scheint es ihn nicht zu stören.

»Umgebracht haben sie ihn, wenn du's wissen willst.«

»Ach was«, sag ich, »er ist nicht tot.« Wird es aber bald sein, wenn die so weitermachen, denke ich für mich.

»Sie haben ihn umgebracht. Jedenfalls soweit sie damit zu tun haben. Und auch noch auf eine ganz üble Weise.«

Ich versteh nicht. Er erklärt es mir. Erklärt es mir, als ob ich ein kleines Kind wäre. Aber es macht nichts, denn was er sagt, erschreckt mich zu sehr, als daß ich Lust hätte, den Beleidigten zu spielen.

»Auf den Pißgeruch werden die großen roten Ameisen aus ihren Löchern kommen, Millionen und Abermillionen.

Besonders, weil ihre Pisse in seine Wunden kommt und sich mit dem Blut vermischt. Das gibt so einen üblen faulen Gestank.

Und um ganz sicher zu gehn, für den Fall, daß der Pißgeruch in der Morgenluft verfliegt, haben sie ihn noch mit Fleisch oder irgendwelchen Essensresten aus dieser Blechbüchse beschmiert.

Die Ameisen kommen dann wegen des Geruchs, wegen des Bluts und wegen des Fressens. Sie fressen die Reste und dann gehen sie an seine Wunden und sein Blut. Sie fressen sein Fleisch, Häppchen für Häppchen, mit ihren scharfen Beißerchen, und schnibbelschnabbel, bevor du drei Stunden älter bist, ist von ihm nichts mehr übrig als Knochen. Nicht mal mehr die Augen.«

Bevor ich etwas dagegen tun kann, muß ich kotzen. Es ist ein stilles, würgendes Kotzen, nicht laut, aber auch nicht geräuschlos.

Matt legt mir seinen Schal vor den Mund.

Er blickt hastig auf, um zu sehen, ob die vier etwas gehört haben, aber sie sind noch zu sehr mit ihrem Gestöhne beschäftigt.

Ganz sachte wischt er mir das Gesicht ab. Dann sagt er: »Machen wir, daß wir zurückkommen. Wie der schwarze Panther. Mach's wie ich.«

Ich versuch's, aber ich kann nicht.

Meine Füße sind wie festgewachsen am Boden.

Meine Augen kleben an der Szene.

Das Herz steckt mir im Mund. Zusammen mit kleinen, harten Klumpen von Erbrochenem.

Matt legt seine linke Hand auf meine linke Schulter und seine rechte Hand auf meine Augen. So bleiben wir eine ganze Weile stumm und regungslos.

»Ich nehme die Hände jetzt weg. Mach die Augen nicht auf, komm nur mit zurück!«

Ich spüre, ich kann mich wieder bewegen. Zu meiner großen Erleichterung, denn ich hatte schon fast geglaubt, ich könnte es nie mehr, und die Vögel würden Nester auf mir bauen und denken, ich bin eine Art Baum. Wir stammen ja von den Baumgeistern ab, unsere Familie.

Wir kriechen zurück. Als wir ein paar Meter weit gekommen sind, sagt Matt: »Jetzt weiter nicht mehr wie der Panther, sondern wie der Krebs. Seitwärts.«

Ich versteh nicht.

Wir sind schon so weit, daß wir das letzte Stück rennen könnten, und da sagt er mir, wir sollten um den Buschkreis herumschleichen!

»Wir müssen den armen Kerl da rausholen«, sagt er in einem barschen Flüsterton. Ich verstehe und weiß nicht, ob ich richtig höre.

»Beeil dich!« sagt Matt. »Wir haben nicht viel Zeit. Es wird bald hell sein.« Er schaut auf die Uhr. Sie ist stehengeblieben.

Das sieht Hena ähnlich, sagt uns nicht, wann man sie aufziehen muß! Aber in der Lage, in der wir nun sind, hätten wir auch nicht dran gedacht.

Diesmal wäre ich ausnahmsweise gern bei ihr. Und zwar sofort.

»Ist schon hell genug«, sag ich.

»Ist noch dunkel genug«, sagt er, »außerdem hat der arme Kerl nicht mehr viel Zeit.«

Wir kriechen nun seitwärts, rings um die Büsche herum, bis wir der Stelle gegenüber sind, wo wir vorher waren, ganz dicht nun bei dem armen Kerl, der am Boden gefesselt liegt, und nah an den beiden Hütten.

Der Mann hört uns, als wir näher kommen. Er ruckt mit dem Kopf in unsere Richtung.

Schmerz, Scham und Angst in seinen Augen machen dem Schreck und der Überraschung Platz. Aber nur für eine kurze Sekunde. Dann kommen Schmerz, Scham und Überraschung wieder, der Schreck ist vorbei, und die Überraschung bleibt.

Die vier spielen immer noch »Versteck-das-Ding«.

Matt macht dem armen Kerl Zeichen, die ihm zeigen sollen, daß wir Freunde sind. Daß wir ihm helfen wollen.

Ich glaube, er versteht. Zumindest das Was. Ich bin mir nicht sicher, ob das Warum.

Ich bin mir nicht sicher, ob ich verstehe, warum. Groß-mama Zottelzitz sagt, das Warum zählt nicht. Was zählt, ist das Was. Und das Wie.

Und um das Wie geht es jetzt.

»Ich kann auf dem Bauch hinkriechen und mit dem Messer da drüben die Stricke zerschneiden«, sag ich, voll Stolz auf meinen Gedanken und voll Angst vor der Aus-führung.

Matt sieht mich scharf an. »Schlau, mein Junge«, sagt er, sehr zu meiner Freude, trotz dem »mein Junge«; aber dann verdirbt er's wieder und sagt: »Genau, was ich auch ge-dacht hab. Aber hier, nimm das. Dem Messer da drüben trau ich nicht.«

Matt hat immer ein Taschenmesser bei sich. Davon trennt er sich um keinen Preis. Er leiht es niemandem, nicht einmal mir. Normalerweise. Aber heute nacht ist nichts normal.

Ich nehme das Messer, lege meinen Schal auf die Seite zu Matt hin, strecke mich flach auf den Bauch und bete zu den Geistern der Götter, daß sie mir den Mut geben. Ich krieche los wie die Wüsteneidechse.

»Wie die Schlange, nicht wie die Eidechse!« sagt Matt. Klugscheißer! Warum machst du's nicht selber? sag ich zu mir selbst.

Kaum habe ich eine Hand draußen auf der Lichtung, als ich Matts knochige Finger um meine Knöchel spüre. Er zieht mich zurück.

Ich frage mich oft, woher er, der doch nur Haut und Knochen zu sein scheint, so viel Kraft nimmt.

»Was ist los?« flüstere ich, so laut ich mich getraue. »Das reißt einem ja fast die Haut von den Knien und Ellbogen ab.«

»Schau mal, die da draußen«, sagt er in mein Ohr und deutet auf die bösen Männer und die böse Frau. »Die würden dich sehn, klar wie nur was!«

Die Frau und zwei Männer spielen noch, aber der Neue und der Große mit dem dicken Bauch und dem kleinen Ding sitzen auf dem Boden und rauchen. Sie zeigen zu dem armen Kerl hin, der zwischen uns und ihnen liegt, und sagen etwas.

Ihre Augen und Glieder sehen frisch und unternehmungslustig aus, als ob sie sich drauf freuen, daß bald was passieren wird, aber die Schultern sind schlaff, und Arme und Eier hängen müd herunter. Aber nicht müder als jede Faser von mir, soviel ist sicher. Mir scheint, ich habe kaum ein bißchen geschlafen. Mir scheint, ich habe seit Monaten nicht mehr geschlafen. Mir scheint, ich klappe gleich zusammen und bin weg.

»Was machen wir nun?« sag ich ohne Hoffnung.

Der arme Kerl auf dem Boden schaut uns an, als ob ihm die Unterhose von der Frau mit dem dicken Hintern überhaupt nicht schmeckt. Die Morgendämmerung ist nun da. Wir sehen seine Schrammen, Wunden und Verbrennungen.

Mir kommen wieder die Tränen.

»Nun gib doch mal ein Weilchen Ruhe, bitte!« Matt brüllt mich beinahe an. »Was bist du denn für ein Baby!«

Das macht alles noch schlimmer. Ich nehme meinen Schal, halte mir einen Zipfel vors Gesicht, zieh das übrige über den Kopf und fange an, schön still in mich hineinzuheulen.

Matt legt mir die Arme um die Schultern und sagt: »Die Ameisen sind bald hier. Wir müssen was tun. Schau nur mal die! Die warten drauf, die wollen zusehn. Schau mal, die Augen, wie sie suchen. Sogar die Augen an ihren Dingern fangen schon an zu glotzen. Schau nur, wie die im Morgenlicht glänzen!«

Ich schaue hin.

Ihre Eier ballen sich zusammen wie Fäuste.

Der Anblick ernüchtert mich.

3

Der große Knall

»Ich weiß nicht, was wir machen sollen«, sag ich, noch hoffnungsloser als vorher.

Er sagt nichts, sitzt da und denkt.

Ich weiß, daß er denkt, denn ich kann es sehen.

Als er still bleibt, sag ich: »Und was ist, wenn sie uns kriegen?« Daran hab ich die ganze Zeit schon gedacht, aber nicht gewagt, es auszusprechen. Ausgesprochen kommt es mir noch schlimmer vor als gedacht.

»Sie werden uns nicht kriegen«, sagt Matt, »und sie werden auch nicht zusehn können, wie die Ameisen aus dem armen Schwein die Seele rausfressen. Ich versprech dir's.«

Matt sagt nicht oft »Ich versprech dir's«. Aber wenn er es sagt, hält er sein Versprechen.

Plötzlich fühl ich mich wieder stark.

»Sag mir, was ich machen soll, und ich mach es.«

»Du kannst nichts machen außer dem, was du schon gesagt hast. Hinkriechen und ihn losschneiden. Aber« – er schneidet mir ein Wort ab, das ich einwerfen möchte – »aber ich werde etwas machen, was sie von dir ablenkt. Damit sie nicht sehn, was passiert. Bis sie es sehn, hast du ihn losgeschnitten, und dann rennen wir alle drauflos.«

»Die werden uns nachkommen und uns in Fetzen reißen.«

»Nackt wie sie sind? Nicht weit.«

»Er ist auch nackt«, sag ich und zeige auf den armen Kerl.

»Wir geben ihm unsere Schals.«

»Was ist, wenn noch mehr von ihnen da sind?«

»Ich bin sicher, es sind keine mehr da. Sonst hätten wir sie inzwischen gesehn.«

»Aber was willst du machen?«

»Dir deinen Holzschädel polieren, wenn du nicht bald aufhörst zu schnattern, und mich machen läßt.«

Er holt das Feuerzeug aus seiner Tasche. Es ist ein häßliches altes Ding, groß und schwer, mehr für den Kochherd als für die Tasche geeignet.

»Gib mir mal deinen Schal«, sagt er.

Ich geb ihm den Schal.

»Bullendreck! Du hast ihn naß gemacht mit deinem Babygeflenne.« Er schmeißt ihn mir wieder hin. »Hast du noch einen?«

Wie es sich trifft, hab ich noch zwei in meinem Beutel. Die zwei übrigen, die sich Hena mitgebracht hat.

Ich frage mich, warum er nicht seinen eigenen nimmt, egal, was er damit vorhat. Ich frage mich, aber ich sag nichts.

Er reißt ihn mir fast aus der Hand.

Seine Bewegungen werden schnell und abgehackt.

So ist das immer, wenn sein Körper mit seinem Verstand schritthalten will. Vor meinen bekümmerten Augen hält er den Schal mit beiden Händen hoch und reißt ihn in zwei Hälften. Das wird Hena mit ihm auch machen, wenn sie den Schal sieht, sag ich mir.

Er schraubt das Unterteil von dem Feuerzeug ab und träufelt etwas von dem Benzin daraus auf die beiden Hälften.

»Ich gehe zu der kleinen Hütte und werfe Feuer hinein. Oben liegt grünes Laub, aber darunter ist alles trocken. Sie werden hinrennen, um zu sehn, was bei der Hütte los ist. Du schneidest dem Mann die Stricke durch und kommst

51

hier heraus. Inzwischen bin ich wieder hier, und dann rennen wir.«

»Und wozu ist die andere Hälfte?«

»Wir zünden sie an und schmeißen sie in die Büsche hinter uns. Das wird sie aufhalten, wenn sie uns nachrennen. Wenigstens ein Weilchen.«

»Bist du sicher, daß das klappt?« frage ich. Ich selbst bin mir alles andere als sicher.

»Werden wir sehn«, sagt Matt. »Jetzt such mir zwei Stöcke! Einen dünnen trockenen und einen dicken grünen.«

Wir suchen beide, so leise wie möglich.

Es ist nicht schwierig, zwischen all den Bäumen und den abgehauenen Büschen zwei Stöcke zu finden. Matt sagt mir, ich soll auf die Lichtung flitzen und den armen Kerl losschneiden, sobald sie das Feuer bemerken.

Ich gehe in Stellung.

Matt gelangt hinter einen dicken Baumstamm dicht bei der kleineren Hütte. Er steckt die eine Hälfte von dem Schal auf ein Ende von dem grünen Stock und setzt sie mit Hilfe des Feuerzeugs und des anderen Stocks in Brand.

Schnell wie durch Zauberei wirft er den Brand an die trockenen Zweige, aus denen die Rückwand der Hütte besteht.

Ich sehe, wie die Augen des armen Kerls einen Ausdruck von blankem Entsetzen annehmen.

Rücken denn die Ameisen schon an? frage ich mich erschrocken, habe aber keine Zeit für eine Antwort. Kleine Rauchvögel beginnen vom Dach der Hütte zum Himmel aufzusteigen.

Ich beobachte die Männer und die Frau und bin bereit, loszurennen.

Wenn Matt hofft, die Männer würden zur Hütte rennen, um sie zu retten, hat er sich geirrt. Wenn Matt denkt, sie werden so nackt, wie sie sind, nicht schnell und nicht weit rennen wollen, hat er sich noch mehr geirrt.

Die beiden Männer, die auf dem Boden sitzen, ziehen schnuppernd die Luft ein, als sie den Rauch bemerken, wenden die Köpfe und sehen die Anzeichen des Feuers.

Sie erstarren, sie springen auf, sie gehen wieder zu Boden, aber diesmal geduckt, nicht sitzend, springen noch mal auf und rennen los, aber nicht zur Hütte, sondern in die entgegengesetzte Richtung. Sie rennen, als ob ihr Privatbusch zwischen den Beinen in Flammen stünde.

Sie stolpern über die drei, die immer noch miteinander beschäftigt sind.

Dem einen, der auf der Frau liegt, wird sein Ding dabei so grob herausgezogen, daß es zuckend kraftvolle Spritzer von etwas abschießt, das mehr wie Sahne als wie Pisse aussieht. Er holt zu einem Fluch aus, dann kommt er ins Stocken, als er den Rauch sieht. Er steht da mit weit offenem Mund, die Augen weit aufgerissen, während sein Ding ganz allein Überstunden macht – obwohl es inzwischen eher spuckt und sabbert als irgendwas sonst.

Die Frau liegt mit ihrem dicken Hintern immer noch auf dem andern Mann und grient in sich hinein.

Die drei Männer rappeln sich auf und rennen los, so schnell, daß ich nur noch wogende Arschbacken sehe, baumelnde Eier und baumstarke Beine. Ich blinzele einmal, und die baumstarken Beine sind zwischen den Baumstämmen verschwunden.

Die Frau kapiert nun den Grund für all die Aufregung und rennt ihnen nach, einen schleimigen Fotzenfurz hinterlassend. Der Mann, der unter ihr gelegen hat, springt auf und folgt ihr.

Ich bin so gefesselt von diesen Vorgängen, daß ich mich noch keinen Schritt von der Stelle gerührt habe.

Die Augen von dem armen Kerl am Boden schaun nun immer gräßlicher drein. Was dieser Blick besagen soll, kann ich nicht verstehn, aber daß er etwas besagen soll, darauf würde ich meinen kleinen Bruder verwetten.

Inzwischen ist Matt wieder da.

»Worauf wartest du denn noch? Das Messer her!« Er hat so eine Wut auf mich, daß er kein Wort mehr sagt, mir das Messer aus der Hand reißt und zu dem Mann hinrennt, um ihn loszuschneiden. Ich besinne mich, daß ich ja auch Beine habe, und renne mit. Während Matt das Taschenmesser benutzt, hebe ich das komische krumme Ding vom Boden auf.

Sobald der Mann einen Arm frei hat, zieht er sich die Unterhose der Frau aus dem Mund und brüllt: »Rennt! Rennt! Um Gottes willen, rennt!«

In zwei Fledermausflügelschlägen haben wir ihn losgemacht.

Matt nimmt seine Stiefel, und wir rennen.

Der Mann muß irgendwie hoppeln wie ein Kaninchen, das ein Bein in einer Falle gelassen hat, ist aber trotzdem noch so schnell, daß wir staunen.

Wir dachten, wir würden ihn mehr oder weniger tragen müssen, in seinem Zustand. Am Ende trägt er mehr oder weniger uns.

Wir sind noch nicht viele Atemzüge weit gekommen, als wir den ersten Knall hören.

Augenblicklich wirft der Mann uns zu Boden und sich selbst daneben. Als er mit dem Bauch aufkommt, läßt er ein wildes Gebrüll los, denn er hat vergessen, daß er vorn überall Wunden hat.

Schnell dreht er sich herum, wobei er jeden von uns mit einem Arm niederdrückt. Nur hält er mich jetzt mit dem linken Arm und Matt mit dem rechten, während er vor einem Augenblick noch mich mit dem rechten und Matt mit dem linken Arm hielt. Weil er sich nämlich umgedreht hat und sein linker Arm nun da ist, wo vorher sein rechter war, und sein rechter da, wo der linke war. Aber das ist ja nicht wichtig. Nur daß ich den Geruch nach Pisse, Blut und Büchsenfleisch ziemlich unangenehm finde. Auch bin ich mir nicht sicher, ob es nun komischer ist, neben einem nackten Mann zu liegen, wenn er dem Himmel die Vor-deransicht zeigt oder wenn er den Arsch in den Wind reckt. Ich sollte wohl nicht an sowas denken, aber ich hab nun mal eine sündige Seele. Natürlich weiß ich damals noch nichts davon, denn ich weiß ja gar nicht, was Sünde ist. Das erfahre ich erst später von einem Missionsfritzen aus Pasadena, California, USA – weiß ich, wo das ist.

Inzwischen gibt es einen Knall nach dem andern, genug, daß viele neue Welten draus entstehen könnten. Die Gei-ster knacken die alte Welt, um viele kleine neue zu ma-chen, die zu besseren heranwachsen könnten. Großmama Zottelzitz sagt immer, diese Welt ist reif für die große Brandnacht. Und das ist es nun wohl, die große Brand-nacht – oder der Tag, wenn ihr es mit solchen Dingen ge-nau nehmen wollt.

Sachen, Stücke von zerbrochenem Weißichwas fliegen umher und über uns weg und wollen wahnsinnig eilig nir-gendwohin.

Rings um die Lichtung steigen Flammen auf, und der Kreis aus abgehauenen Büschen brennt wie der Vorhof der Hölle.

Plötzlich wird die ganze Hütte hochgeworfen.

Das Krachen betäubt meine Ohren, und ich höre nichts mehr.

Der Blitz betäubt meine Augen, und ich sehe nichts mehr.

4

Gonta, endlich

Als ich wieder etwas höre, höre ich Gelächter, Glocken, Trommeln, knarrendes Holz, schepperndes Metall und ein leises Schnarchen.

Als ich wieder etwas sehe, sehe ich Sonnenlicht, Schaukeln und Rutschbahnen, bunte Zelte und helle Kleider und Matt, der schläft.

Als ich wieder etwas spüre, spüre ich sein Gewicht, das so auf meinen Arm drückt, daß ich ihn nicht bewegen kann.

Ob ich tot bin? frage ich mich.

Wenn ja, dann muß ich jetzt in der Welt der Lichtfrau und ihrer lustigen Freunde sein, denn was ich sehe, ist gut, und was ich höre, ist erfreulich. Und mein bester Freund ist auch bei mir.

Also wär es nicht allzu schlimm, wenn ich tot bin. Auch wenn ich vielleicht nicht tot bin, Matt jedenfalls ist es.

Matt, der schon beim Herunterfallen einer Nadel wach wird oder beim ersten Geruch von Tageslicht, kann doch bei all diesem Lärm und dieser Helligkeit hier unmöglich schlafen.

Jedenfalls, das sag ich mir. Und zwar laut, um zu sehen, ob die Toten nun reden können oder nicht.

Sie können's.

Zumindest ich kann es.

Zufrieden klappe ich die Augen zu und lege mich zurück, um mich zu erholen. Ich liege auf etwas Weichem, Kühlem, das sich gut anfühlt.

Totsein ist gar nicht so übel.

»Also bist du nun endlich wach«, höre ich eine tiefe Brummstimme, »oder redest du immer noch im Schlaf?«

Ich klappe die Augen auf.

Ich sehe ein großes, häßliches Gesicht mit einer großen, häßlichen Nase und großen, häßlichen Augen, alles an einem großen, häßlichen Kopf, der von einem winzigen Körper auf mich herabsieht.

Im Stehen würde ich auf ihn herabsehen.

Gewiß, ich bin groß, aber noch ein Kind – nicht, daß ich das gerne zugebe. Dieser Mann muß noch kleiner sein als Matt. Und Matt ist schon klein – nicht, daß Matt das gerne zugibt.

Ob die Toten vielleicht nach unten statt nach oben wachsen? frage ich mich.

Wenn das zum Totsein dazugehört, wär es mir nicht recht. Ich möchte groß und stark werden, ob tot oder lebendig. Wenn man als Toter kleiner wird, möchte ich lieber lebendig sein, auch ohne das Gelächter und die Farben und die lustigen Geister.

Der Mann nimmt mich bei den Schultern und schüttelt mich.

Ich sagte ja schon, ich laß mich nicht gerne schütteln. Ich mag das nicht, ob ich nun schlafe oder wach bin.

Und wenn ich tot bin, schon gar nicht.

»Du hast einen ganzen Tag und eine ganze Nacht geschlafen. Ich finde, du solltest jetzt aufstehen, oder du versäumst das Beste.«

Er ist klein und häßlich, er brummt mich an und schüttelt mich, und trotzdem spürt man die Freundlichkeit in seinen Händen und in seinen dick hervortretenden Augen.

»Bist du Gott?« frage ich ihn.

Aber an seinem erstaunten Blick sehe ich gleich, daß er das nicht ist, darum frage ich weiter, »oder bloß ein Geist?«

»Ich bin Kofi«, sagt er. »Ich bin beim Zirkus. Ich bin der Zwerg. Ich hab dich schlafend hier in meinem Zelt vorgefunden, gestern nachmittag, als ich aus der zweiten Vorstellung kam.«

»Mein Freund, mein Freund Matt«, sag ich, was blöd klingen muß, »er liegt hier. Schläft er oder ist er tot? Ich weiß nicht recht.«

»Niemand ist tot«, sagt er. Das ist also geklärt.

Er schaut mich einen Moment an, dann sagt er: »Du mußt hungrig sein. Iß erst mal was. Ich erklär es dir später.«

Der Gedanke ans Essen macht mich wieder lebendig, obwohl ich doch gar nicht tot war. Ich versuche mich aufzusetzen, in Erwartung des Essens, merke aber, ich habe Probleme, weil ich nämlich den rechten Arm nicht bewegen kann.

»Ich weiß nicht recht, ob ich was essen kann«, sag ich, den Tränen nahe. »Mein rechter Arm ist tot, auch wenn sonst alles an mir noch am Leben ist.«

Er sieht besorgt nach meinem rechten Arm, dann lächelt er. »Er ist nur schwer. Deine Eltern müssen dir diesen Beutel an den Arm gebunden haben, damit du ihn nicht verlierst oder irgendwo vergißt. Dein Freund«, sagt er und deutet auf Matt, »hat auch einen.«

Ich weiß, daß meine Eltern nichts dergleichen getan haben, sag aber nichts.

Ich schaue zu Matt. An seinem Handgelenk ist so ein großer brauner Leinenbeutel festgebunden, wie ein kleiner Rucksack.

Nun schaue ich nach meinem eigenen Arm. Vorher hatte ich Angst hinzusehen, weil ich ihn nämlich nicht tot neben mir liegen sehn wollte. An meinem Handgelenk ist ein ähnlicher Beutel festgebunden.

Ich binde ihn los und schaue hinein. Darin sind zwei

dicke weiße Schals, ein besticktes rotgelbes Seidenhemd, ein großer Karton mit Futter und eine braune Tüte mit Geld darin – mehr als ich in meinem ganzen Leben je gesehen habe!

Ich bin noch ganz ratlos vor Staunen, weiß nicht, was ich sagen soll oder was ich ihn noch fragen könnte, als er so eine Riesenmahlzeit vor mich hinstellt. Das Fladenbrot, das ich am liebsten esse, Honigsirup und Stücke getrocknetes Fleisch, das wie frischgebraten und vom offenen Feuer riecht, und Obst.

Ich vergesse alles andere.

»Danke vielmals«, sag ich, um zu zeigen, daß ich auch Manieren habe, »ich bin am Verhungern.«

»Du nicht«, brüllt er plötzlich, so daß ich mich gar nicht zu essen getraue. »Die Leute weiter im Osten, die ...« Er hört genauso plötzlich auf, wie er davon angefangen hat. »Entschuldige. Nimm's mir nicht übel. Ich hab vergessen, daß du noch ein Kind bist. Du weißt nicht, was los ist. Entschuldige. Iß nun, mach schon!« Er legt die Arme um mich, wie es meine Mutter macht; nur passe ich kaum zwischen seine beiden Arme. Meine Mam kann mich mit einem umfassen.

Als ich zu essen anfange, blicke ich zu Matt hin.

»Keine Sorge«, sagt Kofi, »für ihn reicht es auch noch, wenn er aufwacht.«

Ich schlecke und spachtele in mich hinein und gebe mir die größte Mühe, nicht gefräßig dabei auszusehen. Wenn ich nur so essen könnte wie Hena – wie ein Prinzeßchen, mit winzigen Häppchen, die sie langsam zum halboffenen Munde führt, die Augen weggedreht, so daß sie die Speisen kaum anzusehen scheint –, dann würde ich eine gute Figur machen. Die Großmama Zottelzitz jedenfalls wäre stolz auf mich. Aber ich kann's nicht. Henas Manieren werd ich nie haben; sie ist nun mal eine Hexe.

Beim Essen komme ich mir nicht schlecht vor, denn ich weiß, Hena und Golam haben auch zu essen und müssen also nicht hungern.

Ich denke an Hena und Golam, ohne an sie zu denken, und nun denke ich plötzlich doch an Hena und Golam.

Wo sie bloß sind?

Ich fange an, mir um sie Sorgen zu machen.

Und sie werden sich jetzt Sorgen um uns machen.

Der Gedanke an ihre Sorgen kommt zu meinen Sorgen hinzu, und nun mache ich mir noch mehr Sorgen.

Fast vergeht mir der Appetit, aber inzwischen hab ich sieben Mahlzeiten auf einen Sitz verzehrt.

Matts Ohren haben in seinem unnatürlichen Schlaf den Lärm nicht bemerkt, und seine Haut hat sich an die neue Luft gewöhnt, aber seine Nase kann den Essensgeruch nicht von ihm fernhalten.

Er erwacht, nimmt die Szene ebenso auf wie ich, aber anders als ich ist er nicht im Zweifel, wo wir sind. Er weiß es.

»Wir sind in Gonta«, sagt er.

Er scheint auch an die Möglichkeit, daß wir vielleicht tot sind, gar nicht erst zu denken, aber ich bin froh zu sehen, daß er wenigstens überrascht ist.

Daß er überrascht ist, kann ich sagen, denn ich kann sehen, wann er überrascht ist.

»So?« sag ich, bevor ich mich daran hindern kann. Eigentlich hätte ich das auch gleich sehen müssen: das Karussell, die Trommeln, der Zirkus – und alles.

»Wie sind wir hergekommen?« sagt Matt zu mir, zu Kofi und zu niemandem, »und was soll dieser Beutel hier an meinem Arm?« Er kommt gar nicht auf die Idee, sich zu fragen, ob sein Arm nicht tot ist, der Klugscheißer!

»Kofi sagt«, sage ich und zeige auf Kofi, »er hat uns gestern nachmittag schlafend in seinem Zelt gefunden, als er von der zweiten Vorstellung kam. Der Zirkus-Vorstellung.«

So hab ich das gern! Es kommt nicht oft vor, daß ich Matt etwas erklären kann. Daß ich selbst nicht alles verstehe, ist dabei egal.

»Kofi ist nämlich der kleine Mann beim Zirkus«, füge ich hinzu und vermeide das Wort »Zwerg«, weil es ihn vielleicht kränken könnte, auch wenn er sich ja selbst so bezeichnet hat.

Matt macht den Mund auf, um noch etwas zu sagen, als er in den Beutel hineinschaut, ist aber so erstaunt, genau wie ich, über das, was er darin findet, daß er gar nichts mehr sagen kann. Eines zumindest bringt ihn zum Schweigen.

Zuunterst in dem Beutel ist etwas, das wie ein schmutziger Lappen aussieht. Es ist die zweite Hälfte von dem Schal, die wir neulich nicht mehr gebraucht haben. Also haben wir diese Nacht wirklich erlebt.

Ich war nicht weit davon entfernt gewesen, sie zu vergessen. Das heißt, nicht wirklich zu vergessen, aber die Erinnerung daran war mehr wie die Erinnerung an einen Traum als an ein tatsächliches Geschehnis. Ein Alptraum, so heißt das, glaube ich, was diese Nacht für mich war.

Und wo sind nur Hena und Golam? Ich kann gar nicht glauben, daß ich mir um Hena soviel Sorgen mache!

Aber so ist es.

Und natürlich auch um Golam, was ja normal ist.

Ich sehe Matt an. Seine Augen sind wie gläserne Kiesel. Der Blick in ihnen ist wie der, den ich letzten Sommer bei einer Eidechse gesehen habe, die auf dem Schulhof von den Bussarden in zwei Hälften gerissen worden war.

Ich glaube, er sieht jetzt die ganze letzte Nacht noch mal vor sich. Ich glaube außerdem, er versucht sich zu etwas zu entschließen.

Als Kofi ihm zu essen gebracht hat, ißt er langsam, hört ab und zu ganz auf zu kauen und blickt vor sich hin, den halboffenen Mund noch voll Essen.

»Was gibt's für ein Problem, junger Mann?« sagt Kofi und sieht Matt an. »Wenn du dir wegen Zuhause und deiner Familie Sorgen machst, dann sag mir's, und ich sorge dafür, daß du sicher hinkommst. Und bequem.« Ein Lächeln tänzelt über sein Gesicht. »Das ist das mindeste, was wir tun können, nach dem, was ihr ...« Er hört plötzlich zu reden auf, sein Lächeln hört plötzlich auf zu tänzeln.

Matt hebt mit einem Ruck den Kopf, sein Blick wird wieder scharf, und er wartet, daß Kofi seinen Satz beendet.

»... nach dem, was ihr ... durchgemacht haben müßt«, bringt Kofi noch heraus.

»Woher weißt du, was wir durchgemacht haben?« sagt Matt, und seine Stimme wird ein wenig hart und etepetete, wie immer, wenn er vorsichtig ist und dem, mit dem er redet, nicht so ganz traut.

»Ich ... ich weiß es nicht. Nur weil ihr allein wart und müde ausgesehn habt – ihr habt fast fünfzehn Stunden geschlafen –, da hab ich natürlich gedacht, ihr müßt ... ihr könntet in Schwierigkeiten gesteckt haben.«

Matt widerspricht nicht.

Er kann sieben Tage und sieben Nächte lang über etwas herumstreiten, wenn er will. Aber manchmal streitet er sich einfach nicht, wenn ich meine, er müßte es tun.

»Hast du unsere Freunde gesehn?« fragt Matt endlich nach dem, woran er, das weiß ich, die ganze Zeit gedacht hat. »Einen Jungen und ein Mädchen.«

Diesmal ist Kofi wirklich überrascht. »Du meinst, mit euch waren noch zwei zusammen?«

Er wirkt nicht nur überrascht, er wirkt jetzt erschrocken.

»Ja. Wir haben sie verloren ... Wir haben vergessen zu ... Wir konnten ja nicht ... Wir haben sie verloren.« Ich ende hilflos mit dem, was ich schon zu Anfang gesagt habe. Ich wollte, ich hätte den Mund gehalten und Matt weiterreden lassen. Aber ich bin so besorgt um Hena und Golam, daß ich nicht anders kann. »Bitte hilf uns, sie suchen!«

»Sag mir doch, wo ihr euch von ihnen getrennt habt«, bringt Kofi in raschen, kurzen Stößen heraus und fuchtelt mit seinen pummeligen Händchen in raschen, kurzen Bewegungen vor meinem Gesicht herum, »und ich sorge dafür, daß jemand so bald wie möglich dorthingeht.«

Er sieht mich an.

Ich sehe Matt an.

Matt sieht mich lange an und will schon etwas sagen, als noch zwei kleine Leute in das kleine offene Zelt treten. Es sind ein Mann und eine Frau. Sie sind ein bißchen größer als Kofi, etwa so groß wie ich. Aber ich bin erst neun, und für Erwachsene sind sie nicht eben groß.

»Es wird Zeit für unsere Nummer, Kofi«, sagen die beiden neuen Zwerge zusammen, mit einer Stimme, die scharf und kratzig klingt.

Kofi zögert einen Moment, dann sagt er: »Ihr könnt jetzt rausgehn und euch amüsieren. Ich bin bald wieder da – dauert nicht lange, versprech ich. Wir überlegen uns das mit euren Freunden, wenn ich zurück bin, versprech ich.«

»Mach dir keine Sorgen.«

»Ach, eure Beutel könnt ihr bei mir lassen. Hat keinen Sinn, sie mit herumzuschleppen, sie müssen schwer sein. Aber nehmt euch natürlich ein bißchen Geld heraus. Ihr werdet es vielleicht brauchen.«

Natürlich werden wir's brauchen, sag ich zu mir selbst. Unseres ist alles bei Hena. Nicht, daß es viel war, aber Geld nimmt immer sie in Verwahrung.

»Diese Beutel gehören uns gar nicht«, sagt Matt.

»O doch, es sind eure, könnt ihr mir glauben! Ich lüge nicht. Das ist etwas, das ich niemals tue. Ich sage vielleicht nicht die Wahrheit«, sagt er, nun wieder mit dem tänzelnden Lächeln, »aber ich lüge nicht.«

»Wo ist der Geistertanz?« fragt Matt.

»Sie haben gestern die ganze Nacht getanzt«, antwortet Kofi. Dann, als er Matts tiefenttäuschtes Gesicht sieht, fügt er hinzu, »aber sie tanzen heute nacht noch mal. Wir werden selbst mit euch hingehen. Ich kann euch sogar mit einigen von den Tänzern bekannt machen. Es sind Freunde von mir.«

»Mach schon, beeil dich! Wir sind spät dran«, sagen die beiden anderen Zwerge – wieder zusammen, mit einer Stimme.

Kofi eilt nach draußen, nimmt unsere Beutel mit und läßt uns etwas Geld herausnehmen, bevor wir gehen.

Vor dem Vergnügen auf der Kirmes muß ich mir das stille Vergnügen einer Sitzung hinter den Büschen gönnen. Matt geht es ebenso. Wir sind seit vierundzwanzig Stunden nicht scheißen gewesen, und die reichliche Mahlzeit, die wir eben verzehrt haben, drückt gewaltig nach unten.

Wir treten aus dem Zelt, halten uns die Hände vor die Augen und gehen, nur zwischen den Fingern durchspähend, über den Jahrmarkt. Warum wir das machen? Wir wollen alles auf der Kirmes erst sehen, wenn wir es wirklich sehen können, und uns nicht die Überraschung verderben. Natürlich haben wir dies und das schon vom Zelt aus gesehen, aber das ist nicht dasselbe, wie wenn man mit bloßen, offenen Augen zwischen den Ständen durchgeht.

Wir wollen auch, daß uns noch niemand sieht; und Matt sagt, wenn man auf andere nicht achtet, wird man von ihnen auch nicht beachtet.

Wir haben es sehr eilig, und darum möchten wir bald aus der Menge heraus sein; aber wir möchten auch nicht zu schnell aus der Menge heraus sein, denn wir möchten, daß der Marktplatz riesengroß ist, damit es mehr zu sehen gibt, wenn wir schließlich doch die Augen aufmachen.

Wir sind schon draußen, aber noch nicht ganz draußen, denn nun sind wir auf dem Viehmarkt.

Die Hände haben wir nun von den Augen genommen. Ich hoffe, wir geraten nicht in den Ort hinein, was uns passieren könnte, wenn wir in die falsche Richtung gehen. Aber Matt sagt, nein, die Viehmärkte sind immer auf der anderen Seite des Ortes.

Bald haben wir den Markt hinter uns und kommen auf freies Feld, mit vielen Büschen und sogar Bäumen.

Wir rennen beide, als ob die Geister des Kots hinter uns her sind, was ja gewissermaßen auch stimmt. Beide gehn wir hinter die dritte Buschgruppe, an die wir kommen. Das erste von allem ist immer für Leute, die nicht warten können; das zweite ist für Leute, die keinen Sinn für das Schöne haben; das vierte ist zu weit weg, und anständige Leute nehmen das dritte.

Binnen weniger Augenblicke sind wir hingehockt. Matt zuerst, denn seine bauschigen Shorts liegen ihm im Nu um die Füße. Mit meinen langen Hosen brauche ich etwas länger. Bis ich soweit bin, läßt Matt schon die Drachen steigen. Mit einem Seufzer aufrichtiger Freude laß ich mich nieder, als ich eine spitze Stimme höre, die sagt: »Ihr habt euch wohl Zeit gelassen, wie?«

O ihr Geister des Kots!

Ich springe fast rauf auf den Busch.

Es ist Hena.

Was soll aus der Welt noch werden, wenn ein Mann nicht mehr in Frieden scheißen kann, ohne daß eine Frau kommt und ihm dreinredet! Zum Glück zieht Golam sie ein Stück beiseite, wo sie auf uns warten.

Auf dem Rückweg zur Kirmes erzählt uns Golam, wie sie friedlich geschlafen hatten, als auf einmal die Hölle losbrach und die Welt in ihren Flammen unterzugehn schien. Dann kommen plötzlich drei nackte Männer in schweren Stiefeln an ihnen vorbeigerannt, gefolgt von einer nackten Frau in schweren Stiefeln und einem weiteren nackten Mann dichtauf dahinter.

Hena und Golam klettern auf einen Baum und verstekken sich dort, bis alles wieder ruhig ist.

Als sie herabgestiegen kommen und uns nicht sehen, will Golam kehrtmachen und nach Hause gehn, aber Hena sagt, wenn wir − das heißt Matt und ich − nicht tot oder entführt worden sind, dann würden wir nach Gonta gehn. Sie besteht darauf, sie geht weiter.

Zum Glück treffen sie eine Gruppe Leute, die auch zum Geistertanz von Gonta unterwegs sind. Hena und Golam gehen mit ihnen.

Auf dem Jahrmarkt suchen sie zuerst nach uns, dann kommen sie hierher, weil Hena sich denkt, daß es leichter sein wird, uns auf dem Weg dorthin zu finden als im Gewühl der Menge.

Golam fragt Matt, was mit uns passiert ist, aber Matt hat keine Lust, drüber zu reden, was erstaunlich ist, denn Matt redet gern über Dinge, die passiert sind.

Ich weiß auch nicht recht, ob ich drüber reden möchte, rede aber, obwohl ich nicht recht weiß, ob es gut ist. Vielleicht sollte ich nicht vor Hena drüber reden, denn es ist keine nette Geschichte, und Hena ist zwar eine Hexe, aber doch auch ein nettes Mädchen.

Also, ich erzähl es ihnen. Ich erzähle ihnen, was ich selbst weiß, was ich begriffen oder behalten habe. Von dem, was passiert ist, nachdem meine Ohren und Augen gestorben sind − obwohl sie ja nicht wirklich tot sind, wie ihr inzwischen wißt −, weiß ich überhaupt nichts.

Matt sagt, von dem, was danach kam, weiß er auch nicht viel, nur daß der arme Kerl ihn auf der Schulter getragen hat, während er mich in den Armen hielt.

Wir sind kaum lange genug auf der Kirmes, um die Schatten länger werden zu sehn, als Kofi und seine Freunde wieder zu uns kommen.

»Wegen unserer Freunde brauchst du dir keine Mühe mehr zu machen«, sagt Matt zu Kofi, »wir haben uns gefunden.«

Kofi scheint es mit Freuden zu hören. Etwas wie eine große Befürchtung ist aus seinen Augen verschwunden.

»Und wie heißen denn eure reizenden Freunde?« sagen der Zwerg und die Zwergin wieder mit einer Stimme. Allmählich geht mir ihre Art, dieselben Worte zur gleichen Zeit und mit der gleichen Stimme zu sagen, ein bißchen auf die Nerven.

»Das hier ist Hena«, sagt Matt, »sie ist vermutlich eine Hexe. Sie kann uns überall finden. Sie hat uns auch heute gefunden.«

Golam lächelt, als er das hört, und das Zwergenpaar streicht sich mit seinen runden Händchen über seine runden Bäckchen, seufzt und sagt einstimmig: »Wie bezaubernd er lächeln kann, dieser Junge, wie ein Star aus Dallas! Er müßte mal im Fernsehen kommen.«

Wir wissen nicht, wovon sie reden, aber später erzählt uns Kofi, daß die beiden in den reichen Ländern im Westen gewesen sind und dort viele Wunderdinge gesehn haben wie dieses Dallas, von denen die Leute in den armen Ländern nichts wissen.

Danach möchten wir alle Dallas sehn, glauben aber nicht, daß wir je dazu kommen werden.

Jedenfalls, Matt sagt ihnen, wie Golam heißt, und sie strahlen ihn an und küssen ihn auf beide Wangen. Ich weiß nicht recht, ob mir das gefallen würde, von ihnen auf beide Wangen geküßt zu werden, aber das ist kein freundlicher Gedanke, und darum versuche ich ihn zu verscheuchen, werde ihn aber nicht los.

»Und der hier«, sagt Matt und deutet auf mich, »ist Kimo. Er ist unser bester Freund.«

»Der ist aber groß, der Junge!« sagen die Zwerge, wieder gleichzeitig, befühlen meine Arme und stellen sich Schulter an Schulter neben mich, um zu vergleichen, wie groß ich bin.

»Deinen Namen hast du uns noch nicht gesagt, oder?« sagen sie nun beide zu Matt. »Aber unsere haben wir ja auch noch nicht gesagt. Unhöflich von uns, findet ihr nicht?«

Sie stellen diese Fragen, warten aber die Antwort nicht ab. Ich wundere mich immer mehr, wie sie das machen, immer die gleichen Worte zur gleichen Zeit und mit der gleichen Stimme zu sagen.

»Also«, reden sie weiter, und ich sage mir schon, jetzt müssen sie endlich mal ein paar Worte jeder für sich sagen, denn ihre Namen werden sie ja wohl einzeln haben, aber es geht einstimmig weiter, »also, wir sind Jon und Donna.« Beim Sprechen zeigen sie auf sich, um klarzumachen, wer Jon und wer Donna ist. Ich bin froh, daß sie das tun, denn sonst hätte ich es nicht verstanden. Diese Namen hab ich noch nie gehört und hätte nicht sagen können, welches ein Mädchen- und welches ein Männername ist. Wie sich herausstellt, heißt der Zwerg Donna und die Zwergin Jon.

»Und jetzt bist du an der Reihe.« Sie schauen Matt gespannt an, als ob sie wunder was erwarten.

»Ich heiße Jomo«, sagt Matt.

Nun werdet ihr euch mit Recht fragen, warum Matt sagt, daß er Jomo heißt.

Aber, um die Wahrheit zu sagen, er sagt die Wahrheit.

Denn Matt heißt gar nicht wirklich Matt. Zwar, jetzt ist das sein Name, die Kurzform für Matthew. Aber von Geburt heißt er Jomo, und so hieß er immer, bis dieser Missionsfritze aus Pasadena, California, USA (weiß ich, wo das sein soll) mit seiner erbarmenswerten Frau uns Niggern den Heiland Jesus Christus gebracht und Matts Seele gerettet hat. Und andere Seelen auch noch. Nicht alle natürlich, denn manche Seelen sind dazu einfach nicht gut genug, aber doch so etliche. Meine nicht, muß ich leider sagen, obwohl ich wirklich und ehrlich bereit war, meine Seele retten zu lassen. Aber Großmama Zottelzitz wollte nichts davon wissen und schlug dem Missionsfritzen die Tür vor seiner gütigen Nase zu.

Ich bin ganz traurig deswegen, denn Matt sagt, der Missionsfritze sagt, ihre Seele wird nun nicht in den Himmel kommen, weiß ich, wo das sein soll. Er sagt, der Missionsfritze sagt, ihre Seele ist für immer verloren und kommt in die ewige Dunkelheit, weiß ich, wo das sein soll. Vielleicht ist es sogar in Pasadena, California, USA, nach dem, was dieser Missionsfritze so über Fleischeslust und Todsünden sagt, die dort reif sein sollen, weiß ich, was das alles heißen soll.

Matt sagt, dieser Missionsfritze hat ihm zuerst beigebracht, wie man ein Christ wird, und dann, wie man kein Christ bleibt. Ich habe nie etwas von all dem begriffen. Aber dies kommt alles erst später, und ihr erfahrt es noch, wenn es soweit ist.

Jedenfalls, nachdem wir uns nun alle wieder getroffen haben, wird es eine herrliche Kirmes. Nie zuvor und auch später nie mehr hab ich so viel Spaß gehabt.

Meine neuen Freunde gefallen mir immer besser, obwohl sie nicht sehr schön anzusehn sind und so komisch reden und im Zirkus arbeiten.

Aber wenn Jon, Donna und Kofi nicht gerade mit uns reden, sehen sie nicht sehr glücklich aus. Von mir aus gesehen scheint es, als ob sie sich über irgend etwas furchtbar ärgern, so daß sogar die guten Dinge ihnen Kummer machen.

Zum Beispiel die Preise für Kühe, Schafe, Ziegen und Kamele. Anscheinend werden sie dieses Jahr richtig billig. Ich denke, darüber sollte man sich doch freuen. Meine Mam freut sich immer, wenn Sachen billig werden. Aber Jon, Donna und Kofi macht es Sorgen.

An ihren Sorgen ist noch etwas mehr dran. Ich weiß es, denn ich kenne mich aus. Ich hab schon genug Sorgen bei Erwachsenen gesehen und muß es wissen.

Und ich schätze, bei den Erwachsenen sind die kleinen Leute von den großen nicht weiter verschieden.

Der Geistertanz

Großmama Zottelzitz sagt, es gibt zwei Arten von Menschen. Die einen glauben, wenn die Geister tanzen, dann tanzt die Welt mit ihnen; und die andern glauben, wenn die Welt tanzt, dann tanzen die Geister mit ihr.

Ich selbst sehe da keinen Unterschied, aber Großmama Zottelzitz sagt, es ist der einzige Unterschied, auf den es ankommt.

Sie sagt, sei immer der Erste beim Tanzen.

Sie sagt auch, hör nie auf zu tanzen, obwohl ich nicht sehe, wie das möglich sein soll.

Jedenfalls, ich springe auf, groß, stumm und stark, wie ein Baumjunges, wenn Bäume aufspringen könnten, und fange an zu tanzen.

Die Flammen hüpfen und flackern oben auf den hohen schwarzen Fackelstäben, die von kleinen Jungen und Mädchen in schwarzen Gewändern gehalten werden. In der Schwärze der Nacht kann man die schwarzen Stäbe oder die schwarz gekleideten Kinder kaum erkennen, und darum sieht es so aus, als ob die Flammen ganz von allein durch die schwarze Luft tanzen.

Die weißen, gelben und roten Kleider der meisten Tänzer fallen auch ins Auge. Sie hüpfen und wirbeln, zucken und schwanken wie die Flammen selbst. Sie tun so, als wären sie die Lichtfrau, und hoffen, daß die wirkliche Lichtfrau kommen und mit ihnen tanzen wird.

Andere Tänzer stellen andere Geister vor: die Erntefrau und den Regenmann, den Erdgeist, den Berggeist und noch viele andere, darunter auch die Geister verschiedener Tiere.

Golam steht auf und tanzt mit, obwohl er doch weiß, daß seine Mam etwas dagegen hätte. Er tut normalerweise nichts, was seine Mam nicht erlaubt, aber ich denke mir, er denkt sich nichts dabei.

Ich trage mein schönes neues Gewand und ich wollte, Golam hätte auch eines. Ich denke daran, ihm einen von meinen beiden neuen Schals zu geben, damit er auch schick aussieht, vergesse es dann aber in der Tanzlaune.

Matt bleibt sitzen. Die Flammen der Nacht tanzen in seinen Augen, und ich kann seinen Geist draußen in den Augen des Feuers tanzen sehn. Jon, Donna und Kofi beginnen auch bald zu tanzen.

Neue Tänzer kommen hinzu, die Masken vor dem Gesicht tragen. Lange Bänder in allen Farben fliegen um ihre Körper und verdecken ihre Gewänder. Dadurch bekommen die echten Geister eine Chance, an dem Tanz teilzunehmen, ohne erkannt zu werden, denn nun sieht niemand einen Unterschied zwischen den tanzenden Leuten und den tanzenden Geistern. Die Geister haben es nicht gern, wenn man sie erkennt. Wer einem der Tänzer die Maske oder Hülle herunterreißt, um sich einen Geist mal richtig anzukucken, ist auf ewig verflucht.

In der Luft hängt ein langsamer Trommeltakt: immer nur ein Schlag auf einmal, weich und gedämpft, mit langen, ungleichmäßigen Pausen dazwischen.

Viele Flötenspieler umgeben die Tänzer an verschiedenen Orten. Sie spielen alle die gleichen Töne, aber zu verschiedenen Zeiten, und darum wandert die Musik von Ort zu Ort, und die ganze Szene scheint sich bald zu entfernen, dann näher zu kommen, dann wieder sich zu entfernen – die ganze Zeit über. Das bewegte Licht der Fakkeln kommt noch hinzu, und man sieht nicht nur, wie die

Tänzer auf der Tanzfläche tanzen, sondern spürt auch, wie die Tanzfläche selbst von Ort zu Ort tanzt.

Von weit weg am Himmel hört man ein leises schwirrendes Geräusch, wie wenn Millionen Schmetterlinge in der Nachtluft tanzen. Matt bemerkt es zuerst, weil er ruhig dasitzt, während ich in den Tanz versunken bin. Ich bemerke es, weil er es bemerkt. Zufällig schaue ich zu ihm und sehe, daß seine Augen nicht auf den Flammen oder dem Tanz ruhen, sondern in die Dunkelheit und auf nichts hinaussehen, über unsere Köpfe.

Als das Schwirren lauter wird, beginnen auch andere aufzublicken.

»Die Geister ...« ruft eine Stimme über die Glocken der Tänzer hinweg.

»Die Geister ...« dringt ein gedämpftes Murmeln durch das Stampfen der Füße.

»Die Geister ... die Geister ...«

»Die Geister kommen ...«

»Die Geister sind da ...«

»Die Geister kommen zum Tanz geflogen...«

»Die Geister ... die Geister ... die Geister«, singen viele Stimmen zur Musik der Flöten.

Der Herzschlag wird vor Aufregung lauter und schneller als die Trommeln.

Das ist jetzt, wovon alle gehofft haben, daß es eines Tages geschehen wird. Das ist jetzt, was in alten Zeiten, wie alle wissen, geschehen ist. In den alten Zeiten, als die Menschen gut waren und mit den Geistern lebten und schafften, und nicht gegen sie, wie sie es heute tun. Damals kamen die Geister vom Himmel herabgeflogen, um mit den Menschen zu singen und zu tanzen.

Wenn das wieder geschieht, wird die Welt wieder auf ewige Zeit ein Ort des Glücks für alle sein.

So sagen alle, aber nicht viele glauben dran. Nicht deshalb, weil sie an die Geister nicht glauben, sondern weil sie den Menschen nicht trauen.

Aber jetzt geschieht es. Endlich ist es soweit.

Die Geister sind nun fast über uns.

Kofi stößt sein scheußliches Zwergenkreischen aus und rennt davon. Will davonrennen, hält noch einmal an, packt mich bei der Hand, reißt mich mit sich fort und zu Boden.

Zum zweiten Mal in zwei Tagen schlägt mein Gesicht auf den Boden auf. Ich weiß nicht, was los ist. Ich glaube, ich höre Matts Stimme, bin mir aber nicht sicher. Ich glaube, ich höre Henas Stimme, bin mir aber nicht sicher. Ich glaube, ich höre Golams Stimme, und da bin ich mir sicher. Golams Stimme hört man nicht oft, aber wenn man sie hört, dann hört man sie. Sie ist wie sein Lächeln; nicht zu verwechseln.

Der Trommelschlag wird immer schärfer, höher, lauter, schneller, lauter, schneller schneller schneller und hört sich nun gar nicht mehr wie Trommelschlag an.

»Sie schießen!« höre ich jemanden rufen.

»Hubschrauber …«

»In Deckung …«

»Verstecken …«

»Kugeln …«

Ich höre Schreie, ich höre Namen, ich höre Zurufe, ich höre Gebrüll, ich höre Namen, ich höre Maschinengewehre, ich höre Kugeln, ich höre mich selber.

Ich heule.

Ich hoffe, Matt sieht nicht, wie ich heule.

Ich schaue nach ihm, kann ihn aber nicht sehn. Alles, was ich sehn kann, sind Feuerstriche am Himmel. Scharfes, spuckendes Feuer, nicht wie die milden Fackeln der Lichtfrau.

Plötzlich ist alles eine Dunkelheit und Stille. Stille bis auf das Schwirren, das auch allmählich leiser und sanfter wird,

wie ein Schlaflied meiner Mam, und dann ganz entschwin-
det.

Meine Augen leben noch, meine Ohren leben noch,
meine Arme und Beine leben noch, und ich setze mich
auf, und nichts fehlt mir. Nur im Kopf stimmt etwas nicht.
Es ist, als ob er nicht obenauf sitzt, sondern ganz tief im
Dreck liegt.

Ich sehe Sachen und höre Sachen und verstehe nicht die
Hälfte davon.

Leute mit Fackelstäben gehn herum und suchen Freunde
oder Verwandte.

Jemand brüllt: »Macht die verdammten Feuer aus. Die
kommen doch verdammt noch mal zurück und machen
uns alle fertig!« Aber niemand achtet darauf.

Überall liegen Leute herum, wie Gerümpel. Manche
liegen still, manche machen zuckende Bewegungen. Manche setzen sich zitternd hin, manche versuchen aufzustehn,
manche tun gar nichts. Manche schweigen, manche reden
mit anderen oder mit sich selbst, manche heulen. Manche
haben Schußverletzungen, manche haben Schnittwunden
von Metall, manche haben Verbrennungen von herunter-
gefallenen Fackelstäben.

Vor mir sitzen zwei Männer und führen ein ruhiges
Gespräch, als säßen sie bei sich am Herdfeuer.

»Nun hat's also begonnen. Jetzt geht's richtig los. Ich
hab's ja immer gewußt, daß es so kommt.«

»Wahrscheinlich wär es nicht so gekommen, wenn ihnen
nicht so ein verdammter Idiot letzte Nacht eine ganze
Hütte voll Waffen und Munition in die Luft gesprengt
hätte.«

»Sie hätten sowieso angefangen. Sie waren schon dabei,
Vorräte anzulegen und noch mehr Killer anzuheuern.«

»Das ist jetzt ihre Rache. Irgendein neunmalkluges
Arschloch hat uns alle da mit reingerissen.«

»Es wäre doch passiert, egal, was du sagst. Wenigstens ein bißchen von ihren Mordgeräten ist jetzt weg. Ich sag, alle Achtung vor dem, der das gemacht hat.«

»Und wer dafür blechen muß, das sind wir. Mit unserm Leben und unserm Zuhause …«

Meine Hand fühlt sich feucht an. Ich schaue hin. Sie ist rot von Blut. Ich schaue bloß hin. Ich spüre keinen Schmerz. Es ist nicht mein Blut. Es ist Jons Blut. Sie liegt neben mir, ein Haufen zerhacktes Fleisch. Etwas weiter liegt Donna, ganz still und ohne Wunde, die ich sehen kann. Zwischen ihnen sitzt Kofi, sehr ruhig; er sagt nichts, tut nichts. Ich meine, er kann doch nicht einfach so dasitzen, aber er sitzt einfach so da und ist ganz ruhig; er sagt nichts, tut nichts, sieht nichts.

Matt, Golam, Hena und ich tragen Jons und Donnas Körper ins Zelt zurück. Kofi folgt uns, als ob er im Schlaf wandelt. Als wir Jon die Bluse ausziehen, um sie zu säubern, damit sie netter aussieht, wenn die Geister sie holen kommen, sehen wir, daß sie keine Brüste hat wie eine Frau. Wir wundern uns, sagen aber nichts. Wir wundern uns auch, wie Donna gestorben sein kann, denn an seinem Körper ist keine Spur von einer Verletzung; aber dazu sagen wir auch nichts.

Kofi fängt plötzlich an zu erklären, mehr wie wenn er zu sich selbst spräche.

»Sie waren Brüder, Zwillinge. Dachten und redeten immer gleich. Alles haben sie zusammen gemacht. Gutes Geld beim Zirkus verdient und in Schaubuden. Nicht viel, aber fürs Essen und ein bißchen was darüber hat es gereicht.

Eines Tages machten sie sich beide grad fertig für eine Vorstellung. Sie hatten vor, sich zur Abwechslung mal als Frauen zu kostümieren. Wie es sich ergab, kam der Mann, der die Vorstellungen organisierte, mit Don ins Gespräch. Donna nannte er sich erst später, einfach aus Jux. Als es für ihren Auftritt Zeit wurde, war nur Jon mit dem Frauen-kostüm fertig. Die Vorstellung kam sehr gut an. Daß Zwil-lingsbrüder gleich redeten, machte den Leuten nicht viel Eindruck, aber sie staunten mächtig, als sie einen Zwerg mit seiner Zwergenfrau sahen – sie gaben sich als Mann und Frau aus –, die gleich dachten und gleich redeten. Es klappte so gut, daß sie die Nummer immer beibehalten haben.

Ich glaube, die Geister sind wirklich heute abend zum Tanz gekommen. Die Zwillingsgeister des Todes. Der Tod, der scheidet, und der Tod, der vereint.«

Teil II

GOLAMS KUH

(zwei Jahre später)

1

Die Hoden des Missionars
und Tante Tima

Seit unserm Ausflug zum Geistertanz nach Gonta sind zwei Jahre vergangen.

Allerhand Probleme haben wir gehabt, inzwischen.

Eins der größten und ein ganz neues ist, wie wir herauskriegen können, ob die weißen Männer drei Eier haben.

Matt sagt, sie haben drei. Matt sagt, das ist der Grund, warum sie die Welt beherrschen, weil man nämlich mit drei Eiern mehr Kraft hat als mit zweien. Er sagt, das ist Tatsache und allgemein bekannt.

Zuerst denken wir, er will uns foppen, wie er das manchmal so macht. So wie neulich, als er mit ernstem Gesicht erklärt hat, wie man fliegen lernt: du mußt dir eine Stacheleidechse in den Arsch stecken.

Das war nun nicht weiter schwierig. Klar, da würde jeder in die Luft gehn. Ist nur natürlich.

Aber manchmal kommt er einem mit wirklich kniffligen Sachen, aus denen man nicht klug wird. So wie diese mit den drei Eiern des weißen Mannes. Das kommt mir nicht natürlich vor.

Aber er trägt so ein Bild mit sich herum. Niemand weiß, wo er es her hat, und er sagt es nicht. Klar, es ist ein altes Bild und schon tausendmal von Tausenden von Leuten begrabscht worden, und darum ist es ganz verschmiert und rissig und nicht mehr sehr deutlich. Aber es ist ein Bild von einem nackten Mann. Einem nackten weißen Mann, daran ist kein Zweifel. Man sieht ihn dastehn, leicht vorgebeugt, rosigweiß (verschmiert rosig-weiß) und nackt.

Hinter ihm steht ein anderer weißer Mann, gerader, aufrecht. Von seinem Körper sieht man kaum etwas, aber sein Gesicht sieht man ganz deutlich. Es ist der deutlichste Teil von dem Bild, weil da niemand so genau hinsieht, bis auf mich. Er hat die Arme um die Schultern des Mannes vor ihm gelegt, und sein Mund zeigt ein echt seliges Grinsen. Er blickt ein bißchen nach oben, Kinn vorgereckt, Augen halb zu, halb auf – sehen und sehen nicht. So wie wenn ihm der Sinn nach Höherem steht.

Das Gemächte von dem Mann vorne ist dick geschwollen, rot und steif. Darunter hängen seine Eier, wie zu erwarten und insofern nicht unnatürlich. Nur, neben den üblichen zwei ist etwas, wovon man beim besten Willen nicht sagen könnte, was es anders sein soll als ein drittes.

»Vielleicht ist er ein Naturwunder«, sagt Golam.

Wie diese Leute im Zirkus, denke ich. Denke ich, sag ich aber nicht. Wir reden davon nicht gerne.

»Ja, vielleicht«, sag ich. »Vielleicht haben sie dieses unanständige Bild gemacht, um ihn damit auszustellen.«

»Und vielleicht will er sich nicht gern ausstellen lassen«, sagt Golam, »und darum muß dieser andere Mann ihn festhalten.«

Aber Matt sagt: »Warum sind die weißen Männer dann King? Die müssen etwas extra haben. Ist doch klar!«

»Woher weißt du denn, ob die weißen Männer King sind?« sagt Golam.

Wir schaun ihn alle zustimmend an, denn das fragen wir uns auch.

»Na, aber das weiß doch jeder!« sagt Matt und wirft die Hände in die Luft. »Aber sicher«, fügt er hinzu und schaut reihum jeden von uns an.

Dem können wir nicht widersprechen. Aber ganz überzeugt sind wir noch nicht. Jedenfalls nicht von dem Extra-Ei.

Die Schwierigkeit ist, wie sollen wir feststellen, ob er nun recht hat oder nicht? Der einzige weiße Mann im Dorf ist der Missionsfritze. Der ist seit sieben Monaten da; er hilft in der Schule und hat Matts Seele gerettet. Er hat so einen Jeep und fährt damit zu vielen Dörfern, wohnt aber in unserm, weil es nämlich in unserm Dorf mehr Bäume gibt, bessere Felder und mehr zu essen. Gonta und die Orte westlich von uns sind natürlich noch besser dran, aber die haben ihren eigenen Missionsfritzen, einen, der schwarz ist wie wir alle. Nicht einen, der weiß ist wie unser eigener, ganz spezieller.

Und nun können wir ja nicht gut zu diesem Missionsfritzen hier bei uns gehn und sagen: »Sir, dürften wir mal Ihre Eier sehn, Sir?«

Schon gar nicht, weil er es nicht gern hat, wenn man Sir zu ihm sagt.

Er möchte, daß wir Tom zu ihm sagen, denn das ist sein Name. Mein Dada sagt aber, man redet ältere Leute nicht beim Namen an, weil das nämlich respektlos ist, und nun weiß ich gar nicht mehr, was sich gehört. Aber egal, ob Sir oder Tom, ich kann nicht zu ihm gehn und fragen, ob ich mal seine Eier sehn kann.

Matt sagt, ich müßte sie ja nicht wirklich »sehen« wollen. Ich soll ihn einfach fragen, ob er zwei oder drei hat. »Er wird doch nicht lügen, oder?« sagt Matt. »Schließlich ist er ja ein Mann Gottes.«

Aber ich bin mir nicht so sicher, daß er nicht lügen kann, bloß weil er ein Missionsfritze ist. Jeder kann lügen, besonders wenn es um sowas Wichtiges und Persönliches geht. Außerdem, Großmama Zottelzitz glaubt nicht an das, was er sagt. Und mehr noch, ich kann ihn danach doch auch nicht gut fragen: »Sir – oder Tom –, stimmt es, daß Sie drei Eier haben? Sie brauchen sie mir nicht zu zeigen, sagen Sie nur ja oder nein, und ich glaub es Ihnen.«

Das kann ich nicht machen, und Matt sagt zwar, da wäre gar nichts Schlimmes dabei, aber er selbst macht es auch nicht.

»Warum fragst du ihn nicht?« sag ich. »Du hast dir doch von ihm die Seele retten lassen und den Namen ändern und den Kopf unter Wasser tauchen. Du kennst ihn am besten.« Klingt doch vernünftig, finde ich.

Er sagt, er zweifelt ja nicht, darum gibt es für ihn keinen Grund zu fragen. Wir zweifeln daran, darum müßten wir fragen. Das klingt auch wieder vernünftig, und darum ist schlecht drüber streiten.

»Sag nicht ›Ihre Eier, Sir‹, sondern ›deine Hoden, Tom‹«, sagt Matt, dann unterbricht er sich, als ob er noch mal drüber nachdenkt, und sagt: »Andererseits, ›Eier‹ klingt irgendwie freundschaftlich und ›Tom‹ auch; ›Sir‹ und ›Hoden‹ dagegen sind korrekter, also solltest du vielleicht entweder ›Ihre Hoden, Sir‹ oder ›deine Eier, Tom‹ sagen.«

Aber ich werde keins von beidem sagen. Auch Golam nicht, und niemand anders von unseren Freunden. Hena, die könnte das, denn sie fürchtet nichts und niemand. Aber die können wir nicht bitten, daß sie ihn fragt, denn dazu ist es »zu heikel, eine Sache rein unter uns Männern«, sagt Matt und wird ganz etepetete.

Um so entschlossener sind wir, daß wir es herauskriegen wollen. An unserm kleinen Baum auf unserm kleinen Hügel geben wir uns das Versprechen, daß wir es wissen werden, bevor die Jahreszeit um ist.

Einstweilen haben wir andere Sorgen.

Mein Dada macht sich mehr Sorgen wegen des Regens. Golam auch. Er hat keinen Dada, darum muß er sich selbst Sorgen machen.

Das Wasser im Fluß fließt nur noch langsam, und der Wasserstand in den Wasserlöchern sinkt.

Wir haben Glück, daß wir in einer Art flachem Tal

wohnen, was das Wasser zu speichern hilft. Außerdem sind Wälder in der Nähe, was auch ein bißchen hilft. Aber alle Leute schaun belämmert drein. Sogar Henas Dada hat aufgehört, pausenlos seine dummen Witze zu erzählen, die er früher niemandem ersparte.

Was wir von anderen Dörfern hören, klingt nicht gut.

Aber es gibt auch gute Nachrichten.

Mein Vetter Joti kommt aus der großen Stadt, um seine Mam und das ganze Dorf zu besuchen. Er kommt seine Mam besuchen, weil es ihr nicht gut geht. In Wirklichkeit fehlt ihr nichts, aber sie hat ihm geschrieben, es würde ihr nicht gut gehen, damit er sie besuchen kommt. In den letzten vier Jahren ist er nur einmal nach Hause gekommen, und das war schon vor unserem Gang nach Gonta zum Geistertanz.

Er ist mit dreizehn von zu Hause weggelaufen und nach Bader gegangen. Er war ein großer, gutaussehender Junge, wie die meisten in unserer Familie. Er war auch forsch und viel zu neugierig, anders als die meisten in unserer Familie. Das Leben in unserm kleinen Dorf war nichts für ihn. Hier gibt es keine Zukunft, hat er immer gesagt. Immer war er unruhig, wollte immer dies oder das, hatte ständig Streit mit Leuten – in der eigenen Familie oder mit anderen, war dauernd in Schwierigkeiten. Er hörte Geschichten über die Großstadt von den wandernden Leuten, die mit ihren Tieren durch unser Dorf ziehen und um Wasser, Verpflegung, Gras und Rastplätze bitten. Jetzt kommen nicht mehr viele. Jedenfalls, eines Abends im Spätherbst, als die Blätter dürr wurden und die wandernden Leute ihre Zelte abbrachen und nach Westen zur großen Stadt hin zogen, um sich Wintervorräte zu besorgen, da geht Joti und versteckt sich in einer ihrer Eselsladungen. Das war das letzte, was wir von ihm wußten.

Ein Jahr und sieben Monate später bekommen wir so ein Riesenpaket aus Bader, das vom Oberhaupt des Dorfes selbst zu unserm Haus gebracht wird. Der Lehrer gibt schulfrei, damit alle zu uns kommen und sehen können, was drin ist und von wem es ist. Der Lehrer bringt auch die große Schulschere mit – die er sonst hütet wie seinen Augapfel, weil die Schule sie einmal von der Regierung geschenkt bekommen hat, zusammen mit zehn Paketen Papier, einem Dutzend Bleistifte und einem Dutzend Kugelschreiber –, um die Verpackung des großen Pakets damit aufzuschneiden.

Darin sind Schals für Onkel Jam und Tante Tima – Jotis Mam und sein Dada. Und Schuhe und bunte Perlen für Hals, Arme und Ohren und, das Beste von allem, Schokolade.

Es ist das erstemal, daß ich Schokolade esse.

Außerdem sind in dem Paket noch schöne Halstücher für das ganze Dorf und Hunderte von andern Dingen, an die ich mich nicht mehr erinnern kann. Am sonderbarsten war der Hut für Großmama Zottelzitz. Er lag in dem großen Paket nicht zwischen den anderen Sachen, sondern in einer Schachtel für sich, und darin ließen wir ihn bis zuletzt, weil wir uns nicht trauten, die Schachtel aufzumachen, denn vielleicht steckte ein Zauber darin, der beim Öffnen entweichen könnte. Dieser Hut ist aus einem rosa Tuch, wie wir es noch nie gesehen haben, und mit Blumen bedeckt, die wie richtige Blumen aussehen und sogar riechen, aber keine sind. Großmama Zottelzitz (sie würde mich umbringen, wenn sie wüßte, daß ich sie Großmama Zottelzitz nenne, denn richtig heißt sie Großmama Perle) hat den Hut an der Wand hängen, neben den Badeölen, mit denen sie sich einreibt, wenn sie für die Geister tanzt. Sie trägt den Hut nie, denn sie sagt, er ist viel zu schade für ihren alten Kopf, aber sie würde ihn ums Verrecken

nicht an eine andere hergeben, an meine Mam zum Beispiel, die ihn nur allzu gern aufsetzen würde.

In dem großen Paket ist auch ein Brief von Joti, in dem
er schreibt, wie gut es ihm geht und daß er in einem
großen Hotel arbeitet. Er schreibt nicht, was er da macht,
aber mit Gedanken darüber hält sich niemand auf. Jedenfalls fragt niemand danach, und es ist ja auch niemand da,
den man fragen könnte.

Wirklich nur noch mit offenem Mund staunen und gar
nichts mehr sagen können wir über die Fotos von Joti.

Es sind schöne, glänzende Fotos in allen Farben.

Joti sitzt in einem schwarzen Anzug, wie ihn die Weißen tragen, an einem Klavier – »Klavier« steht auf der
Rückseite des Fotos.

Joti, in einem anderen Weißen-Anzug, sitzt auf einem
großen, mit Leder und Knöpfen bedeckten Stuhl.

Joti in Weste und Shorts vor so einem Haus, von dem
ich nicht glauben kann, daß es das wirklich gibt, und
neben einem Auto, von dem ich auch nicht glaube, daß
es das wirklich gibt.

Fünf Monate später kommt Joti selbst. Ich glaube nicht,
daß es sowas wie ihn wirklich gibt. Seine Kleidung ist
noch großartiger als auf den Fotos.

Er kommt in einem Auto. Aber das Auto ist nicht groß-
artig. Es ist sogar schon ein bißchen am Auseinanderfallen.
Joti sagt, mit einem schicken Wagen kann er nicht über
unsere Sandwege fahren; die Steine und Schlaglöcher würden es hinmachen. Darum ist er mit einem gekommen, das
schon so gut wie hin ist, und das leuchtet uns allen ein,
und wir loben ihn, daß er so klug ist.

Das ist nun zwei Jahre her. Dann hören wir nichts mehr
von ihm, nur ein kurzer Brief auf der Rückseite von einem
Bild kommt, auf dem man ein Haus sieht, das der Palast
des Königs im Paradies sein könnte.

Nun fängt Tante Tima ihm zu schreiben an, wie schlecht es ihr geht, aber er kümmert sich nicht drum. Er glaubt es ihr nicht, soviel ist mir klar. Ich würde's ihr auch nicht glauben, denn Tante Tima steht mit der Wahrheit auf Kriegsfuß, und weil das jeder im Dorf weiß, weiß es natürlich auch ihr Sohn.

Dann läßt sie seinen Dada an ihn schreiben, sie liege im Sterben. Onkel Jam lügt normalerweise nicht, aber diesmal tut er's, weil er sich nämlich auch nach seinem Sohn sehnt. Außerdem meint er, er lügt ja nicht wirklich, denn irgendwie stimmt es ja auch wieder, daß Tante Tima stirbt, nämlich genau wie alle andern Menschen auch. Niemand lebt ewig, also auch Tante Tima nicht – obwohl es Leute gibt, die ihr das zutrauen –, und darum ist es keine wirkliche Lüge.

Es wirkt, denn Joti schreibt zurück, er kommt am siebenundzwanzigsten des siebenten Monats.

Und das ist heute.

Onkel Jam und Tante Tima sind sich immer noch nicht einig geworden, ob sie Joti, wenn er ankommt, die Wahrheit sagen sollen oder nicht: daß Tante Tima noch nicht so bald zu sterben gedenkt. Das ganze Dorf wird sich an das halten, was sie sagen; nur können sie sich nicht entschließen, was sie sagen wollen. Oder vielmehr, sie haben sich zwar schon entschlossen, aber ihre Entschlüsse sind verschieden, und darum können sie einer dem andern nicht helfen.

Onkel Jam, wie ihr euch vielleicht schon denken könnt, will die Wahrheit sagen. Aber Tante Tima sagt, erstens wird er gekränkt sein, wenn er hört, daß wir ihn belogen haben, und zweitens fährt er dann ab und kommt nie wieder, jedenfalls für eine lange Zeit. Wenn er aber glaubt, daß seine Mam im Sterben liegt, dann entscheidet er sich vielleicht fürs Dableiben oder wenigstens für häufigere Besuche. Der letzte Gedanke gefällt Onkel Jam, aber er sagt, es ist nicht richtig gegen Joti, ihn zu halten, wenn es ihm in der großen Stadt doch so gut geht, und auch nicht richtig, ihn in Sorge zu lassen, wenn er dann trotzdem wieder abfährt. Und was das Gekränktsein angeht, so sieht er nicht ein, warum es richtig sein kann, ihn zu belügen, weil es falsch war, ihn zuerst belogen zu haben. Wenn er durch die erste Lüge gekränkt wurde, wird er es durch die zweite noch mehr, sagt er. Aber Tante Tima sagt, das hatte alles seinen guten Grund, und das jetzt hat auch seinen guten Grund.

Die andern aus dem Dorf hören bei dieser Auseinandersetzung zu und warten ab, wie die beiden sich einigen werden, damit man sich schon die richtigen Worte überlegen kann, mit denen man sie unterstützen wird, wenn es soweit ist.

Am Ende, wie ihr euch auch wieder denken könnt, setzt Tante Tima ihren Kopf durch.

Ich glaube nicht, daß Joti auch nur einen Atemzug lang darauf reinfallen wird, denn sein Verstand ist schärfer als Hexenzungen, aber Matt sagt, das kann man nicht wissen. Matt sagt, Joti liebt seine Mam, wie alle Männer ihre Mam lieben – und manchmal auch Frauen –, und die Liebe könnte die Oberhand behalten, weil sie stärker ist als der Verstand.

Ich sage: »Ich wette, daß Joti seiner Mam nicht glaubt. Das würde beweisen, daß du dich irrst.«

»Wenn Onkel Jam wirklich sagt, Tante Tima stirbt, und Joti glaubt es nicht, dann beweist das noch nicht, daß ich mich geirrt habe«, gibt Matt mir zurück. »Das beweist dann nur, daß er unter einem Einfluß steht, der noch stärker ist als Liebe.«

Das ist eine bequeme Ausflucht, finde ich.

»Und was«, frage ich in einem Ton, der zu verstehen gibt, daß ich ihn durchschaue, »was ist denn stärker als Liebe?«

»Lieblosigkeit«, sagt Matt.

Ich geb es auf.

Der Tag kommt, und der Tag geht, aber kein Joti.

Wir stellen uns an der großen Sand- und Steinstraße auf, die ins Dorf führt, zuerst alle zusammen, dann in Grüppchen. Aber kein Joti weit und breit.

Die Sonne geht unter, und die Hoffnung schwindet. Tante Tima kommt uns so vor, als ob sie wirklich sterben wird, vor Aufregung. Onkel Jam geht es noch schlechter, obwohl er es sich nicht so merken läßt.

Großmama Zottelzitz reibt sich den Körper mit Öl ein, bindet sich ihren sauberen Schal um den Kopf, verneigt sich vor den Geistern und beginnt zu tanzen.

Sie tanzt aus dem Haus heraus, in den Vorhof und dann weiter bis in die Mitte des Dorfes. Sie erhebt ihre langen Augen, ihre langen Arme und ihre langen Hände mit ihren langen Fingern zum Himmel, während ihr großer, schlanker Körper sich in der Richtung des aufkommenden leichten Windes hin und her wiegt.

Wohlgefällig bescheint sie der große, helle Mond und macht sie jung und schön, statt alt und schön. Mir wird ein bißchen mulmig, aber der Ausdruck in ihren Augen ist immer noch alt, sanft und klug. Schnell sage ich den Geistern Dank, daß sie sie nicht wirklich wieder jung machen. Ihre Füße machen den Sand unruhig. Die Winde machen den Sand unruhig. Der Sand seufzt und setzt sich in Bewegung, ohne zu wissen, was er tun und wo er hingehn soll. Der Wind lupft ihn, spielt mit ihm und vermischt sich mit ihm, bis sie beide, der Sand und der Wind, um meine tanzende Großmama tanzen. Im ganzen Dorf hört alles andere auf, alle versammeln sich ringsum und schauen zu, wie der Sand und die Großmama mit den Winden tanzen. Sogar der Missionsfritze steht dabei, zusammen mit dem Lehrer. Er hat eine Weste und weite Shorts an, aber es hat keinen Sinn, unter ihn zu kriechen und dann hochzuschauen, ob man seine Eier sehn kann. Das haben wir schon versucht, viele Male. Er trägt immer Unterhosen darunter. Außerdem ist es zu dieser Zeit schon zu dunkel da oben um seine Beine, da könnte man seine Murmeln nicht richtig sehen, so hell sie auch sind.

Bald will es der Sand der Großmama heimzahlen und sie unruhig machen. Er wird dichter und dreht und windet sich und tanzt immer schneller und wilder um die Großmama selbst herum, als ob er ihr zeigen will, wer es besser kann.

Wir staunen, denn die Großmama hat schnelle, aber leichte Füße, keine so schweren, daß sie damit all den Staub und Sand aufwirbeln könnte. Und auch die Winde sind um diese Jahreszeit und zu dieser Abendstunde nicht gar so stark.

Aber der Wind und der Sand werden immer reger, es ist schon erstaunlich. Und noch erstaunlicher wird es, als das Geräusch des Windes in ein fremdes Dröhnen übergeht, das mit jedem Atemzug lauter wird.

Plötzlich ruft einer, dann rufen alle. Alle blicken zu mir her. Zuerst bin ich erschrocken, dann sehe ich, was los ist.

Niemand blickt auf mich, sie blicken an mir vorbei. Ich springe auf und drehe mich gleichzeitig um.

Nun sehe ich, wo der Staub und Sand, der Wind und das Dröhnen herkommen. Es ist ein Auto. Joti sitzt drin. Er winkt mit beiden Armen und ruft, ganz wie früher, als ich ein kleiner Junge war und er viel mit uns herumtobte.

Bald ist die Hälfte aller Leute aus dem Dorf auf den Beinen und tanzt um die Großmama Zottelzitz herum, und die andere Hälfte tanzt um Joti herum. Joti strahlt übers ganze Gesicht, geht hin und her, vom einen zum andern. Hallo Onkel hier und hallo Großmutter da. Da küßt er jemand ab, und dort reißt er jemand schier den Arm aus. »Bist du aber groß geworden!« sagt er zu einem Knirpschen und »Wirst du denn nie erwachsen?« zu einem großen Burschen.

Das geht lange so weiter, und die ganze Zeit laufe ich ihm nach, um ihn bei der Hand nehmen zu können, und tatsächlich bekomme ich sie dann und wann auch zu fassen. Onkel Jam erscheint auf der Bildfläche. Joti und er umarmen und küssen sich, lachen und weinen und wischen sich immerzu die Augen und die Nasen – Joti mit dem seidenen Taschentuch, das aus der Gesäßtasche seiner engen Jeans hervorkuckt, und Onkel Jam mit einem Ende seines Schals.

Jetzt kommen meine Mam und mein Dada und lachen und weinen mit ihnen. Sogar die Großmama Zottelzitz hat nun zu tanzen aufgehört, hat den Geistern ihren Dank gesagt und kommt und gesellt sich zu der Familie.

Die andern aus dem Dorf wollen die Familie nun unter sich sein lassen und ziehen sich langsam zurück, nachdem sie Joti für morgen noch zu dem großen Dorffest eingeladen haben, das ihm zu Ehren gegeben wird.

Aber wo steckt Tante Tima?

Alle haben so eifrig ihre Freude über Jotis Ankunft gezeigt, daß Tante Tima ganz vergessen wurde. Wo ist sie?

Wir finden sie ganz allein, die Beine von sich gestreckt, mit dem Rücken gegen die zerbröckelnde Steinmauer sitzend, die sich durch den Ostteil des Dorfes zieht; niemand weiß, warum, niemand weiß, seit wann.

Sie hat die Augen offen, als ob sie in die Ferne blickten,

um nach Joti Ausschau zu halten. Aber sie sehen ihn nicht mehr, als er nun kommt.

Tante Tima ist tot.

Tante Tima, die dicke, dralle, starke Tante Tima sitzt tot an der alten Steinmauer.

Ob ihr das Herz nun vor Kummer gebrochen ist, weil sie gedacht hat, Joti kommt nicht, oder vor Freude, als sie die Rufe gehört hat, daß er da ist, werden wir niemals erfahren.

Das Fest am nächsten Tag war das größte, das je im Dorf gefeiert wurde. Alte Moslems, neue Christen, sogar die Kinder Mosis – alle kamen und brachten Speisen und Früchte mit, Musik und Tanz, Liebkosungen und Erinnerungen, um Joti so zu feiern, wie es Tante Tima getan hätte; als ob Joti der heimgekehrte Sohn von allen wäre.

Jeder, der sich noch rühren und atmen konnte, tanzte die ganze Nacht durch, um Tante Timas Geist Gesellschaft zu leisten, als sie auf die Geister der Bäume und Berge, der Flüsse und der Erde wartete, die sie mitnehmen sollten, bis sie bereit wäre, als eine von ihnen wiederzukehren.

Joti ist wieder in die Stadt zurückgefahren, und die Jahreszeit ist schneller um gewesen, als wir dachten; aber noch immer hat es nicht geregnet und noch immer haben wir nicht die Eier des Missionsfritzen gesehen. Auch geredet hat er nicht von ihnen, weder im Gespräch noch in seinen Predigten.

Wir erwarten ja auch nicht wirklich, daß er über seine Eier redet, wenn er Religionsunterricht gibt – in der Schule für alle Kinder oder auf dem Dorfplatz für die Erwachsenen –, aber er redet immerhin von so seltsamen und wunderbaren Ereignissen, daß es uns nicht weiter überraschen würde, wenn er sie doch mal erwähnen würde. Besonders wenn er so von dieser großen Kraft redet, die in uns ist. Er sagt, die kommt vom heiligen Geist, der auch sowas wie ein Geist ist.

Also, das leuchtet mir ein. Der heilige Geist ist der beste von allen Geistern, denk ich mir, aber bei Großmama Zottelzitz trau ich's mich nicht zu sagen. Sie sagt, einen bestimmten heiligen Geist gibt es nicht, weil die Geister nämlich alle heilig sind. Ich glaube aber, es kann ja doch sein, daß einer von den Geistern heiliger ist als die übrigen, genauso wie der Missionsfritze ja auch heiliger ist als wir anderen. Das ist der Grund, warum ich mir gern die Seele retten lassen würde, aber ich trau mich nicht, wie schon gesagt.

Matt dagegen, der geht und glaubt an diesen heiligen Geist, läßt seinen Namen ändern und seinen Kopf unter Wasser tauchen, und alles, ohne seine Familie erst lange zu fragen. Sein Glaube ist sogar so stark, sagt der Missionsfritze, daß bald auch sein Dada, seine Schwester, seine Tanten und Onkel seinem Beispiel folgen. Der Missionsfritze sagt, sowas hat er überhaupt noch nicht erlebt, daß ein kleiner Junge eine Sinnesänderung bei Erwachsenen erreicht, bei denen der Missionsfritze selbst nichts hat ausrichten können. Und er denkt nicht allein so, denn wenn Matt von Gott, Jesus und der Liebe redet, dann hören ihm mehr Leute zu als dem Missionsfritzen, wenn der von Sünde, Vergebung und Auferstehung redet – weiß ich, was das sein soll. Vielleicht, weil er unsere Sprache besser spricht, vielleicht auch nicht nur deshalb. Vielleicht hat er doch eine Kraft in sich, auch mit den gewöhnlichen zwei Eiern.

Die Kraft, von der unser Missionsfritze redet, soll vom heiligen Geist kommen und von unserem Vater, dem großen Gott, und von seinem Sohn, dem großen Herrn Jesus. Aber von einer Kraft, die davon kommt, daß man drei Eier hat, redet er nicht. Nun redet er allerdings ein- oder zweimal von einer Trinität, wovon ich überhaupt nichts versteh, was aber, sagt mir Matt, soviel wie »drei« bedeutet. Wir denken zwar nicht, daß er damit seine oder von sonstwem die Eier meint, aber es scheint doch zu bedeuten, daß drei stärker ist als zwei, und vielleicht ist das der Grund, warum die weißen Männer King sind, wie Matt sagt: weil sie drei haben und nicht bloß zwei – nämlich Eier.

Jedenfalls, Tatsache bleibt, daß wir es nicht herausgekriegt haben.

Wir gehen wieder zu unserem kleinen Baum auf unserem kleinen Hügel und bitten um mehr Zeit bis zur Erfüllung unseres Versprechens.

Aber Golam ist mit dem Herzen nicht mehr recht bei der Sache. Seine Mam hat Schwierigkeiten, die Kuh zu füttern, die ihnen Milch gibt. Gegen Milch tauschen sie Lebensmittel ein, bei Lekus Familie – den Kindern Mosis.

Um die Wahrheit zu sagen, wir sind alle ein bißchen bedrückt in diesen Tagen, weil nämlich unsere Erwachsenen alle ein bißchen bedrückt sind.

Die Abende werden kälter, und auf unserem kleinen Hügel wickeln wir uns fest in unsere Schals, während wir dasitzen, jeder seinen Gedanken nachhängend, und zum Dorf hinunterblicken, ohne besonderen Grund, den ich nennen könnte. Alle bis auf Matt; er blickt in die andere Richtung.

Sogar Leku ist heute bei uns, auch er blickt zum Dorf hinunter.

Plötzlich spannt sich Matts Rücken. Ich kann es spüren, denn er lehnt mit dem Rücken gegen meinen Rücken.

»Was ist denn nun los?« sage ich in meinem Was-ist-denn-nun-los-Ton, den ich nur anschlage, wenn Matt wieder mal eigensinnig wird.

Nicht, daß er heute eigensinnig wäre, er schaut nur nicht in die Richtung, in die wir alle schauen; trotzdem rede ich ihn ab und zu gern mal in diesem Ton an.

Matt gibt keine Antwort, was ungewöhnlich ist, darum schaue ich ihm ins Gesicht, um zu sehen, wo er mit seinen Gedanken ist. Seine Augen sind so scharf, daß sie durch meinen Kopf hindurchsehen könnten, wenn er ihnen im Weg wäre.

»Was ist denn nun los?« sage ich, diesmal in einem anderen Ton, neugierig und wirklich interessiert.

»Leute nähern sich dem Dorf«, sagt er, so leise, daß ich es kaum höre.

Ich werfe schnell einen Blick in diese Richtung.

»Ich sehe nichts«, sage ich.

Inzwischen haben die andern gerochen, daß etwas passiert, und haben sich um uns gesammelt. Sie blicken bald Matt an, bald in die Richtung, in die er blickt.

»Ich sehe nichts«, sagt Golam.

Leku sagt, er kann Staub aufsteigen sehn, weit entfernt, links vom Trockenen Hügel.

Der Trockene Hügel liegt östlich von uns, etwa so weit entfernt wie die Wälder nach Westen.

»Könnten das die wandernden Leute sein?« frage ich.

»Dussel!« sagt Hena, »die gehn um diese Jahreszeit weg und kommen nicht.«

»Na, jetzt sind sie schon viele Jahre nicht mehr gekommen und nicht mehr gegangen, und darum machen sie's jetzt vielleicht anders«, sag ich – ein ziemlich langer Satz für meine Verhältnisse. Ich glaube, sie hat ihn verdient.

»Nicht viele Jahre, sondern nur zwei«, korrigiert sie mich. »Außerdem ändern die wandernden Leute ihre Wege niemals.«

»Wieso kommen sie dann nicht mehr? Dann haben sie doch ihren Weg geändert, oder? Erklär mir das mal, wie siehst du das?« Ich bin ganz glücklich, sie einmal bei einem Fehler zu ertappen.

Sie verdirbt mir den Spaß und sagt nur: »Na ja, da hast du recht, ausnahmsweise.«

»Die wandernden Leute kommen nicht mehr«, sagt Leku, »denn sie haben ihre Tiere entweder aufgegessen oder verkauft. In diesen trockenen Zeiten sind sie froh, wenn sie für sich selbst was zu essen finden, da ziehn sie nicht herum und suchen nach Gras und Wasser für Esel und Kamele. Mein Vater hat mir erzählt, die meisten wandernden Leute kampieren heutzutage am Rand der Städte und leben von allem, was sie kriegen können. Er ist neulich aus Bandugu gekommen. Da hat er auch welche gesehen.«

Bandugu ist eine alte Stadt im Süden.

Lekus Dada fährt oft in die Stadt. Ein heruntergekommener alter Bus fährt einmal die Woche über die heruntergekommene alte Sandstraße zwischen Gonta und unserm Dorf – nicht jede Woche, aber meistens. Wenn man nach Gonta kommt, kann man von da einen Bus nach Bader nehmen, und von Bader aus kommt man fast überall hin.

Lekus Dada fährt oft mit dem Bus nach Gonta. Wo er von da aus hinfährt, weiß ich nicht.

Das hat etwas mit seiner Arbeit zu tun, die etwas damit zu tun hat, daß er für das Dorf Sachen kauft und verkauft: zum Beispiel Streichholzschachteln, Säcke für das Korn, Schiefertafeln und Kreide für die Schule, ein paar Gewürze, Seifenstücke und weiß ich, was noch. Man muß schon ziemlich reich sein, um sich manches von dem leisten zu können, was Lekus Dada mitbringt.

»Ich weiß nicht, was das für Leute sind«, sagt Matt, »aber jedenfalls kommen sie in unsere Richtung. Und so, wie's aussieht, scheinen es viele zu sein.«

»Du denkst doch nicht, das können Soldaten sein?« sagt Golam mit gequetschter Stimme. Seit unserem Gang nach Gonta hat er die Hosen voll, wenn er an Soldaten bloß denkt.

Mir geht es auch so, aber ich versuche, es nicht zu zeigen.

»Soldaten kommen nicht zu Fuß und so offen daher, daß jeder sie sehn kann. Nicht, wo sich jetzt die Freiheitskämpfer in den Berghöhlen auf der einen Seite und in den Wäldern auf der andern Seite verstecken. Diesen Wäldern und Höhlen haben wir's zu verdanken, daß zu uns keine Soldaten kommen. Nicht mal in ihren Jeeps.«

»Komisch«, sag ich, »früher waren es die Soldaten, die sich in den Wäldern versteckt haben.«

»Das find ich überhaupt nicht komisch«, sagt Hena in ihrem schärfsten Ton.

»Ich auch nicht«, sagt Golam.

»Ich ebensowenig«, sagt Matt.

»Auch nicht«, sagt Leku.

Hätte ich bloß den Mund gehalten! Mit komisch meinte ich doch nicht »komisch«.

»Eines Tages kriegen wir's aus der Luft«, sag ich.

Hätt ich doch bloß den Mund gehalten!

Alle zusammen gehn sie auf mich los.

Ein Wunder, daß ich es überlebe, um hier davon zu berichten.

»Ich denke, ich geh am besten«, sagt Leku, als sie mit mir fertig sind, »meine Leute werden schon auf mich warten.«

Leku kann ein guter Freund sein, nur verbringt er die meiste Zeit mit seiner Familie bei seltsamen Geschäften. Zum Beispiel essen sie immer zusammen, sprechen dreimal am Tag ihre Hokuspokus-Gebete und machen dazu komische Gesichter und Bewegungen.

Golam soll dergleichen auch machen, aber er macht es nicht. Seine Mutter betet fünfmal am Tag. Fünfmal am Tag! Kann man sich das vorstellen?

Als Leku aufsteht, um zu gehen, sehe ich an Golams Augen, daß er auch gern zu seiner Mam gehen würde, aber er bringt es nicht über sich, es zu sagen.

Golam hat solche großen Augen, die im einen Moment tieftraurig und im nächsten überglücklich sein können. Sie sagen deutlicher als Worte alles, was sein Herz bewegt. Das und seine großen weißen Zähne und sein dichtes, welliges Haar wecken in mir den Wunsch, die Arme um ihn zu schlingen, ihn zu küssen und mich an seiner Seite schlafen zu legen; aber ich denke, das gehört sich nicht, und werde wütend auf mich selbst. Die Wut laß ich dann an Golam aus und schnauze ihn an.

»Was kuckst du ihm denn so nach mit deinen Büffelaugen? Geh doch nach Hause zu deinem Mamachen, wenn es dir zu spät wird!«

Golam kommen fast die Tränen.

»Das muß doch nicht sein!« sagt Hena, legt die Arme um Golam – was mich noch wütender macht – und schmeißt mit ihren Blicken Messer nach mir.

»Du kannst auch mitgehn und das Baby trösten. Das liegt dir doch mehr, als hier draußen bei den Jungen sein«, sag ich im schlimmstmöglichen Ton.

»Was ist denn in dich gefahren?« sagt Matt und schaut mich mit so einem Blick an, bei dem ich immer gleich aufhöre mit dem, was ich gerade mache. Alle hören immer gleich auf mit dem, was sie gerade machen, wenn er sie mit diesem Blick anschaut.

Am Ende gehen Leku, Hena und Golam fort und lassen Matt und mich allein auf unserm Hügel.

Ich bin so wütend auf mich selbst und auf alle, daß ich

99

nichts mehr sagen kann. Matt legt die Arme um mich. Er kann das ohne weiteres. Ich kann mich nie dazu überwinden. Nicht mal, wenn mir ganz arg danach ist. Um die Wahrheit zu sagen, je mehr ich es tun möchte, desto weniger kann ich's.

Matt legt die Arme um mich und setzt sich. Setzt sich neben mich und legt die Arme um mich.

All meine Wut verfliegt, und eine seltsame Ruhe kommt über mich. Mir ist so wohl, daß ich im Herzen lächele und die Arme um Matt lege, ohne mir etwas dabei zu denken.

»Ich glaube, wir gehn jetzt besser auch«, sagt Matt zu meiner Überraschung.

»Willst du denn nicht bleiben und sehn, wer da kommt?«

»Die sind noch meilenweit weg, und so, wie sie gehen, wird es hell werden, bis sie hier sind. Ich glaube, wir gehn am besten.«

Wir stehen auf, machen drei, vier langsame Schritte und rennen dann los, so schnell wir können, bis wir Leku, Hena und Golam eingeholt haben.

2

Die Anderen

Als ich am nächsten Morgen aufwache, ist der Fußboden so kalt, daß ich es durch meine Strohmatte hindurch spüre.

Ehrlich gesagt, die Matte ist auch kaum mehr erwähnenswert. Es sind große Löcher drin, und sie werden jede Nacht noch größer. Die Matte habe ich schon, seit ich denken kann, und vorher hatte sie meine große Schwester.

Die hat Glück, sie hat eine neue bekommen.

Trotzdem, lieber schlafe ich allein auf meiner löcherigen Matte als zusammen mit meinem kleinen Bruder, obwohl seine weniger Löcher hat.

Matt sagt, wenn ich meine Matte über die von meinem kleinen Bruder legen und mit ihm zusammen schlafen würde, dann hätten wir es beide viel wärmer – aber lieber nicht!

Matt sagt, ich bin eine egoistische Hyäne.

Matt redet oft wie eine Mutter. Wahrscheinlich, weil er selbst keine gehabt hat. Seine Mam ist bei seiner Geburt gestorben. Das hat er nie vergessen. Ich meine nicht, als ob er bloß davon wüßte – das natürlich auch. Er redet davon, als ob er sich wirklich erinnern könnte. Mich erschreckt das manchmal.

Aber heute ist heute. Ich wälze mich auf den Bauch, ziehe die Knie unter mich, hebe den Arsch und überlege, ob heute irgendwas ist, worauf ich neugierig bin.

Wie es so geht, fällt mir nichts ein, nur im Hinterkopf, dicht überm Nacken, hab ich so ein Gefühl, daß etwas sehr

Wichtiges los ist, worauf ich neugierig sein sollte. Ich bin neugierig, was es wohl sein kann, aber es fällt mir einfach nichts ein, obwohl die Gewißheit, daß etwas ist, mit jedem Atemzug wächst.

Der Morgenwind und das Essen und Trinken von gestern drücken auf meine Gedanken und Gedärme. Mit einem Sprung komme ich auf die Füße und renne zur Hintertür hinaus, um mir ein stilles Plätzchen zu suchen. Ich vergesse sogar, den kleinen Eimer mitzunehmen, den ich im Wasserloch füllen muß, damit ich mich ein bißchen waschen kann, bevor ich zur Schule gehe. Wenn ich Glück habe, gibt es für Mam oder Dada etwas zu erledigen. Der Lehrer kann mir nicht böse sein, wenn ich zu spät komme, weil ich für Mam und Dada etwas zu tun hatte.

Auf dem Weg nach draußen hab ich es viel zu eilig, um etwas zu bemerken. Als ich erleichtert zurückkomme, spüre ich beim Eintreten in den äußeren Kreis des Dorfes, daß etwas anders ist als sonst.

Ich sehe, daß etwas anders ist. Ich sehe nämlich nichts. Ich sehe niemand.

Das ist seltsam, denn um diese Zeit sind sonst immer ein paar Leute draußen, die auf die Felder gehn, ihre Esel hinaustreiben, die Kühe melken, die Pflüge reparieren oder sonst etwas.

Plötzlich fällt es mir ein. Mir fällt ein, worauf ich an diesem Morgen hätte neugierig sein müssen, aber nicht neugierig war, weil es mir nicht einfiel. Die Leute, die wir gestern abend kommen gesehn haben!

Ich renne durch die Hintertür wieder ins Haus und dann durch die Vordertür nach draußen, zur Dorfmitte. Dabei sehe ich, daß niemand im Haus ist, nicht mal mein kleiner Bruder oder die Großmama Zottelzitz, die doch beide zu Hause bleiben, bis die Sonne einigermaßen hoch steht.

Kaum bin ich zwei Meter weit aus dem Haus, da seh ich niemand anders als die Großmama Zottelzitz auf dem Rückweg, den kleinen Bruder an der einen Hüfte, einen großen Korb an der andern, den Schal von den Schultern baumelnd, die Ledertitten tiefer herabhängend, als ich es zuletzt gesehn hab.

Und auch ihr Gesicht scheint tiefer herabzuhängen, jetzt, wo ich es mir näher ansehe.

Es hängt nicht nur tiefer. Es sieht so aus, als hätte sie eben die Zwillingsgeister des Todes gesehen.

Sogar die Schnauze von meinem kleinen Bruder verrät eine Spur von Gefühl, was mal was anderes ist, denn normalerweise sieht sie so lebendig aus wie Elefantendung vom letzten Jahr.

Großmama schiebt mir den kleinen Bengel in die überkreuzten Arme und sagt: »Bleib mit Limu im Haus, ich hole inzwischen etwas zu essen.«

Sie schleift mich praktisch zurück ins Haus, geht in die Kochecke und fängt an, alles, was sie an Eßbarem finden kann, in den Korb zu stecken.

»Das ist nicht fair«, brülle ich mit Tränen in der Stimme – es kommt nicht oft vor, daß ich die Großmama anzubrüllen wage –, »das ist nicht fair! Da ist etwas los, und ihr habt alle euren Spaß ...«

»Spaß«, sagt die Großmama und bringt mich, bevor ich halb fertig bin, zum Schweigen, »Spaß ...«, wiederholt sie, und dann bricht sie plötzlich in Tränen aus.

Nun habe ich aber die Großmama Zottelzitz noch nie in Tränen ausbrechen gesehen.

Ich hab schon ein paar Tränen auf ihren Wangen gesehen, wie in der Nacht, als Tante Tima gestorben ist, aber ich hab sie noch nie in Tränen ausbrechen gesehen.

Bald beginnt sie am ganzen Körper zu zittern, ihre Hände und Finger werden wie Kautschuk, die Eßwaren, die sie in der Hand hält, fallen zu Boden, der Korb rutscht ihr von der Hüfte, der Sack mit Korn kippt um, und die Körner rinnen hinaus, verbreiten sich um ihre Füße.

Sie erstarrt mit Entsetzen im Gesicht, hört zu weinen auf, hört zu zittern auf und versteinert.

So ein entsetztes Gesicht habe ich bisher noch bei niemand gesehen.

Seither öfters.

Die Leute, die Matt gestern abend gesehen hat und die in der Morgendämmerung unser Dorf erreichen, kommen aus zwei oder drei Dörfern etwa zwanzig Kilometer östlich von uns. Sie wollen nach Gonta, machen bei unserm Dorf aber halt, ehe sie weitergehn.

Nach Gonta wollen sie, weil sie gehört haben, daß weiße Männer dort ein Lager eingerichtet haben, wo die weißen Männer allen, die krank oder verwundet sind oder nichts zu essen haben, Medikamente und Lebensmittel geben. Weil die meisten von diesen Leuten verwundet oder krank sind und keiner von ihnen etwas zu essen hat, wollen sie alle nach Gonta.

Ihre Dörfer wurden letzte Woche von Soldaten angegriffen. Manche Leute wurden verwundet, manche getötet und manche weggeschleppt – meistens Männer, aber auch ein paar Frauen und Kinder. Die Soldaten haben auch die Ernten in Brand gesteckt. Es waren schlechte Ernten nach einer trockenen Jahreszeit, aber sie hätten ausgereicht, um viele am Leben zu halten.

Als sie aufgebrochen sind, waren sie zweiundfünfzig Erwachsene und mehr als doppelt so viele Kinder. Jetzt sind sie weniger. Manche sind umgekehrt, manche haben sich hingesetzt und mochten nicht mehr aufstehen, manche sind gestorben.

Die fleckiggrünen Soldaten, die der General Tako anführt, haben nun unser Land übernommen. Sie überfallen immer wieder Dörfer und schleppen manchmal Leute weg. Warum, weiß ich nicht, denn sie haben doch alles, was sie wollen. General Tako sagt, es ist, weil manche Leute sie nicht mögen, und da ist es doch ganz natürlich, daß sie die ihrerseits nun nicht mögen; und ich denke mir, da wird etwas dran sein.

Er sagt auch, diese Leute sind »Feinde der richtigen Menschen«. Er sagt, sie schaden unserem Land und werden es »in Stücke reißen, wenn man ihnen nicht Halt gebietet«. Ich weiß nicht, was der Unterschied zwischen Menschen und richtigen Menschen sein soll, aber ich hab den Kopf ja auch voll mit andern Dingen, nämlich mit der Schule und mit Großmama Zottelzitz, der es so schlecht geht, und der Frage, wieviel Eier die weißen Männer haben.

Und weil wir grade bei denen sind, mein Lehrer sagt, weiße Männer stehn hinter dem General Tako und den fleckiggrünen Soldaten, sie zahlen ihnen Geld und geben ihnen Maschinengewehre, Flugzeuge und Bomben. Aber weiße Männer helfen auch wieder den Bewohnern der Dörfer, die von den Soldaten angegriffen wurden. Das versteh ich auch nicht.

Dafür versteh ich jetzt, warum sich die Großmama heute morgen so seltsam aufführte. Ich hab es begriffen, als ich die Leute sah, die zu unserm Dorf gekommen sind.

Von uns Kindern ist an diesem Tag keines zur Schule gegangen, und der Lehrer rennt herum und versucht uns einzufangen und mitzunehmen. Immer wieder sagt er, daß es unhöflich ist, herumzustehen und die Leute anzuglotzen.

Von unseren Erwachsenen tragen die meisten Lebensmittel, Milch, Wasser und Schals für alle zusammen. Mein

Dada und Mam versuchen die Kranken und Verwundeten unter den Müden und Hungrigen herauszufinden.

Wir können weder die Augen von ihnen abwenden, noch können wir sie richtig anschauen. Ich weiß, es ist nicht nett, das zu sagen, aber sie sind kein netter Anblick. Manche von ihnen sehen ganz krank aus, manche sehen aus, als ob sie in ihrem ganzen Leben noch nichts zu essen bekommen haben.

Eine Mutter trägt ihr totes Kind in einer Art Hängematte auf dem Rücken, die sie aus einem Schal dafür gemacht hat, weil sie nämlich gehört hat, die weißen Männer hätten eine Maschine, mit der sie Tote wieder lebendig machen können. Einer von ihren Männern, der viel herumgekommen ist und das Fernsehen und lauter solchen Zauber gesehen hat, schwört, er hat gesehen, wie Tote von dieser Maschine so lange geschüttelt wurden, bis sie wieder lebten.

Ich glaube nicht daran, aber Matt sagt, es ist möglich.

Matt sagt, alles ist möglich.

Manche von den Ältesten sagen jetzt, sie werden ihr das Kind in der nächsten Nacht stehlen müssen, damit sie es in Frieden wegschaffen können.

Als es Nachmittag wird, sind alle im Schulhaus untergebracht, damit sie sich ein, zwei Tage ausruhen können, bevor sie nach Gonta weiterziehen. Alle, bis auf die Schwerkranken, die in manchen Familien aufgenommen und gepflegt werden.

Eine schwerkranke Mutter mit zwei schwerkranken Kindern – eines davon ein Säugling – kommt zu uns.

Ich rede immer von Großmama Zottelzitz' ledernen Titten … Die von dieser Frau hättet ihr sehen sollen! Wie Ratten, die schon seit Tagen tot sind und in der Sonne eingeschrumpft sind. Ihr komischer birnenförmiger Säugling beißt an ihnen mit seinem zahnlosen Gaumen herum und

schneidet dann sehr böse Grimassen, wenn nichts rauskommt.

Zu müde vom Schreien, als daß er noch weiter schreien
könnte, schaut er seine Mutter mit Augen an, die größer
sind als die Welt.

Genau wie ich scheint er nicht recht zu wissen, was los
ist. Er weiß nur, daß die Dinge nicht ganz so stehn, wie
sie sollten.

Das wenigstens denke ich.

Sieben Sonnenuntergänge ist es nun her, und die Anderen
sind immer noch da.

Alle Leute bei uns tun ihr Bestes für sie. Aber manche
– Henas Dada zum Beispiel – beginnen sich um die eigene
Nahrung Sorgen zu machen. Allmählich wünschen sie sich,
die Anderen sollten nun weiterziehen. Andere von uns sind
deshalb auf sie böse.

All dies sorgt dafür, daß die Luft ringsum ein bißchen
dick wird, und man kann sie nur vorsichtig atmen. Irgend
jemand faucht einen an, wenn man nicht aufpaßt.

Der Missionsfritze läuft herum und verbreitet die frohe
Botschaft bei den Anderen. Er sagt ihnen, ihre Leiden
werden ein Ende haben, wenn sie Jesus ihren Geist erge-
ben. Er sagt, sie werden niemals sterben und für immer im
himmlischen Königreich leben. Das Problem ist nur, daß
die meisten von ihnen lieber da weiterleben möchten, wo
sie geboren sind. Der Missionsfritze erzählt ihnen, daß sie
wiedergeboren werden, aber ich weiß nicht recht, ob die
Idee ihnen gefällt. Bisher jedenfalls nicht sonderlich.

Sogar seine erbarmenswerte Frau bringt Essen und Wasser für die Kinder. Sie kann die Sprache nicht, sie kann
nicht lächeln, und ihre Augen sagen nicht viel, aber sie tut
ihr Bestes.

Das einzig Gute ist, wir haben seit sieben Tagen keine Schule mehr gehabt. Jedenfalls nicht richtig. Ein paar Stunden Unterricht haben wir unter dem Baum gehabt und auch ein paar Hausarbeiten aufgekriegt, aber das ist längst nicht so schlimm wie gewöhnlich, wenn man den halben Tag drinnen sitzt.

Eine merkwürdige Sache ist passiert. Das tote Kind ist lebendig geworden. Ihre Ältesten sagen natürlich, der Junge war nicht wirklich tot, nur ohnmächtig vor Schmerz und Hunger.

Es ist passiert, als diese Ältesten die Leiche stehlen wollten, nachdem die Mutter endlich eingeschlafen war. Sie hat den ganzen Abend mit Matt zusammengesessen und ihm von ihrem Mann erzählt, den die Soldaten mitgenommen haben. Als sie einschläft, bleibt Matt noch sitzen und schaut vor sich hin ins Leere. Ich weiß es, denn ich komme immer mal wieder vorbei und bitte ihn um Hilfe bei den kleinen Jobs, in denen ich herumrenne: dem einen Wasser und dem andern etwas zu essen bringen, der einen das Baby halten und der andern das Gesicht abwischen. Matt sitzt so da und schwätzt mit dieser Frau mit dem toten Kind und dem gestohlenen Mann.

Jedenfalls, als nun die Ältesten kommen, um die Leiche zu stehlen, für die sie am Fluß schon ein kleines Loch gegraben haben, da sagt Matt ihnen, das wäre nicht nötig, weil das Kind lebt.

Sie glauben es nicht, bis sie es sehen; aber als sie es sehen, da glauben sie's. Die, die davon hören, glauben es nicht, auch wenn sie es sehen.

Matt steht schließlich auf und holt Wasser und etwas zu essen für das Kind, das nicht besonders erfreut zu sein scheint, daß es noch am Leben ist. Die Mutter weiß noch nichts davon und wird es erst nach dem Aufwachen erfahren. Als sie es erfährt, ist sie kein bißchen überrascht.

Die Müden und Hungrigen sind nun ausgeruht, und sie fühlen sich gut. Auch mit manchen von den Kranken und Verwundeten geht es bergauf. Aber mit manchen von den Kranken und Verwundeten geht es bergab.

Lekus älterer Bruder Deku hat gewöhnlich einen Vorrat an Medizin und Pillen von den Weißen, und er gibt uns davon, wenn es uns schlecht geht. Dann haben wir Rona, die bei Entbindungen hilft. Sie heilt auch andere »Frauenleiden«. John, der Dorfbarbier, schneidet den Jungen ein Fetzchen Haut vom Ding – wenn die Jungen Moslems oder Kinder Mosis sind. Er kümmert sich auch um unsere Wunden und kann gebrochene Glieder richten. Er behandelt Schlangenbisse und hilft den Männern bei ihren Spezialproblemen – egal, was für welchen. Wir haben auch Älteste, die Volksmedizin austeilen, aber Großmama Zottelzitz sagt, sie kann das besser.

Sie alle haben sich um die Anderen gekümmert, und trotzdem wird es mit manchen von ihnen nicht besser.

Wir meinen, es wäre das Beste für sie, wenn sie nach Gonta kämen, sagen es aber nicht, damit sie nicht denken, wir wollen sie loswerden.

Draußen im Freien, vor Beginn der Tagesarbeit, am Feuer, auf dem der Gemeinschaftstopf kocht, setzen sich unsere Erwachsenen in ihren sauberen Schals zusammen, um zu beschließen, was wir tun sollen.

Sie denken, sie sollten zwei von den Klügeren bei uns zu den Anderen schicken, damit sie mal mit den Klügeren bei ihnen reden.

Lekus Dada, meine Mam, Großmama Zottelzitz, der Lehrer, der Missionsfritze und John, der Dorfbarbier, werden vorgeschlagen. Henas Dada möchte mit dabei sein, aber alle denken, er würde es nur schwieriger machen, weil er nicht genug Freundlichkeit im Herzen hat.

Der Missionsfritze will nicht mitgehen, weil er nicht in

etwas verwickelt werden möchte, wobei es Ärger oder Streit geben kann.

Der Dorfbarbier möchte nicht derjenige sein, der es ihnen sagt, denn er behandelt die Verwundeten und meint, es würde nicht richtig aussehen, wenn ausgerechnet er sie wegschickt. Aber er ist bereit mitzugehen und zu sagen, wie schwer es ihm fällt, sein Bestes für sie zu tun, weil er nicht die nötigen Hilfsmittel hat.

Zu guter Letzt werden Lekus Dada und meine Mam gewählt.

Nachdem sie beschlossen haben, wer hingehen soll, fangen sie an zu überlegen, was die beiden denn sagen sollen.

Sie meinen, sie können die Leute, die gesund sind, auffordern zu bleiben, so lange sie wollen, aber die anderen müßten fortgehen, dahin, wo sie bessere Medizin bekommen. Im Herzen wissen sie, daß das nicht möglich ist, denn die Kranken werden es allein nicht schaffen können.

Lekus Dada, ein erfahrener Reisender, denkt an den Bus, aber da gibt es zwei Probleme. Erstens, der Bus ist vor zwei Tagen gefahren, was bedeutet, daß er erst in fünf Tagen wiederkommt, wenn er den Fahrplan einhält, was er oft nicht tut. Es kann auch noch zwölf Tage dauern – viel zu lange für die Verwundeten. Wenn er unterwegs eine Panne hat, was oft vorkommt, kann das Ganze schlimmer werden als ein bedächtiger Fußmarsch. Zweitens, und noch wichtiger, die Bus-Linie wird vom Staat betrieben, und Leute, die von Soldaten angegriffen worden sind, haben Angst, sie zu benutzen.

Am Ende wird beschlossen, daß sie einfach hingehen und ihnen berichten sollen, was alle hier denken. Dann sollen die Anderen sich selbst entscheiden.

Während die Erwachsenen beraten, stehn wir Jüngeren herum, hören zu oder reden unter uns in kleinen Gruppen.

Hena und ich sind allein, denn Golam hat etwas zu tun für seine Mam, Leku sitzt zu Hause und liest seine heiligen Bücher oder sowas, und Matt ist nicht zu sehen. Wir haben ihn überall gesucht, zuerst auf unserm kleinen Hügel, finden aber keine Spur von ihm.

Lekus Dada und meine Mam stehen auf, um zu gehen, und Hena meint, ich sollte mich dranhängen und sehn, was passiert.

»Schließlich ist es doch deine Mam, die hingeht«, sagt sie.

Klingt vernünftig, aber nicht richtig.

Zum Glück brauche ich mich nicht zu entscheiden. Bevor Lekus Dada und meine Mam damit fertig sind, die Glückwünsche und Danksagungen von allen anzuhören, sehen wir zwei von den Anderen aus dem Schulhaus zu uns kommen.

Alle warten, um mit anzuhören, was sie zu sagen haben.

Sie sagen, sie haben beschlossen, heute mittag nach Gonta aufzubrechen. Sie danken uns von Herzen für Essen, Medizin und erwiesene Freundlichkeit und sagen, sie würden mit Freuden für immer hier bleiben, aber es wäre nicht recht, sich weiter von uns durchfüttern zu lassen. Außerdem müssen ihre Verwundeten zum Arzt nach Gonta.

Wir freuen uns, daß sie sich dieselben Gedanken gemacht haben wie wir, und alle sind froh und traurig zugleich.

Alle beschließen wir, etwas Besonderes in den Kochtopf zu stecken und ein Tanzfest zu feiern.

Manche von uns gehen zu den Anderen, um sie einzuladen, am Tanz teilzunehmen oder sich mit um das Feuer zum Essen zu setzen. Manche gehen zu ihren Häusern, um Matten und Schals zu holen, damit es den Kranken und Verwundeten so bequem wie möglich gemacht werden kann.

Als alle sich gerade niederlassen, gibt es ein großes Geschrei und Gekreisch und Gerenne. Die Anderen schaun besorgt drein, aber ich rolle nur die Augen und seufze, und ebenso machen es Hena und alle Kinder und die meisten Erwachsenen aus unserem Dorf. Denn wir wissen, was los ist.

Einer von den Jungen hat die Großmama Zottelzitz an den Titten gezupft. Sie verfolgt ihn mit Höchstgeschwindigkeit und höchster Lautstärke. Einfach, um zu zeigen, daß sie nach dem Kummer in den letzten Tagen die Dinge wieder leichtnimmt und daß alles wieder ins Lot kommt.

Gleich darauf gibt es noch mehr Geschrei und Gerenne. Diesmal machen die Anderen sich nichts draus, weil sie denken, es ist nur wieder ein neues Gealber. Aber nun bin ich beunruhigt. Es ist Matt, der brüllend und mit den Armen fuchtelnd herbeigerannt kommt. Matt, der sonst kühl ist wie eine Hundeschnauze!

Besonders vor Leuten. Wenn einer wie er brüllend durch ein Dorf voller Fremder gerannt kommt, dann hat das zu bedeuten, daß etwas nicht so ist, wie es sein soll.

Er kommt heran, nach Luft schnappend, und sagt: »Jeeps sind unterwegs und suchen das Dorf.« Wir warten, aber mehr sagt er nicht. Ich denke, er hat begriffen, daß er ein bißchen übertrieben hat, und versucht nun, die Fassung wiederzufinden.

»Na was?« sagt Matts Dada, ein bißchen ärgerlich. Aber Matt sieht ihn nur an.

Dann sehe ich, daß Matt nicht vorhat, sich gefaßt oder eigensinnig zu geben; er hat einfach Angst.

Die Weißen und die Fürze

3

Die Weißen und die Fürze

Wir erfahren schließlich doch noch, was Matt zu erzählen hat. Viel ist es nicht, genügt aber, um uns von den Zwillingsgeistern träumen zu machen.

Er ist in der Morgendämmerung aufgewesen, er kann nicht mehr schlafen – so geht es ihm oft.

Er macht sich auf zu einem langen Spaziergang in Richtung auf die Wälder – wie so oft, wenn er nicht mehr schlafen kann.

Unterwegs hört er so ein komisches Dröhnen. Er geht rasch zu einer Stelle, wo die Büsche ihm nicht die Sicht nehmen.

Es sind zwei Jeeps, gefolgt von einem Lastwagen, die auf der Straße von Gonta herkommen. Sie sind noch ein Stück weit weg, aber Matt nimmt Deckung hinter einem Busch.

Die Jeeps und der Lastwagen fahren an der Abzweigung zu unserm Dorf vorüber – es ist keine richtige Straße, sondern ein etwas breiterer Feldweg. Es gibt drei oder vier solche Wege, aber nur einer führt zum Dorf, die anderen verlaufen sich im offenen Gelände oder zwischen den Büschen.

Matt kommt aus seinem Versteck hervor und macht sich auf den Rückweg, als er die Jeeps und den Lastwagen zurückkommen sieht.

Er geht wieder in Deckung. Diesmal fahren sie sehr langsam vorüber, und obwohl sie die richtige Abzweigung wieder verfehlen, ist Matt nun sicher, daß sie nach ihr suchen, um zum Dorf zu gelangen.

Matt denkt, vielleicht sind es die Regierungssoldaten, die wegen der Anderen kommen. Vielleicht will man sogar unser Dorf dafür bestrafen, daß wir sie aufgenommen haben. Vielleicht haben sie die Guerilleros, die sich in dieser Gegend verbergen, aufgespürt, gefangen oder getötet. Vielleicht ist das der Grund, warum sie sich so frech und offen hierher wagen.

Die Anderen schauen sehr bekümmert und sehr traurig drein. Mehr unseretwegen als ihretwegen. Sie meinen, zum Dank für Essen und Pflege haben sie uns Schmerz und Not gebracht.

Lekus Dada sagt, wir haben die Wahl zwischen zwei Möglichkeiten: entweder wir suchen zusammen, was sich als Waffe gebrauchen läßt, also vor allem Knüppel und Steine, und kämpfen, so gut wir können; oder aber wir laufen davon und verstecken uns, so gut wir können.

Er ist für Kämpfen.

Der Missionsfritze wird aschfahl. Er sagt, er muß seine Frau »über die Situation informieren«, und geht mit schnellen Schritten nach Hause.

Großmama Zottelzitz schiebt alle beiseite und tritt in die Mitte des Kreises, in dem sich die Leute versammelt haben, dicht ans Feuer, auf dem der Kochtopf steht. Sie beginnt zu tanzen.

Zum erstenmal sehe ich die Großmama Zottelzitz tanzen, ohne daß sie sich vorher gesalbt oder sich den Schal ordentlich um die Schultern gelegt hat.

Alle hören auf zu reden und sehen zu, wie die Großmama Zottelzitz tanzt, rundherum um den Topf und das Feuer. Ihre Arme flattern im Wind, ihre Augen fordern den Himmel heraus, ihre Füße spielen mit dem Sand.

Manche schließen sich an. Nicht lange, und es tanzen viele; die übrigen schauen still zu.

Alle wiegen sich, sanft und sacht, wie wenn Bäume

lebendig werden und die Wurzeln ein Stück weit aus dem Boden erheben. Manche Kinder fangen an, Flöte zu spielen, manche schlagen die Trommeln.

Niemand hat etwas gesagt, aber ohne ein Wort ist es beschlossen. Wir verstecken uns nicht, und wir kämpfen auch nicht. Wenn sie uns töten oder verschleppen wollen, dann sollen sie uns wie Geister beim Tanz finden – nicht im Versteck wie Feiglinge oder kämpfend wie Idioten.

Sogar Matt tanzt. Matt, der sich vor dem Tanzen sonst scheut und sich nur beteiligt, wenn man ihn drängt, weil er es nämlich nicht sehr gut kann. Sogar Matt tanzt, und seine Angst scheint verschwunden zu sein.

Das Dröhnen der Jeeps kommt näher.

Niemand achtet drauf. Oder wer drauf achtet, der zeigt es nicht. Ich achte drauf und zeige es auch. Ich blicke hoch. Ich höre auf zu tanzen.

Die Jeeps rollen ins Dorf, werden langsamer und halten.

Weiße Männer steigen aus den Jeeps. Weiße Männer steigen aus dem Lastwagen. Und auch zwei weiße Frauen.

Alle halten seltsam aussehende Pistolen und Bomben in den Händen. Dergleichen hab ich nie gesehen.

Der Lehrer hatte also recht: Weiße Männer stehen hinter der Regierung, sag ich mir überflüssigerweise. Überflüssigerweise, denn es macht ja keinen Unterschied. Für mich nicht, für Matt nicht, für die Großmama Zottelzitz nicht, für keinen von uns. So jedenfalls sehe ich es. Ob ich nun von einem Weißen mit einer Waffe der Weißen getötet werde oder von einem Schwarzen mit einer Waffe der Weißen, tot bin ich in jedem Fall.

»Fangt gleich an zu schießen«, sagt einer von den Weißen, »wir haben ein verfluchtes Glück, gleich so viele beieinander zu finden.«

Ich mache die Augen zu.

Aber ich höre keine Schüsse. Niemand schreit, niemand stirbt.

Ich höre nur so ein seltsames Surren und Klicken.

Es stellt sich heraus, die Weißen sind ein Trupp vom Fernsehen.

Lekus Dada weiß darüber Bescheid.

Ich habe von sowas noch nie gehört und weiß auch jetzt noch nicht recht, was das alles soll. Jedenfalls weiß ich nicht, wie es funktioniert.

Es scheint, diese Weißen machen hier Bilder und schikken sie nach Hause in ihr Land, um den Leuten dort zu zeigen, was in unserm Land los ist. Das ist merkwürdig, denn ich weiß doch nicht, was in ihrem Land los ist. Sie können uns sehen, unsere Kranken und Hungrigen, wie sie ihren Schmerz und ihre Scham im Tanz verstecken, aber wir sehen nicht, was sie tun und warum sie es tun.

Aber egal, wir sehn eben alle, was wir sehen können. Bei ihnen sind eine Krankenschwester, ein Reporter und noch ein anderer Missionsfritze.

Als ich die Kameras und die Maschinen dieser Weißen arbeiten sehe, und die Sofortbilder, die aus diesem kleinen Kasten kommen, den sie mit sich herumtragen, kann ich nur noch staunen. Sie wirken bei allem, was sie tun, so bedächtig. Jeder Mensch und jede Sache wird organisiert. Sie stellen dir Fragen und halten dir so eine kleine Metallrübe voller Löcher hin, und dann kannst du deine eigene Stimme hören, immer wieder, so oft du willst.

Dasselbe ist es mit unsern Bildern, die sie machen, damit sie die Geschichte unseres Lebens erzählen. Unsere Körper sollen von unserm Schmerz und Kummer sprechen, unsere Augen von unserer Hoffnung und Angst – damit es bei ihnen zu Hause alle sehn können. In bewegten Bildern.

Meine Augen und mein Geist werden eingefangen, damit sie noch leben, wenn meine Enkelkinder längst tot sind.

Als ich das alles sehe, glaube ich zum erstenmal wirklich, daß die weißen Männer drei Eier haben. Und wenn sie sie nicht haben, dann sollten sie sie doch haben – oder es gibt keine Gerechtigkeit auf der Welt.

Aber wie ist das mit den weißen Frauen, frag ich mich, denn sie machen all diese großartigen und wunderbaren Dinge ja auch. Katuna, einer von den älteren Jungen, sagt, sie hätten den ganzen Spaß dabei, denn sie könnten mit drei Bällen und einem Schläger spielen, und da würd es sich besser spielen als mit zwei Bällen und einem Schläger.

Wir grinsen alle über den Witz, aber ich bin mir nicht sicher, ob ich ihn ganz verstehe.

Nach unserem Tanz erzählen sie uns etwas von sich.

Anscheinend haben sie von diesem letzten Angriff der Regierungssoldaten auf die Dörfer östlich von uns gehört. Sie sind mit ihren Jeeps dorthin gefahren, haben aber nicht viele Leute getroffen. Weil sie von Süden kommen, treffen sie die Leute nicht, die nach Gonta im Westen unterwegs sind.

Sie machen Bilder von verbrannten Feldern, zerstörten Häusern, Leichen und fahren dann nach Gonta.

In Gonta sind die Leute aus den zerstörten Dörfern auch nicht. Jemand sagt ihnen, sie hätten vielleicht in einem von den Dörfern dazwischen halt gemacht, und darum kommen sie zu unserem Dorf herausgefahren und finden sie hier bei uns.

Matt erlebt seine große Stunde als Dolmetscher für alles, obwohl er nicht der einzige ist, der Englisch versteht. Aber er spricht es am besten, besser sogar als Lekus Dada.

Außerdem spricht er auch die Sprache von diesem anderen Missionsfritzen, die nicht Englisch ist. Matt kann sie nicht allzu gut, aber doch ein bißchen, was diesem neuen Missionsfritzen Eindruck macht. Er ist ganz anders, dieser, als unserer. Er spricht nicht viel vom Seelenretten. Er läuft herum und versucht sich nützlich zu machen. Unser Missionsfritze hält nicht viel von ihm, weil er nämlich »kein richtiger Christ« ist, wie er das nennt. Aber Matt hat einen Narren an ihm gefressen, und er an Matt auch. Um die Wahrheit zu sagen, an Matt scheinen die Weißen alle einen Narren gefressen zu haben.

An dem Klugscheißer!

Nach langen, leisen Diskussionen unter den Weißen werden die Schwerkranken und Verwundeten in dem Lastwagen und einem der Jeeps nach Gonta verfrachtet.

Die übrigen Anderen sagen allen ihr Dankeschön und machen sich auf zu ihrem Fußmarsch nach Gonta.

Deshalb bleiben mehr Weiße übrig, als in einem Jeep unterzubringen sind. Ein Kameramann, eine Reporterin und noch zwei Mann steigen ein und fahren hinter den anderen her, in der Hoffnung, unterwegs zu noch mehr Bildern und Nachrichten zu kommen.

Alberto – der neue Missionsfritze – und fünf andere Weiße, darunter eine Frau, bleiben bei uns, bis die Jeeps zurückkommen und sie abholen.

So war es gedacht, aber so kam es dann nicht.

Bis alles erledigt ist und alle, die fort wollen, fort sind, ist es beinahe Nacht.

Das Schulhaus wird gesäubert und aufgeräumt, damit die Weißen darin übernachten können.

Wir haben für die Weißen einen neuen Topf aufs Feuer gestellt, aber unser Missionsfritze hat seine erbarmenswerte Frau gebeten, ihnen ein Weißen-Essen zu kochen.

Alberto sagt, er bleibt hier und ißt mit uns, worauf sich die anderen Weißen fragend ankucken, weil sie nicht wissen, wen sie nun kränken sollen. Aber unsere Erwachsenen sagen ihnen, es macht uns nichts aus, wenn sie mit dem Missionsfritzen und seiner erbarmenswerten Frau essen.

Das läßt sie aufatmen. Ihre Schultern entspannen sich, sie strecken am herunterbrennenden Feuer die Beine von sich, stützen den Kopf in die Hände und legen sich hin, um sich ein bißchen von den Anstrengungen des Tages zu erholen.

Die weiße Frau holt einen kleinen Kasten hervor, den sie bei sich hat, und macht ihn auf. Ich frage mich schon die ganze Zeit, was da wohl drin ist. Ich versuche, mir nicht den Hals zu verrenken, aber ich recke ihn wie eine Giraffe, um besser zu sehen. In dem Kasten ist noch ein Kasten, einer, der sich plattdrückt, um Musik zu machen.

Einer von den weißen Männern fängt an zu singen. Er hat eine traurige Stimme, die in die Nacht aufsteigt wie ein alter Vogel zu seinem letzten Flug.

Inzwischen sind nicht mehr viele Leute draußen. Die meisten haben sich bis zum Anbruch des nächsten Tages in ihre Häuser zurückgezogen, um einmal wieder für sich zu sein.

Matt unterbricht sein Gespräch mit Alberto und hört mit großen, staunenden Augen dem Musikkästchen und dem Gesang zu.

Bei mir will ein harter Furz heraus. Ich halte ihn mit aller Kraft zurück, denn ich will keinen unwillkommenen Wind an die Luft setzen, kann ihn aber nicht unterdrük-ken. Ich merke, er wird laut werden. Ich versuche ihn sachte zu entlassen, um das Geräusch zu dämpfen. Zum Glück gelingt das, aber der Geruch ist entsetzlich. All das viele Essen heute, nach den Tagen, in denen mit dem Korn sehr sparsam umgegangen wurde – immer nur eine

Handvoll, mit Wasser statt mit Milch angerührt –, hat dem Magen ein bißchen zugesetzt.

Großmama Zottelzitz sagt immer: »Zuviel Essen macht den Bauch wüst.«

Gegen den Geruch, sobald er einmal da ist, kann ich nichts machen. Alle sind zu höflich, ihn zu beachten, aber als er Matt in die Nase steigt, verwandelt sich in seinen Augen das Staunen über den Gesang in Durst nach meinem Blut.

Woher er weiß, daß er von mir kommt, kann ich nicht sagen, aber er weiß es.

Er sieht mich an, ohne mich zu sehen, was noch schlimmer ist, als wenn er mich ansieht, denn ich weiß, er sieht mich an und tut's doch nicht. Jedenfalls stemmt er sich nicht mit seinen Augen gegen meine Augen, sondern mit seinem ganzen Wesen gegen mein Wesen.

Ich tu so, als ob's mich nicht kümmert, möchte aber versinken vor Scham. Matt spürt es und läßt mich los aus seinem unsichtbaren Griff.

Was für ein Getue wegen einer Kleinigkeit! So ist er manchmal eben, Matt. Ich haß ihn.

Ganz plötzlich kommt mir ein Gedanke, der meine Laune bessert. Jetzt, wo wir so viele Weiße hier haben, können wir vielleicht das Rätsel um ihre Eier lösen, wenn wir es so einrichten können, daß einer von uns ihnen überallhin folgt. Natürlich behutsam, aus sicherer Entfernung oder hinter den Büschen.

Unser Missionsfritze hat so eine besondere Kammer mit einem tiefen Loch drin, das einige von uns ihm für gute Geschenke gegraben haben. Er badet sogar in seinem Haus. Aber diese anderen Weißen sind vielleicht nicht so eigen. Niemand sonst kann so eigen sein wie unser Missionsfritze.

Vielleicht ziehen sie sogar mal ihre Kleider aus und nehmen ein Bad im Fluß, wie es alle machen.

Schon wieder kommt ein Furz, der heraus will.

Ich denke, ich verschwinde hier am besten mal für ein Weilchen.

Ich stehe auf, um loszurennen, im gleichen Augenblick, als ich ans Losrennen denke.

Das macht mich unvorsichtig, und der Furz kommt mit einem lauten Knall.

Gefolgt von einem leisen Pfeifen. Grad, als ich aufstehe. Der weiße Mann, der singt, läßt einen Ton aus.

Ich schäme mich so, daß ich renne und renne, bis ich an der andern Seite des Dorfes bin.

Ich glaube, ich kann nie wieder dorthin zurückgehn.

Hätte ich diese famose Idee, zu rennen, nicht gehabt, hätte ich ihn leise rauslassen können, wie den vorigen. Sogar wenn er laut gekommen wäre, hätte ich immer noch so tun können, als wäre ich's nicht gewesen. Aber jetzt ist keine Hoffnung mehr. Die Zukunft ist mir versperrt. Wenn es meine untere Luftröhre doch nur auch gewesen wäre!

Ich weine echte Tränen. Der kalte Wind stößt mir schmerzhaft in die brennenden Augen, und ich mache sie fest zu. Ich stehe am Rand der oberen Felder, atme ganz langsam ein und aus und versuche an etwas anderes zu denken.

Ich bleibe so lange dort stehen, daß ich beinah im Stehen einschlafe.

Ich höre so merkwürdige Stimmen: fremd und doch bekannt, weit weg und doch ganz nahe. Ich höre sie, höre aber nicht zu, weil ich mir nicht sicher bin, ob es Wirklichkeit ist oder ein Traum. Ich fühle, wie meine Knie nachgeben. Ich lasse meinen Körper sich zusammenfalten, bis ich halb sitzend, halb vorgebeugt auf dem kühlen Sand liege.

Ich glaube, ich bin wirklich eingedöst.

Bald werde ich wach geschüttelt.

Ich lasse mich nicht gern schütteln, wenn ich wach bin. Ich hasse es, wenn man mich aus dem Schlaf schüttelt. Am abscheulichsten ist es aber, aus dem Schlaf geschüttelt zu werden und beim Erwachen zu merken, daß man wach geschüttelt wird und schon wach ist. Aber ich nehme an, das wißt ihr ja schon.

Und ich nehme an, ihr wißt auch schon, wer mich wach schüttelt. Matt natürlich.

»Hunger und Hyänen! Laß mich in Ruhe!« sag ich.

»Wach doch auf! Wach auf, du furzender Flegel!« schreit er mir ins Ohr. Das Schlimmste, was er in diesem Moment sagen konnte!

Ich springe hoch und pack ihn beim Hals. In einem Atemzug hab ich ihn auf dem Boden und schlage weißglühend vor Wut auf ihn los.

Er liegt still da und läßt sich's gefallen.

Die Arme an der Seite, die Augen zu mir aufblickend voll … voll Sanftmut. Was soll ich tun?

Meine Arme und Hände kommen auf halbem Weg zum Stillstand und bleiben so.

Mehr, als wenn er mit einer Kanone auf mich zielt, erschreckt er mich mit seinen Augen voll Sanftmut.

Aber es ist ein gutes Erschrecken. Es bringt Frieden und ein Gefühl von Freiheit mit sich. Freiheit von Wut und Haß. Freiheit von Furcht.

Das alles geschieht in einem Augenblick. Der Augenblick geht vorüber.

Ich sehe eine Besorgnis in seinen Augen, als er sagt: »Sie haben sie mitgenommen. Sie haben sie weggeschleppt.«

Zuerst begreif ich nicht, wovon er redet.

»Wer hat wen weggeschleppt?«

Dann kommt mein Gehirn in Bewegung.

»Die Soldaten haben unsere Leute weggeschleppt!« sag ich, und die Kehle wird mir trocken. Mein ganzer Körper scheint ausgetrocknet zu sein.

Mein Dada ... meine Mam ... Großmama Perle ... Sprechen kann ich nicht mehr. Ich denke mehr als je zuvor, aber ich kann nicht mehr sprechen.

»Ich wußt es doch, wir hätten diese Anderen nicht aufnehmen dürfen! Ich wußt es doch. Ich wußt es. Ich wußt es ...«

Ich denke, das sag ich, aber ich denke nicht, ich sag es wirklich, weil mein Mund zwar offen ist, aber sich nicht bewegt, und weil ich meine Stimme zwar hören kann, aber sie kommt nicht aus meinem Mund.

»Es sind nicht die Soldaten, die unsere Leute wegge-schleppt haben«, sagt Matt, »es sind die Guerilleros, und sie haben die Weißen weggeschleppt.«

Grad jetzt, wo ich gehofft hab, endlich sehe ich ihre Eier!

Es kommt eben nie so, wie man es sich denkt. Jedenfalls nicht so, wie ich es mir denke.

4

Mord in den Bergen

Matt hat einen Plan, wie er die Weißen wieder herbeischaffen kann.

Er ist so einfach, ihr werdet es nicht glauben.

Leku glaubt es nicht.

»Ich glaub es nicht«, sagt Leku.

»Warum, was ist denn falsch daran?« fragt Matt. »Es ist … es ist … mehr wie ein Babytraum als wie ein Plan von einem Erwachsenen«, sagt Leku nach einigem Nachdenken.

»Meinst du wirklich?« sagt Matt.

»Natürlich«, sagt Leku, der seiner Sache nun sicherer zu werden scheint.

»Danke«, sagt Matt, »nett von dir, daß du's sagst.« Bevor ich mehr dazu sage, denke ich, ihr müßtet wissen, welches sein Plan ist. Matt sagt, wir sollten den Guerilleros nachgehen, herausfinden, wo sie sind, dann zu ihnen gehen und sie bitten, die Weißen laufen zu lassen, weil sie unsere Freunde sind.

»Weißt du, für einen Klugscheißer kannst du ganz schön simpel sein«, sagt Leku.

»Naiv«, sagt Hena.

Wir schauen sie alle verdutzt an, denn wir kennen das Wort nicht. Wenigstens ich nicht.

Matt sagt, seht es doch mal so. Die Guerilleros wollen unseren Leuten helfen. Die Weißen helfen unseren Leuten. Darum gibt es gar kein Problem.

»Nicht alle Weißen helfen unsern Leuten. Der Lehrer sagt …« Das sagt Leku, als Matt ihm ins Wort fällt.

»Wir reden jetzt nicht von allen Weißen, wir reden nur von diesen. Außerdem, egal, wer sie sind oder was sie sind, man kann sie nicht einfach so wegschleppen.«

»Versuch das denen mal zu erzählen!« sagt Leku.

»Das versuch ich ja, aber du sagst, es ist dumm. Erst sagst du mir, ich soll es nicht tun, dann sagst du mir, ich soll. Also was denn nun?«

Ich denke schon, Matt hat ihn drangekriegt, aber Leku sagt: »Ich hab ja nur gespottet.«

»Spotten kann jeder.«

»Verrückt sein kann auch jeder.«

»Nicht jeder. Nur eine ganz bestimmte Art Leute kann man als verrückt bezeichnen. In einem Irrenhaus mußt du wirklich vernünftig sein, damit man dich für irre hält. Wo alles auf dem Kopf steht, mußt du richtig herum stehen, damit man dich für verrückt hält. In einer ...«

»Ach, schon gut, schon gut! Hör bloß auf!« Diesmal fällt Leku ihm ins Wort. »Mach, was du willst, aber gib mir nicht die Schuld, wenn sie dich an den Zehen aufhängen und dir den Arsch abschneiden. Viel Glück bei deinem Plan! Ich will damit nichts zu tun haben.« Leku geht nach Hause.

Wir sitzen auf unserm kleinen Hügel, während dies alles passiert. Matt und ich haben unsere Freunde zu einer Versammlung geholt. »Wie sollen wir denn herausfinden, wo sie sind, angenommen, wir wollten es mit deinem Plan versuchen?« sagt Golam.

»Das ist leicht«, sagt Matt. »Ich hab Alberto einen ganzen Beutel Korn mitgegeben, das beim Essen übriggeblieben war. Das, was wir extra für die Weißen in den Topf gesteckt haben. Er wird hier und da etwas davon fallenlassen, den ganzen Weg entlang, damit wir folgen können. Wie in der Geschichte, die uns der Lehrer neulich vorgelesen hat.«

Ich bin richtig geschockt. Zum erstenmal seit langer Zeit bin ich richtig geschockt.

»Du meinst, du hast ihm all das Essen mitgegeben, damit er es in den Sand schmeißt?« Ich erinnere mich, was die Großmama Zottelzitz für ein bekümmertes Gesicht gemacht hat, als sie das Korn für die Hungrigen auf dem Boden verschüttet hat. »Das hättest du nicht tun dürfen, Matt, das darfst du nicht!«

»Meine Mam wäre einen ganzen Monat damit ausgekommen«, sagt Golam in dem Ton, der bewirkt, daß alle ihn anschauen, wenn er spricht. Das heißt, alle, die ihn nicht kennen. Wir, weil wir ihn kennen, sind inzwischen daran gewöhnt. Ebenso wie wir an seine blitzenden Augen, sein zähnebleckendes Lächeln und sein wippendes Haar gewöhnt sind.

»Das ganze Dorf wäre einen Monat damit ausgekommen«, sag ich, was nun doch nicht ganz stimmt. Aber einen Tag lang hätte es für das ganze Dorf gereicht.

»Kuckt mich nicht so an!« sagt Matt. »So knapp dran sind wir noch nicht.«

»Sag das mal meiner Mam!« sagt Golam, der selten auf jemanden böse ist, schon gar nicht auf Matt.

»Ich hab es doch nur dazu verwendet, Menschenleben zu retten. Futter ist doch dazu da, Menschenleben zu retten, oder nicht?«

Matt hat auf alles eine Antwort, der schwer zu widersprechen ist. Aber wir geben immer noch keine Ruhe.

»Woher weißt du, daß es ihr Leben retten wird? Woher weißt du, daß es nicht die Vögel oder andere Tiere fressen werden, bevor es irgendwer findet? Woher weißt du, daß ihr Leben überhaupt in Gefahr ist? Die Partisanen sind gute Leute, die werden sie nicht umbringen.« Jetzt ist Hena gegen Matt auf dem Kriegspfad.

»Trotzdem ist es nicht nett, gegen seinen Willen einfach

so weggeholt und irgendwo versteckt zu werden. Würde dir das gefallen?«

»Darum geht es nicht«, streitet Hena weiter. »Außerdem, du hast noch nichts dazu gesagt, was ist, wenn die Kornkrümel von den Vögeln oder Tieren gefressen werden.« Sie schaut ihn richtig böse an. »Wie in der Geschichte«, fügt sie hinzu.

»Sie werden's nur fressen, wenn wir bis zum Morgen warten. Die Tiere, die nachts herauskommen, fressen kein Korn.«

»Ich glaube, ich geh am besten«, sagt Hena zu unserer großen Überraschung.

Und sie geht wirklich, ohne auch nur eine Antwort abzuwarten. Golam sitzt da und versucht, uns nicht anzusehen.

»Du gehst am besten auch«, sagt Matt. »Deine Mam wird schon warten.«

Letztesmal, als wir nach Gonta gegangen sind, ist Golams Mam beinah gestorben vor Kummer. Seit sie seinen Dada verloren hat, lebt sie in Sorge, ihn auch noch zu verlieren.

»Macht es euch bestimmt nichts aus?« sagt Golam. Für ihn ist es schwierig. Er möchte ehrlich seine Mam zufriedenstellen, und er möchte ehrlich auch bei uns sein.

»Ganz bestimmt nicht«, sagt Matt. »Bestimmt«, sag ich. Matt und ich bleiben uns selbst überlassen.

»Du schläfst mir aber nicht unterwegs ein?« sagt Matt. Bloß weil er nie schläft, denkt er, ich schlafe immer.

Na, es ist etwas dran. Darum ärgert es mich, wenn er es sagt, aber ich gebe ihm keine Antwort.

Wir fangen an, den Kornspuren zu folgen. Sie führen fort von den Wäldern. So hatten wir's erwartet. Die Wälder sind ein gutes Versteck, wenn man vor irgendwas oder irgendwohin auf der Flucht ist. Für kurze Zeit.

Für einen richtigen Unterschlupf, ein ständiges Versteck, sind die Höhlen am besten.

Matt sammelt im Vorbeigehen das Korn auf und steckt es in einen Beutel.

»Willst du's nicht gleich essen?« sag ich.

»Könnte ich tun«, sagt er. »Außerdem wollen wir ja nicht, daß uns noch jemand folgt, oder?« Ich nehme an, er hat recht.

Wir gehen weiter, bis meine Beine mich kaum mehr tragen können. Ich bin müde und mache mir Sorgen und bin gar nicht mehr sicher, ob wir das Richtige tun.

Es ist unheimlich, daß Matt anscheinend nie müde wird. Und er ist halb so groß wie ich.

Ganz plötzlich hört die Spur auf.

Bis jetzt war es nicht allzu schwierig. Der Sand glänzt im hellen Mondschein, und die Kornbröckchen sind ziemlich leicht darauf zu erkennen. Unser größtes Problem sind die Schlangen, die um diese Jahreszeit, wenn sie immer weniger Nahrung finden, auch nachts hervorzukommen beginnen. Wir achten darauf, daß wir den Büschen nicht zu nah kommen.

Nun stehen wir an den Bergwänden und wissen nicht, wo wir weiter suchen sollen, außer dicht an den Büschen. Hinter uns liegt die Ebene, und dort ist natürlich keine Spur von dem Korn mehr zu sehen. Vor uns steigen die Felsen steil an. Die einzige Chance ist, daß sie an den Büschen rechts von uns entlanggegangen sind.

Ich habe mehr Angst vor Hyänen als vor Schlangen, aber Matt sagt, weil wir zu zweit sind, würden uns die Hyänen nicht angreifen; wenn wir aber einer Schlange zu nahe kommen, kann es passieren, daß sie zuerst beißt und dann erst zischt. Es ist gut, daß wir nach unserer Spur sehen müssen, denn das bedeutet, wenn eine Schlange da ist, werden wir sie wahrscheinlich sehen, bevor sie uns hört.

Mit Skorpionen ist das was anderes. Beide haben wir keine Schuhe an. Meine Schuhe haben sowieso Löcher, die groß genug sind, daß ein Skorpion hindurchstechen könnte. Matts Dada hat ihm kein neues Paar kaufen können, als seine Füße für das letzte Paar zu groß geworden sind.

Wir gehen ein Stück zurück und wieder ein Stück vorwärts, aber kein Glück! Sogar Matt will die Hoffnung schon aufgeben.

Mein Blick fällt auf etwas Glänzendes an einem zackigen Stück Fels. Matt sieht es auch. Wir gehen beide hin. Es ist ein Fetzchen von einem Schal, mit einem komischen kleinen Muster drauf. Ich nehme es in die Hand, um es näher anzusehen. Kommt mir bekannt vor.

Während wir uns noch darüber wundern, sehen wir eine große Spalte in den Felswänden. Sie ist so abgewinkelt, daß ihr sie nie bemerken würdet. Wir hätten sie auch nicht gesehen, hätte dieses Stückchen Schal nicht dort gehangen.

Grad beim Eingang in die Felsspalte liegt ein Bröckchen Korn.

Wir haben die Spur gefunden.

Wir treten in die Spalte und gehen immer weiter hinein. Nun finden wir kein Korn mehr. Auch wenn welches da wäre, könnten wir es nicht sehen, so dunkel ist es hier drinnen. Ich traue mich fast nicht weiterzugehen, aber Matt hält mein Handgelenk mit seiner eisernen Faust umfaßt und zieht mich vorwärts.

Ich verliere das Gefühl für Zeit und Entfernung. Nicht mal, um der Großmama Zottelzitz das Leben zu retten, könnte ich euch sagen, wie lange wir in dieser Spalte gewesen oder wie weit wir hineingegangen sind.

Meine beiden Arme werden von zwei starken Händen festgehalten. So eine Kraft kann Matt nicht haben. Außerdem würde er dann drei Hände brauchen, denn eine hat er noch an meinem Handgelenk.

Aber nicht lange.

Ich werde zur Seite gezogen wie von wilden Kamelen. Mein Handgelenk wird von Matts Hand losgerissen.

Das erschreckt mich noch mehr als alles andere.

»Hier sind noch zwei«, sagt eine Stimme, die sich anhört, als ob sie ebenso überrascht ist wie ich. Zum Glück habe ich keine Zeit zum Nachdenken. Nachdenken macht alles immer noch schlimmer. Wenigstens für mich.

Ich bin in einem Raum mit Felswänden. Eine Höhle in Wirklichkeit, aber eingerichtet wie ein Zimmer.

Der Raum ist hell erleuchtet. So hell, daß ich nun, nachdem ich in der Dunkelheit draußen schon blind gewesen bin, drinnen vom Licht geblendet werde. Aber ich kann sehen, daß Matt auch da ist, neben mir. Ich fühle mich wieder sicher.

»Ihr habt euch wohl Zeit gelassen, wie?« sagt eine spitze Stimme, die mir ins Ohr sticht wie die Nadeln eines kalten Windes.

Hena.

Matt und ich, wir sehen uns an. Unsere Schultern zukken auf und nieder.

Die Männer, die Matt und mich hereinbringen, tragen schmutzige Blue Jeans und ebensolche blaue Hemden. Noch ein anderer Mann ist im Raum. Er sitzt auf etwas wie einem steinernen Hocker und trägt ein langes weißes Gewand. Kopf und Gesicht sind unter einem weißen Schal verborgen, in dem nur eine kleine runde Öffnung ist, so daß er sehen kann, ohne gesehen zu werden.

Ich kann sehen, wie sein Körper ganz seltsam zusammenzuckt, als er uns sieht.

Er bleibt einen Moment so sitzen, dann gibt er einem von den Männern ein Zeichen. Der Mann tritt respektvoll

näher. Der Mann mit dem Schal vorm Gesicht beugt sich
herunter, weil er nämlich viel größer ist, und flüstert dem
Mann durch seinen Schal etwas ins Ohr.

Der Mann sieht ein bißchen verdutzt aus.

Er dreht sich um und fragt uns, wie wir hierher gekommen sind und ob noch jemand uns folgt.

Wir werfen Hena einen raschen Blick zu. Seine Augen
folgen unseren Augen, und seine Gedanken folgen unseren
Gedanken.

»Nein, sie hat uns nichts gesagt«, sagt er.

Wenn Hena nichts sagen will, dann sagt Hena nichts.
Das wissen wir alle.

»Wir sind einer Spur von Kornkrümeln gefolgt. Wir
haben die Krümel aufgesammelt, darum ist keine Spur
mehr zu sehn«, sagt Matt, was um so richtiger ist, als ja
auch der Wind die Fußspuren im Sand verweht, kaum daß
sie entstanden sind.

Der Mann sieht jetzt nicht mehr so verdutzt aus.

Der Mann mit dem Schal vorm Gesicht flüstert ihm
wieder etwas ins Ohr, und sie verlassen beide den Raum
durch eine andere Spalte in der Felswand, rechts von der,
durch die wir hereingekommen sind.

Ein Mann bleibt bei uns dreien im Raum.

Von den Weißen ist nichts zu sehen.

»Wie bist du bloß hierher gekommen, du Geist von
einer Hexe?« sag ich und gebe mir Mühe, böse dreinzu-
schauen; in Wirklichkeit staune ich, was Hena alles kann
und weiß.

»Genau wie ihr, hoffentlich«, sagt Hena. »Beinah hätte
ich die Spalte im Felsen übersehen. Ich hab ein Stück von
meinem Schal abgerissen und es da festgeklemmt, um euch
zu helfen. Ich sehe, ihr habt es gefunden.«

Nun bin ich wirklich böse auf Hena. Und ich sollte ihr
dankbar sein.

Einer von den Männern in Jeans kommt wieder. Er schaut uns jetzt mit anderen Augen an. »Warum seid ihr uns hierher gefolgt?«

»Um euch zu treffen«, sagt Matt.

»Und warum wollt ihr uns treffen?«

»Wir wollen euch um einen Gefallen bitten.«

»Und was ist das für ein Gefallen?«

So kommen wir nicht weiter, sag ich zu mir selbst. »Wir möchten, daß ihr uns die Weißen wieder herausgebt.«

»Woher wißt ihr, daß die Weißen bei uns sind?«

»Wir wissen es, weil ihr sie erst vor kurzem von uns weggeholt habt.«

»Wie könnt ihr wissen, daß wir sie geholt haben? Ihr könnt unsere Gesichter nicht gesehen haben, denn sie waren verhüllt.«

Dazu sagt Matt nichts.

Der Mann erkennt seinen Fehler, aber zu spät. »Und warum wollt ihr, daß wir euch die Weißen herausgeben?« sagt er schließlich.

»Weil sie unsere Freunde sind. Und wir denken, ihr seid auch unsere Freunde. Freunde sollten ihren Freunden nicht die Freunde wegnehmen.«

Die Sache wird mit jedem Atemzug schlimmer.

Der Mann scheint sich das zu überlegen.

»Habt ihr Hunger?« fragt er nach einer Weile.

Und ob ich welchen habe, nach so einem Fußmarsch! Aber Matt sagt »nein danke«.

Ich haß ihn.

»Nein danke«, sagt Hena.

Ich hasse sie.

»Nein danke«, sag ich.

Der Mann schaut uns an und lächelt, dann dreht er sich um und verschwindet in der Felswand. Er bleibt lange fort.

Der Mann, der bei uns im Raum ist, sagt nichts.

Allmählich mache ich mir mehr und mehr Sorgen.

Endlich kommt der andere Mann zurück.

Er kommt zurück mit einer großen Tüte in der Hand. Ich denke, vielleicht hat er doch etwas zu essen für uns mitgebracht. Mein Mund läuft voll Wasser wie der Fluß nach dem Regen.

Aber er gibt uns nichts.

Er steht nur da und bleibt eine Weile ganz still.

»Geht ihr denn nie schlafen?« fragt er und blickt vom einen zum andern.

»Er nicht«, sag ich und deute auf Matt.

Ich brauche nur das Wort zu hören, und der Schlaf, der von Angst und Sorge verscheucht wurde, dringt mit Macht auf mich ein.

»Ich sag euch, was wir jetzt tun. Wir lassen euch heimgehen, denn eure Familien werden sich schon Sorgen machen. Sie könnten sonst denken, ihr seid auch mitgenommen worden. Dann kommt ihr morgen vormittag wieder, und wir sprechen über alles. Ist doch vernünftig, oder?« sagt er und blickt wieder vom einen zum andern.

Klingt vielleicht vernünftig, aber der Gedanke an den langen Weg zurück durch die Nacht, wobei wir uns ohne die Spur leicht auch noch verlaufen können und dann einen langen Weg machen müssen, um wenigstens wieder hierher zu kommen, erdrückt mich beinah unter seinem Gewicht.

Der Mann scheint genauso zu denken, wie ich denke. Er muß ein grausames Gemüt haben, denn es scheint ihn zu freuen. Er teilt mit einem breiten Grinsen sein Gesicht in zwei Hälften und sagt: »Also, sind wir dann alle bereit zum Rückweg? Ich bringe euch raus.«

An Matts Gesicht kann ich sehen, daß sogar er das nicht komisch findet. Und Hena auch nicht.

Aber wir sagen nichts. Jedenfalls Hena und ich nicht.

»Können wir die Sache nicht gleich jetzt erledigen?« sagt Matt. »Wir haben's nicht eilig, heimzugehn.«

»Tut mir leid, das ist nicht möglich. Da ist soviel zu besprechen. Die Sache ist nicht ganz so einfach, wie ihr vielleicht denkt. Ihr müßt schon bei Tageslicht wiederkommen, wenn wir alle Zeit gehabt haben, uns auszuruhen und nachzudenken. Wenn ihr nicht müde seid, ich bin's.«

Wir und nicht müde! denke ich. Aber ich sag nichts.

Ich denke, er wird ja wohl ein Erbarmen haben und erlauben, daß wir uns ein Weilchen hinsetzen, uns Wasser bringen oder sonst was, aber nichts tut er.

»Los marsch«, sagt er und gibt uns im Vorbeigehn ein Zeichen zum Mitkommen.

Wir treten wieder in den schmalen Durchgang, aber statt links abzubiegen, nach der Seite, von der wir gekommen sind, biegen wir nach rechts ab. Wir gehen ein ganzes Stück weit durch den steilen, unbeleuchteten Felsdurchbruch, bis wir auf die mondbeschienene Ebene hinauskommen. Auf dieser Seite der Berge stehen viele Bäume und hohe Büsche. Der Mann führt uns zu einem der größeren Bäume. Unter dem Baum steht ein grüner Jeep.

Mit einem zufriedenen Lächeln schiebt er uns hinein. Er selbst setzt sich hinter das Lenkrad.

»Seid ihr schon mal Jeep gefahren?«

»Erst einmal«, sagt Matt.

Das war, als ein Freund von Kofi uns aus Gonta heimbrachte, nach dem Luftangriff.

Der Mann ist ein bißchen enttäuscht, das zu hören. Er denkt, er kann uns eine Sensation bieten, die allererste Fahrt mit einem Jeep.

Wir finden es auch so noch sensationell genug, und er sieht es. Bald hat er seine Enttäuschung vergessen.

Er gibt uns die Tüte, die er in der Hand hält. »Hier habt ihr etwas zu essen, während ich euch heimfahre.«

Er bringt uns bis zum äußersten Rand des Dorfes, in die Nähe unseres kleinen Baums auf unserem kleinen Hügel. Einer nach dem andern steigen wir aus.

»Hier komme ich euch morgen abholen, bevor die Schatten kürzer sind als bis zu dem Stein da drüben. Wartet hier auf mich, wenn ich später kommen sollte. Aber kommt nicht selbst zu spät. Ich kann mir nicht erlauben, lange hier herumzustehen. Über eure Weißen reden wir dann, wenn wir bei uns sind. Inzwischen werden sie gut behandelt. Keine Sorge! Seid vorsichtig, und kommt mir nicht in Schwierigkeiten.«

Mit diesen Worten fährt er munter winkend davon.

Früh am nächsten Morgen muß Matt seinem Dada auf den Feldern die Furchen säubern helfen. Von mir verlangt meine Mam, daß ich Korn aus dem Staub und Sand aussiebe, den sie und meine große Schwester in den letzten Tagen auf den alten Feldern zusammengekehrt haben.

Wir tun beide, was wir können, so schnell es geht und so gut es geht, und dann machen wir, daß wir zu unserm kleinen Baum auf unserm kleinen Hügel kommen. Wir haben gehofft, wir können Golam mitnehmen, aber weil wir spät dran sind, müssen wir rennen.

Hena sitzt schon da.

»Wenn du jetzt wieder sagst, ›ihr habt euch wohl Zeit gelassen, wie?‹, dann spring ich in den Fluß und komm nicht mehr hoch«, sag ich zu Hena.

»Ihr habt euch wohl Zeit gelassen, wie?« sagt Hena zu mir.

Das reicht mir.

»Wir sehn uns dann auf dem Grund, wenn der Fluß ausgetrocknet ist«, sagt Matt.

Ich find es nicht nett, daß er das sagt.

Auch Hena findet es nicht nett, daß er das sagt.

135

»Ich find es nicht nett, daß du das sagst«, sagt Hena.

»Du hast damit angefangen«, sag ich zu Hena. Ich bin immer noch sauer wegen ihrer Bissigkeit.

»Ich hab angefangen, ich?« sagt Hena. »Du hast es rausgefordert.«

Vielleicht stimmt es, aber ich denke nicht dran, es zuzugeben. Abstreiten kann ich es auch nicht. Also halte ich den Mund, bin damit aber auch nicht zufrieden.

Die Schatten werden kürzer. Viel kürzer, als der Mann gesagt hatte. Aber noch ist nichts von ihm zu sehen.

Wir machen uns Gedanken. Wir machen uns Gedanken, warum er nicht kommt. Wir machen uns Gedanken, was wir tun sollen, wenn er nicht kommt.

Und wir befürchten, daß der Lehrer womöglich bald jemanden schickt, um uns zu holen: Alle wissen doch, wo wir herumhängen.

Allmählich wünschen wir uns, wir hätten Golam mitgebracht.

Ohne ihn ist es irgendwie nicht so gut. Er sagt nicht viel, aber es ist gut, wenn er dabei ist.

»Ich denke, wenn das noch lange dauert, bis der Mann kommt, dann könnt ich eigentlich mal losgehn und Golam holen«, sag ich.

Matt scheint ein bißchen unschlüssig zu sein. Er möchte Golam hier haben, aber er möchte auch, daß wir uns hier bereithalten für den Fall, daß der Mann kommt und sofort wieder weg will.

In dem Moment sehn wir ihn kommen. Er kommt nicht sandaufwirbelnd von Osten, sondern über den schwereren Boden knirschend von Westen.

Er sieht viel nachdenklicher aus als letzte Nacht.

Er sagt nicht viel, hilft uns nur in den Jeep hinein und behält während der Fahrt eine gerunzelte Stirn. Vielleicht liegt es nur daran, daß die Sonne ihm ins Gesicht scheint.

Aber wir können sehen, daß etwas anders ist. Und nicht besser.

Bei Tageslicht und in dem Jeep haben wir das Versteck im Nu erreicht.

Die flache Senke, wo der Jeep stand, bemerken wir erst, als wir schon darin sind. Sie ist hinter Felsen, Bäumen und Sträuchern so gut verborgen, daß selbst unser Fahrer sehr langsam werden und sich genau umsehen muß, bevor er die Einfahrt findet.

Wir sind überrascht, wie es hier aussieht, wo wir jetzt alles richtig sehen können. Da drinnen ist fast schon ein kleines Dorf, mit ein paar Strohhütten und sogar zwei kleinen steinernen Gebäuden – alles flach und niedrig, versteckt unter Bäumen und hinter hohen Büschen im Bauch des Gebirges.

Wir steigen aus dem Jeep, und der Mann fordert uns auf, ihm zu folgen.

Es scheint, daß wir auf die Öffnung in den Felsen zugehen, durch die man zu dem Höhlenraum gelangt, in dem wir gestern nacht waren.

Die Schatten sind immer noch lang, werden nun aber schnell kürzer. Die Morgenfrische liegt noch in der Luft, obwohl die Mittagshitze nicht mehr allzu fern ist.

Alles ist still und ruhig.

Plötzlich bleibt Matt stehen. Er streckt eine Hand aus, greift mir ums Handgelenk und hält mich auch an.

Ich kann sehen, daß seine Aufmerksamkeit ganz zur einen Seite des Geländes hin gerichtet ist. Ich kann nicht sagen, was dort ist, aber ich sehe, daß er ganz damit beschäftigt ist.

»Los, weiter! Wir sind spät dran«, sagt der Mann.

So nervös, wie er um sich blickt, scheint er zu wissen, was Matt gesehen oder gehört hat. Er möchte uns schnellstens von hier wegbringen.

Inzwischen merke auch ich, daß etwas in der Luft liegt. Ich höre seltsame leise Geräusche. Ich kann nicht sagen, ob von Menschen oder Tieren – oder bloß vom Wind in den Büschen.

Hena horcht auf die Geräusche, macht ein merkwürdiges Gesicht dazu, die Augen wie Glas.

Matts ganzer Körper, eben noch starr, kommt in Bewegung. Er stürmt an uns allen vorbei in die Gegenrichtung und reißt mir schier den Arm aus, weil er mich beim Handgelenk hält. Mir bleibt keine Wahl, ich muß ihm nach.

Auch Hena rennt mit uns.

Der Mann versucht jeden einzeln festzuhalten, bekommt uns aber nicht in den Griff.

Schon sind wir vor einem steinernen Bau von der Größe eines mittleren Hauses.

Matt rennt hinein, ich hinterher. Hena hat der Mann nun doch zu packen gekriegt; er trägt sie mit einem Arm und versucht mit der anderen Hand, sie am Schreien und Kreischen zu hindern. Er weiß nicht recht, ob er uns mit der strampelnden Hena in das Gebäude nachkommen oder ob er sie wegbringen soll. Er entscheidet sich dafür, sie wegzubringen.

In dem steinernen Bau hängen drei Männer an den Armen von der Decke herab. Sie haben nicht viel an. Fleckiggrüne Sachen liegen auf dem Boden herum.

Auf dem Boden steht unter jedem von den Männern eine große Kiste mit hohen Seitenwänden, nach oben offen. In jeder Kiste sind drei Schlangen. Wenn die Männer ihren Halt an der Decke loslassen, fallen sie in die Kisten mit den Schlangen. Und nicht nur das. Sie müssen auch die Beine angezogen halten, weil sich die Schlangen sonst aufbäumen und sie beißen könnten.

Die Männer sind geknebelt, bringen aber noch halbe

Laute heraus: halb spitz und schrill, halb röchelnd und grunzend. Es sind die Geräusche, die Matt auf dem Weg zu den Höhlen gehört hat.

Vor den baumelnden Männern, mit einer großen, gefährlich aussehenden Maschinenpistole in den Händen, steht der Mann in dem langen weißen Gewand, den wir letzte Nacht schon gesehen haben. Er hat immer noch den Schal vorm Gesicht, aber als er uns hereinkommen hört, fährt er scharf herum, der Schal rutscht herunter, und wir sehen sein Gesicht.

»Doch nicht schon wieder ihr!« sagt er.

Stimme und Gesicht kommen mir bekannt vor, aber ich weiß nicht recht, zu wem sie gehören.

»Ich denke, du hast uns erwartet«, sagt Matt.

»Nicht hier drin«, antwortet der Mann.

Jetzt weiß ich's: Das ist der arme Kerl, den wir vor über zwei Jahren vor den fleckiggrünen Soldaten gerettet haben.

»Das solltest du nicht machen!« sagt Matt.

Der Mann schaut teils verlegen drein, teils verärgert; vor allem einfach verblüfft.

»Ihr solltet nicht hier reinkommen«, sagt er.

»Das solltest du nicht machen!« wiederholt Matt.

»Weißt du, wer die hier sind?«

»Das solltest du trotzdem nicht machen.«

»Weißt du, was die gemacht haben? Die haben letzte Nacht erst die Männer, Frauen und Kinder von Nedika abgeholt. Sie haben mindestens sechzig Menschen getötet und die Leichen ins einzige Wasserloch des Dorfes geschmissen. Kannst du das verstehen?«

Matts Augen sind voller Schmerz, Wut und Sorge. »Trotzdem solltest du das nicht machen«, sagt er.

Sie stehen beide da und sehen sich stumm in die Augen, wie versteinert.

Kein Wimpernzucken, keiner rührt einen Finger.

Die Schlangen zischen lauter, als der Wind durch die Spalten zwischen den Steinen hereinpfeift.

Die Augen der drei von der Decke baumelnden Soldaten treten so weit vor, daß ich befürchte, sie werden gleich herausfallen in die Kisten mit den Schlangen. Ich bin mir nicht sicher, ob die Männer noch atmen.

Der Mann mit dem weißen Gewand und Matt sehen sich immer noch an.

Nach und nach entspannt sich der Körper des Mannes, seine Arme sinken tiefer herab, er hebt den Kopf und blickt auf zu den drei Soldaten.

Er zieht sich den Schal vom Kopf und wirft ihn zu Boden. Er tritt vor, legt die Deckel auf die Schlangenkisten und schiebt die Kisten mit Fußtritten beiseite.

»Die Giftzähne waren sowieso entfernt«, ist alles, was er sagt.

Die Soldaten bleiben noch einen Moment hängen, dann lassen sie los und suchen auf dem Boden das Gleichgewicht.

Der Mann tritt die Uniformen zu ihnen hin.

Mit langsamen, ruckenden Bewegungen beginnen sie sich anzuziehen.

Matt geht zu ihnen hin.

»Wo habt ihr die Leute von Nedika hingebracht?« fragt er.

Einer der Soldaten holt ein Stück Papier und einen Bleistift aus seiner Tasche und zeichnet eine Karte, auf der man sieht, wo diese und noch einige andere Verschleppte gefangengehalten werden. Er sagt auch, wann ein Versuch, sie zu retten, am aussichtsreichsten wäre: wenn die meisten Soldaten entweder ausruhen oder in Kommandos unterwegs sind, so daß nur wenige Wachen zurückbleiben. Aber er sagt, wir werden vielleicht nicht mehr alle Gefangenen lebendig vorfinden.

Der Mann im weißen Gewand läßt sich in einer Ecke auf den Boden nieder und stützt den Kopf in die Hände.

Matt geht zu ihm und setzt sich neben ihn. Er legt den Arm um ihn und streicht ihm mit den Fingern durchs Haar.

»Was werdet ihr jetzt mit uns machen?« sagt der eine von den Soldaten.

»Wir nützen ihnen jetzt nichts mehr«, sagt der zweite.

Der dritte sagt nichts.

Ich denke, sie werden gleich davonzulaufen versuchen, aber sie tun es nicht. Ich nehme an, nach dem, was sie eben durchgemacht haben, haben sie nicht mehr den Nerv.

Der Mann im weißen Gewand steht vom Boden auf und führt uns hinaus. Er schließt den Raum hinter sich ab.

»Wir bringen sie heute nacht weg und setzen sie irgendwo ab. Von da sollen sie sehn, wie sie weiterkommen, wohin sie wollen«, sagt er. »Wenn die Leute aus den Dörfern sie erwischen, haben sie Pech gehabt. Mehr kann ich nicht tun.«

Matt scheint etwas sagen zu wollen, sagt dann aber doch nichts. Nachdem er in dem Problem mit den Soldaten seinen Willen gehabt hat, denke ich, daß es ihm nicht weiter schwerfallen sollte, die Weißen freizubekommen.

Aber so wie ich es mir denke, geht es ja meistens nicht.

Auf dem Weg zu den Höhlen hält Matt noch mal an.

»Was denn nun?« sag ich in meinem jämmerlichsten Ton.

»Kann ich bitte hingehn und die Schlangen freilassen?« sagt Matt zu dem Mann.

Der Mann weiß nicht recht, ob er fluchen oder lachen soll.

»Na schön«, sagt er, »aber du gehst nicht allein.«

Er macht ein Geräusch, wie wenn eine Taube gurrt, und plötzlich kommen vier, fünf Männer hinter den Büschen vor oder aus den Höhlen heraus – ich weiß nicht genau, woher, weil es so schnell geht. Alle tragen blaue Hemden und blaue Jeans.

Links von uns höre ich ein Getrampel und Gerangel und Schreie.

Es ist Hena, sie rennt zu uns, verfolgt von zwei Männern. Die Männer werden langsamer, als sie uns sehen, und lassen Hena zu uns kommen.

»Das ist vielleicht eine Nahkämpferin, eure Kleine hier!« sagt einer von den Männern, als sie näher kommen.

Allen scheint unsere Hena einiges an Prellungen und Bißwunden zugefügt zu haben. Der Mann, der uns im Jeep abgeholt hat, mußte sich sogar ein Heftpflaster holen gehn, weil er am Hals überall geblutet hat und sich sein Hemd nicht verschmieren wollte.

Der Mann im weißen Gewand sagt zu den zwei Männern: »Geht mal mit den Kindern zu der … zu dem Schuppen da. Laßt sie rein, hier sind die Schlüssel. Sie können die Kisten mit den Schlangen rausholen, und ihr paßt auf, daß die Gefangenen nicht entwischen. O.K.?«

Er blinzelt uns traurig zu.

Wir gehen mit den beiden Männern zu dem steinernen Bau. Hena kommt mit.

Eben haben wir die Tür erreicht, da hören wir so ein Dröhnen, das mit jeder Sekunde lauter wird.

Bevor wir wissen, wie uns geschieht, stößt es auf uns herab. Ein lautes Krachen, dann noch zwei. Dann Feuer, Rauch, Staub.

Hena, Matt und ich lassen uns zu Boden fallen, aber die Männer bleiben stehn, wie gelähmt.

Wir sehen Sand und Staub, der sich vor uns erstreckt.

An manchen Stellen ist der Sand und Staub rot. Er ist rot, wo der Mann im weißen Gewand und ein paar von seinen Freunden zuletzt gestanden haben. Das weiße Gewand des Mannes ist auch rot.

Wir wollen wieder auf die Füße kommen, können's zuerst nicht und dann doch.

Der eine von den beiden Männern bei uns ist zu seinen Freunden gerannt. Der andere steht noch still da und brabbelt etwas vom Radio der Weißen, immer wieder dasselbe von vorn.

Die Explosion hat von dem steinernen Bau die Tür weggerissen. Die Soldaten hocken in der einen Ecke, blicken voll Entsetzen zu uns auf.

Ich kann mich eigentlich nicht erinnern, daß ich auf irgendwas so genau geachtet hätte, trotzdem kann ich mich dran erinnern, ich weiß nicht, wie oder warum.

Die Soldaten haben nun begriffen, was passiert ist. Ihr Entsetzen verwandelt sich in Freude. Vergnügt brüllend rennen sie nach draußen. Ich erinnere mich an ihre wakkelnden Ärsche.

Die beiden Männer, die mit uns gegangen waren, knien nun bei den Leichen ihrer Freunde und ihres Führers. Des Mannes, dem wir einmal geholfen haben, am Leben zu bleiben, und dem wir jetzt geholfen haben, zu sterben.

Sein Name war ... ist Kabir. Solange er lebte, kannten wir seinen Namen nicht.

Die Bomben haben auch von einem anderen Gebäude die Steinmauer weggerissen. Daraus kommen jetzt die Weißen hervor. Sie werfen nur einen Blick um sich, dann rennen sie los, geradewegs zu dem Jeep.

Sie steigen ein und fahren los. Alle bis auf Alberto, der uns gesehen hat und zu uns kommt. Er winkt den anderen, sie sollen ohne ihn abfahren.

143

Inzwischen sind noch ein paar Leute aus den Gebäuden oder Höhlen herausgekommen, aber niemand tut etwas, um die Weißen festzuhalten, und niemand sagt etwas zu uns.

Matt geht in den Steinbau, hebt die Kisten auf, eine nach der andern, trägt sie nach draußen und läßt die Schlangen raus. Er dankt ihnen, daß sie sein Leben und mein Leben gerettet haben und das Leben der beiden Männer, die mit uns gegangen waren.

5

Golams Kuh

Alberto, Hena, Matt und ich gehen zum Dorf zurück. Ich weiß nicht mehr, wie wir den Weg finden, aber wir finden ihn. Wir brauchen lange, weil wir nicht besonders schnell gehen und auch ein bißchen herumirren.

Als wir ankommen, sind die Schatten schon wieder lang und werden immer länger.

Die Weißen sind noch da und warten auf Alberto. Noch ein Weißer ist mit dem Lastwagen aus Gonta gekommen, um die Weißen abzuholen. Er weiß nichts von dem, was passiert ist, und hört interessiert zu. Auch wir hören zu.

Anscheinend wollten die Guerilleros die Weißen als Geiseln nehmen – weiß ich, was das bedeutet –, um die Regierung der Weißen dazu zu bringen, daß sie mit den Guerilleros darüber sprechen sollte, ob sie ihnen nicht ein bißchen helfen könnte, statt unserer Regierung zu helfen, denn das ist eine schlechte Regierung.

Ich glaube nicht, daß ich alles verstanden habe, aber doch so einiges.

Aber mit all dem ist es nun aus. Wenigstens vorläufig. Die Weißen denken, die anderen Guerilleros hier und anderswo werden sich nun vielleicht noch mehr anstrengen, es der Regierung und ihren Freunden zu zeigen, weil jetzt einige von ihren Freunden tot sind und auch einer von ihren Führern. Ein guter Führer, nach dem, was man uns sagt. Sogar die Weißen haben von Kabir schon gehört und finden es schade, daß er tot ist. Sie meinen, dadurch wird alles bloß noch schlimmer.

Alle Leute im Dorf haben die Flugzeuge und die Bomben gehört und drängen sich um uns, weil sie wissen wollen, was los war. Wir erzählen unsere Geschichte dem einen und müssen sie dann einem andern noch mal von vorn erzählen. Manchmal sogar Leuten, die sie schon einmal gehört haben.

Mitten in diesem Durcheinander kommt Golams Mam, in heller Auflösung, und fragt uns, wo Golam ist und wo wir Kato versteckt haben. Kato ist ihre Kuh.

Wir haben schon von Golam keine Ahnung, wo er ist, und erst recht nicht von Kato. Tatsächlich haben wir eben daran gedacht, zu Golams Mam zu gehen und sie zu fragen, wo Golam ist. Denn wenn wir irgendwo draußen sind und Golam ist nicht mit dabei, dann sitzt er meistens unter unserm kleinen Baum bei unserm kleinen Hügel und wartet auf uns. Und dort sehn wir ihn heute nicht.

Wenn dieses wüste Gedränge nicht wäre, mit den Weißen, die von den Guerilleros kommen, und den Weißen, die aus Gonta kommen, und die alle wissen wollen, was passiert ist, und wir mitten drin in all den Geschichten, dann hätten wir schon längst selber nach Golam gesucht.

Als wir das zu Golams Mam sagen, schaut sie uns zuerst an, als ob sie uns nicht glaubt. Dann schaut sie uns an, als ob sie uns glaubt. Und dann wird sie ohnmächtig und fällt in den Sand.

Alberto sagt, das ist der Hunger, aber mein Dada sagt, es muß die Sorge sein, denn er hat ihr erst heute morgen eine Schale Korn gebracht. Großmama Zottelzitz fragt ihn, ob er sie auch essen gesehn hat, denn sie hebt jedes Bißchen, wenn's irgend geht, für Golam und für die Kuh auf und ißt selber fast nichts mehr.

Wir wissen immer noch nicht recht, um was es geht, aber Leku erklärt es uns.

»Mino«, sagt er – so heißt Golams Mam –, »Mino hatte

146

eingewilligt, Kato für einen Sack Korn an Fakir zu verkaufen. Es war kein gutes Geschäft, denn die Kuh ist mehr
wert, aber sie war einverstanden, weil sie Kato nicht mehr
füttern kann. Sie tut's nicht gern, meint aber, sie hat keine
Wahl. Als Golam davon erfährt, bricht ihm das Herz.«

Ihr müßt euch vorstellen: Golam liebt Kato, als wäre sie
seine Schwester.

Leku erzählt weiter: »Es hat ihn schier umgebracht, als
er herausbekommt, daß Fakir die Kuh schlachten und das
Fleisch in Gonta verkaufen will. Er war noch einmal so
wütend, daß Fakir, der doch selbst Moslem ist wie sie und
mehr Rücksicht nehmen sollte, seine Mutter so übervor-
teilt. Wenigstens hätte Fakir ihr mehr Korn bieten und die
Kuh halten sollen, statt sie billig zu kaufen und zu schlachten. Also hat es einen großen Krach zwischen Golam und
seiner Mam gegeben, und Golam hat auch Fakir ange-
schrien. Seine Mam ließ ihn allein, damit er sich abkühlt.
Als sie dann später nach ihm schaute, konnte sie ihn nicht
finden, und die Kuh auch nicht. Darum ist sie nach Matt,
dir und mir suchen gekommen. Ich hab ihr gesagt, ihr seid
nicht im Dorf. Das hat sie ein bißchen beruhigt, denn in
Matt und sogar in dich hat sie Vertrauen. Sie denkt, ihr
werdet Golam von Dummheiten schon abhalten.

Natürlich, als sie gehört hat, ihr seid zurück, da kommt
sie angerannt und will hören, was mit Golam und Kato ist.
Sie hat gedacht, ihr seid fortgegangen, um Kato irgendwo
gut zu verstecken.

Jetzt hat sie beschlossen, Kato doch nicht zu verkaufen.
Sie hat es mir und auch allen andern Kindern im Dorf
gesagt, damit wir's Golam und euch weitersagen und damit
Golam mit Kato zurückkommt.«

Jetzt machen auch wir uns Sorgen. Vielleicht nicht so
viel wie Mino, aber immer noch sehr viel, kein Zweifel!

Die Weißen sagen, sie können uns im Jeep mitnehmen,

um nach Golam zu suchen – sehr freundlich von ihnen. Großmama und Mam kümmern sich um Mino.

Matt denkt, Golam muß zu den Wäldern gegangen sein, denn dort kann er Kato verstecken und auch etwas Gras und Gestrüpp für sie finden.

Mit dem Jeep brauchen wir nicht lange bis zu den Wäldern, aber sobald wir da sind, müssen wir zu Fuß gehen. Der Jeep kommt nicht weiter durch, obwohl die Wälder stark gelichtet sind, wegen der langen Trockenheit und weil die Leute mehr Holz schlagen denn je. Die Bäume am Rand sind während der trockenen Jahreszeit sowieso nie besonders schwer von Gezweig, aber in diesen Tagen ist es noch schlechter als sonst, denn viele sind einfach abgehauen.

Sobald man in die Wälder einmal eingedrungen ist, ist es nicht leicht, jemanden zu finden.

Wir sagen den Weißen nichts davon, daß sich auch in den Wäldern vielleicht Partisanen verbergen. Ich glaube, sie möchten nicht noch mal gefangengenommen werden. Aber wir denken im Augenblick vor allem an Golam und an unseren Kummer um Kabir und seine Freunde. An die Weißen denken wir nicht viel, obwohl wir für ihre Hilfe dankbar sind.

Wir gehen so tief wie möglich in die Wälder hinein, finden aber kein Zeichen von Golam. Matt und ich rufen ihn immer wieder, aber kein Laut von ihm.

Als es dunkel wird, beschließen wir, daß es keinen Zweck hat, weiterzusuchen.

Zu sehr in Sorge, um vernünftig zu denken, kommen wir aus den Wäldern heraus und fangen an, auf den offenen Ebenen herumzukurven.

Es wird schon wieder heller, weil der Mond aufgegangen ist, aber von Golam sehen wir nichts.

Die Weißen meinen, es ist Zeit, zurückzukehren. Sie denken, Golam ist inzwischen vielleicht schon wieder zu Hause.

Matt sagt, vielleicht ist er gar nicht in diese Richtung gegangen, sondern zu den Bergen hin, weil er gedacht hat, wir suchen dort nach den Weißen. So muß es gewesen sein, sagen wir uns alle. Jetzt scheint es ganz klar zu sein, aber zuerst ist es uns überhaupt nicht in den Sinn gekommen. Ich bin ganz wütend auf mich selbst, weil ich nicht früher daran gedacht habe, und Matt geht es genauso. Wir haben nur an die Wälder gedacht, weil sich die Kuh dort am besten verstecken läßt. Wir haben nicht dran gedacht, daß Golam unsere Hilfe brauchen könnte. Daran hätten wir doch zuerst denken sollen!

Wir beeilen uns nun, zum Dorf zurückzufahren, um dort zu hören, ob Golam inzwischen zurück ist, und, wenn nicht, ihn auf der andern Seite zu suchen.

Den Weißen sind wir wirklich dankbar, daß sie bereit sind, sich all die Mühe zu machen.

Wir haben es so eilig, daß wir gar nicht mehr nach Golam Ausschau halten, als wir etwas vor uns sehen, das wie irgendein Busch aussieht. Nur daß es sich bewegt. Wir fahren hin und halten. Es ist Golam.

Er ist so schwer verletzt, er kann kaum sprechen oder sich rühren.

Als er heute morgen mit Kato zu den Wäldern hin ging, wurde er von mehreren Leuten angegriffen – er weiß nicht, wer sie waren. Sie haben ihm Kato weggenommen. Als er sie zurückverlangte, haben sie ihn zusammengeschlagen und liegen lassen. Kato haben sie mitgenommen.

Golam will nicht mit nach Hause. Er möchte einfach liegenbleiben und sterben.

Die Weißen machen ein paar Bilder von ihm mit dem Zauberlicht an ihren Kameras. Dann heben sie ihn in den

Jeep, und wir fahren zurück. Matt hält Golam in den Armen.

Wir danken den Geistern der Nacht für die Dunkelheit, die Schmerz und Scham auf unseren Gesichtern verbirgt.

Wir beten, daß die Weißen von uns keine Bilder mehr machen.

Als wir zu Hause sind, machen sie doch noch einige. Matt und ich versuchen unsere Gesichter zu verbergen, aber sie sind zu schnell für uns.

Wie sich herausstellt, sind Golams Wunden gar nicht so schlimm.

Ein paar Tage später kommt uns Alberto besuchen. Er bringt einige von den Bildern mit, die sie neulich gemacht haben.

Auf den Bildern von Golam, die sie dort gemacht haben, wo wir ihn fanden, hat er tiefe Schnitte und Wunden; auf denen, die kurze Zeit später im Dorf gemacht wurden, sind es nur noch kleine Schnitte und Schrammen.

Teil III

HENA DIE HURE

(ein Jahr später)

1

Der letzte Tanz

Der Missionsfritze hat bald nach dem Luftangriff auf die Guerilleros und dem Raub von Golams Kuh seine Sachen gepackt und ist abgefahren, ohne uns je seine Eier gezeigt oder sie auch nur nebenher erwähnt zu haben.

Seine erbarmenswerte Frau hat er mitgenommen, was gut ist für uns, aber vielleicht nicht so gut für ihn. Aber für sie ist es das beste. Matt sagt, sie muß es hier scheußlich gefunden haben, das arme Mäuschen, obwohl sie das nie gesagt hat. Mit niemandem hier konnte sie richtig reden, und sie hatte auch nichts zu tun, was sie gern tat.

Aber das liegt nun in der Vergangenheit. Vielleicht ein Jahr ist es her.

Vieles hat sich seit damals geändert, aber ich schätze, das merkt ihr mit der Zeit schon selber.

Unser kleiner Baum bei unserm kleinen Hügel ist nur noch ein kleiner schwarzer Stumpf; aber ich glaube nicht, daß es irgend jemandem viel nützt, dies zu erfahren.

Manche im Dorf sind heute froh, und manche sind traurig. Ich glaube, es sind dieselben, die manchmal froh werden, die auch traurig werden. Die andern scheinen heutzutage nicht viel zu empfinden, weder so noch so.

Außer heute vielleicht. Heute habe ich einen Blick in manchen Augen gesehen, in denen ich schon lange keinen mehr gesehen hatte. Einen Blick, der zeigt, sie wissen, was passiert. Einen Blick, der zeigt, es kümmert sie vielleicht sogar, was passiert.

Großmama Zottelzitz tanzt heute zum letztenmal.

Seit etlichen Monaten schon geht es ihr schlecht. Sie ißt kaum etwas in all diesen Tagen. Sie sagt, sie hat keinen Hunger, aber ich glaube, sie ißt nichts, damit meine große Schwester und ich ein bißchen mehr zu essen haben. So geht das mit ihr, seit unser kleiner Bruder fort ist.

Sie ist so schwach, sie kann kaum mehr gehn, aber heute abend tanzt sie. Sie tanzt für die Geister und hofft, sie werden sie mitnehmen, während sie tanzt.

Großmama sagt, es ist, weil wir nicht mehr für die Geister singen und tanzen, daß unsere Schwierigkeiten angefangen haben.

Ich schätze, sie hat recht.

Wir reden nicht mehr viel mit den Geistern, seit Matt zu Jesus übergegangen ist. Leku hat nie an sie geglaubt, und Golam soll nicht an sie glauben. Hena redet überhaupt nicht viel, Geister hin oder her, es sei denn, sie wird angeredet. Seit ihr Dada gestorben ist, seit seine Felder zu Staub geworden und seine Sachen verkauft oder fort sind, redet Hena überhaupt nicht mehr viel.

Stolz ist sie immer noch. Sie würde eher mit unbedecktem Kopf gehn und frieren, ehe sie einen zerrissenen Schal umnimmt, aber das nutzt ihr nichts, wenn es ums Futter geht. Sie muß auch essen, wie wir alle; und wenn sie nichts zu essen hat, wie wir alle, dann hat sie Hunger, wie wir alle – Stolz hin oder her.

Jedenfalls redet sie nicht viel mit den Geistern. Auch viele andere im Dorf nicht, die schon von den Geistern zu Jesus oder zu Mohammed übergegangen sind – und das hat uns in Schwierigkeiten gebracht, sagt Großmama Zottelzitz. Darum tanzt sie heute abend und bringt ihren Körper den Geistern dar, daß sie ihn mitnehmen und dafür etwas Regen schicken für unsere Leute.

Großmama Zottelzitz ist schön wie die Winternacht. Die Perlen in ihrem Haar leuchten wie Sterne.

Sie trägt ein schwarzes Seidentuch um die Hüften. Das schwarze Seidentuch, das ihr der Großpapa Knollenkloß geschenkt hat. Zu seinem Andenken hat sie's all die Jahre aufbewahrt.

Der Großpapa wurde zehn Tage nach ihrer Hochzeit von einem Krokodil gefressen, als er von einem Baum in den Fluß fiel. Das war, als er gerade still den jungen Mädchen zuschaute, die am Ufer badeten. Er hatte niemandem etwas zuleide getan, den Krokodilen schon gar nicht. Aber was sein muß, muß sein.

Heute hat der Fluß kaum mehr Wasser, keine Krokodile, und am Ufer stehn keine Bäume.

Die Fältchen in dem feinen Seidenstoff sind zierlich, aber nicht halb so zierlich wie die Fältchen in Großmamas Haut. Haarfeine Linien ziehen sich durch bis in ihre Knochen, denn es ist kein Fleisch dazwischen. Die Linien sind vom großen Geist der Zeit gezeichnet, dem wahrhaftigsten von allen Bildermachern.

Ihre großen Augen sind größer denn je, ihr voller Mund ist voller denn je, ihre tiefen und hohen Knochen sind tiefer und höher denn je, ihre langen Beine sind länger denn je, ihre zauberkräftigen Hände sind zauberkräftiger denn je. Auf den Kopf setzt sie sich den wunderbaren Hut, den Joti ihr geschickt hat, und ihren Schal wirft sie fort.

Das frisch aufgetragene Öl glänzt auf ihrem Körper, wie die Liebe im Auge der Kuh glänzt, die eben gekalbt hat.

Sie beginnt zu tanzen, und wir staunen schweigend, voll Stolz und Schmerz, wie sie jetzt tanzen kann, nachdem sie gestern abend kaum mehr gehn konnte.

Das ganze Dorf ist herausgekommen, aber niemand tanzt. Sogar die Bewegungen sind spärlich. Die Leute sitzen nur schweigend um die Großmama Perle und schaun ihr zu, wie sie tanzt.

Der Vater des Lehrers, der ebensoalt ist wie die Groß-mama Perle, sitzt mit gekreuzten Beinen im Sand und blickt die Großmama Perle unverwandt an, ohne auch nur einmal zu blinzeln.

Er hat die schönste Stimme im Dorf, aber er hat nicht mehr gesungen, seit sein Sohn, der Lehrer, mit Frau und Kindern nach Bader abgereist ist.

Der alte Mann, der ganz allein zurückgeblieben ist, sitzt mit gekreuzten Beinen im Sand und blickt die Großmama Perle unverwandt an. Sein Leben lang hat er sie geliebt, aber sie hat ihn nicht nehmen wollen, denn im Herzen lebt sie mit Großpapas Geist zusammen. Der alte Mann sitzt mit gekreuzten Beinen im Sand und blickt die Großmama Perle unverwandt an, ohne auch nur einmal zu blinzeln.

Seine Augen sind wie glasierte Kochtöpfe, die, seit sie gemacht wurden, nie gefüllt oder aufs Feuer gestellt wor-den sind, die im Laden gestanden haben, ohne einen Käu-fer zu finden. Aber sein Körper ist wie ein Kochtopf, auf dem ein zorniges Pferd herumgestampft ist.

Er beginnt zu singen.

Seine Stimme ist noch immer die Stimme des jungen Liebenden. Aber in seinem Gesang ist der Kummer vieler Tode und vieler Geburten.

Er und die Großmama Perle, sie haben die Geburt vieler Kinder erlebt, so vieler, daß sie ganze Dörfer bevölkern könnten. Und viele haben sie erwachsen werden sehen. Aber die Verwundung durch diejenigen, die aufhören, dich zu lieben, ist schlimmer als die Verwundung durch die andern, die dich verlassen – im Tod oder im Leben. Am schlimmsten ist die Verwundung durch manche, die dich niemals lieben.

Von all diesen Dingen singt der alte Mann in seinen

Liedern. Manches versteh ich davon, manches versteh ich nicht. Aber ich liebe sie alle.

Niemand schlägt die Trommel. Niemand spielt die Flöte. Niemand tanzt. Alle schauen und hören zu, wie die Groß-mama Perle tanzt und wie der alte Mann singt.

Den alten Mann nennen alle nur den alten Mann, denn er ist wie ein alter Mann schon seit all den Jahren, als die Großmama Perle den Großpapa geheiratet hat. Seit all den Jahren, als der Fluß noch voll Wasser und Krokodilen war, als sein Ufer von Bäumen umstanden war und junge Mäd-chen in ihm badeten. Junge Mädchen, die als junge Mäd-chen lebten und starben; oder alt und schön wurden wie die Großmama Perle.

Die Sonne hüllt ihr Gesicht in den Schal des Abends, aber immer noch tanzt die Großmama Perle, und immer noch singt der alte Mann.

Die Morgendämmerung, erstgeborene Schwester des Abends, holt die Sonne wieder heraus, um mit ihr durch den Tag zu tanzen, aber die Großmama Perle tanzt ihren Tanz weiter, während der alte Mann singt.

Die Großmama Perle hört zu tanzen auf, und der alte Mann hört zu singen auf, beide zu gleicher Zeit. Ihre Kör-per liegen in der Mitte des Dorfes.

Großmama Perle will dort liegenbleiben, bis der Regen kommt. Sie will im Regen ihr letztes Bad nehmen.

Niemand weiß, was der alte Mann will, aber man läßt ihn neben der Großmama liegen.

Immer ist jemand in der Nähe, der die Vögel und die Tiere von ihnen fernhält.

Der erste Regen

Gruppen von Leuten bilden den ganzen Tag über einen Kreis um die Großmama Perle und den alten Mann. Sie lassen ihrem Kummer freien Lauf und weinen, singen oder tanzen, oder sie reden nur miteinander.

Die Leute sind immer wieder andere, aber die Gruppen bleiben.

Es ist der dritte Tag, seit die Großmama Perle und der alte Mann, vom Tanzen, Singen und Leben müde, sich in der Mitte des Dorfes niedergelegt haben. Jedermann ist nun sicher, daß ihre Geister bereit sind, mit den Geistern der Alten und Jungen zusammenzukommen, die vor ihnen hingegangen sind.

Es wird beschlossen, daß alle nach Hause gehen und ein kleines Geschenk holen, um es ihnen an die Seite zu legen; die Geister der Geschenke werden dann mit ihnen gehen. Es sind Geschenke für sie, ebenso wie für diejenigen, denen sie begegnen werden.

Es schadet nichts, wenn es alte oder kaputte Sachen sind. Wenn ihre Geister sich erheben, werden sie wieder ganz und neu sein, dank der Liebe des Gebers, und dann werden sie ein wunderbares Geschenk sein.

Manche bringen ihre Schals. Mam bringt Großmama Perles eigenen Brotteller und legt eine Perle Korn drauf. Andere bringen Spielzeugfigürchen aus Ton, Glasperlen, Halstücher, sogar einen alten Schuh.

Matt läßt seine große runde Uhr dort, die ihm Hena geschenkt hat und von der er sich noch nie getrennt hat.

Hena gibt ihr Transistorradio her. Es funktioniert nicht, aber trotzdem ist es ein Transistorradio.

Ich zeichne, so schön ich nur kann, einen Baum auf meine Schiefertafel und lege das Bild neben die Großmama Perle, weil sie der Geist von einem Baum ist, wie alle in unserer Familie.

Aber das beste Geschenk ist doch das von dem alten Mann, denn er hat sich selbst ihr an die Seite gelegt.

Jeder gibt sich Mühe, etwas Besonderes für ihn mitzubringen.

Wir vergewissern uns, daß das Bild von seinem Sohn, das die Weißen gemacht haben, neben ihm liegt, unter seiner Kornschale.

Ich und Matt sind an der Reihe, bei der Großmama und dem alten Mann zu wachen. Als wir hinkommen, sitzen schon Hena und Leku auf einem großen Stein, den man von den Felsen hier in der Nähe herbeigeschleift hat.

Hena sagt nicht, »ihr habt euch wohl Zeit gelassen, wie?« Früher ging sie mir damit auf die Nerven, aber jetzt, wo sie es nicht mehr sagt, wünschte ich, sie würde es sagen.

Leku erzählt ihr gerade, daß Leute, von denen er noch nie etwas gehört oder gesehen hat, ihn und seine Familie aufgefordert haben, zu ihnen in das Land südlich von uns zu ziehen. Diese Leute, sagt er, werden alles Nötige tun, um sie dorthin zu bekommen. Wir sind alle ganz neidisch auf ihn, sagen aber, wir freuen uns für ihn, was ja auch nicht gelogen ist.

Er sagt, die Leute machen das, weil sie denselben Glauben haben. Matt sagt, ist auch nur richtig so. Hena nickt, und auch ich stimme zu, obwohl dieser Grund mir nicht viel bedeutet.

Aber weil sie vom Glauben reden, muß ich an den Missionsfritzen denken. Ich frage mich, ob es wohl stimmt, daß Großmamas Geist in der »ewigen Dunkelheit« versinken oder zur »Hölle« fahren wird oder, noch schlimmer, nach Pasadena, California, USA.

Das ist der Ort, von wo der Missionsfritze entkommen war und wo es stinkt, sagte er, »nach fleischlichen Sünden und tödlichen Lastern«. Egal, was das heißen soll, so wie es sich anhört, gefällt mir das gar nicht. Besonders die Art, wie der Missionsfritze davon redete, machte mir richtig angst. Mein Herz ist schwer, und meine Augenlider sind schwer, und kaum kann ich mehr die Großmama sehen, wie sie so hilflos daliegt.

Ich kann nicht sagen, daß dies richtig so oder daß es falsch ist. Ich weiß nur, so will sie's, aber ich weiß auch, sie selbst würde nie jemanden so herumliegen lassen.

Von ihren ledrigen Titten ist kaum mehr etwas übrig, bis auf ein kleines Fleckchen, wie die Brandspur einer Zigarette auf einem trockenen, verschrumpelten Blatt.

Vielleicht ist das die Art, wie ein Baum stirbt.

Sie war der lebendigste Mensch, den ich gekannt habe. Jetzt sind das einzig Lebendige an ihr das schwarze Seidentuch, das im Wind flattert, und die Perlen in ihrem Haar, die in der Sonne glänzen.

Ich möchte über meine Gedanken mit Leku reden, aber ich kann es nicht, denn er wird sagen, sie sind unnütz, und ich soll vernünftig sein und mich zusammennehmen.

Ich möchte über meine Gedanken mit Hena reden, aber ich kann es nicht, denn sie wird mich traurig ansehen oder mich bös ansehen oder mich so merkwürdig ansehen.

Ich möchte über meine Gedanken mit Matt reden, aber ich kann es nicht, denn er würde mein Herz in die Hand nehmen und sachte drücken, bis aller Schmerz fort ist – und dazu bin ich noch nicht bereit.

Ich möchte über meine Gedanken mit Golam reden, aber ich kann es nicht, denn er ist nicht da. Seit er seine Kuh verloren hat und seine Mam nicht mehr ganz bei sich ist, muß er die meiste Zeit über zu Hause bleiben und sich um sie kümmern, damit ihr Körper nicht mit ihrem Verstand zusammen umherirrt.

Es ist noch nicht lange her, da haben wir einen ganzen Tag damit zugebracht, sie zu suchen. Wir fanden sie schließlich in dem großen Loch im Boden, das früher einmal der Ofen war, in dem das Fladenbrot für die Dorffeste gebacken wurde.

Tatsächlich fanden nicht wir sie, sondern die Dorfhunde waren's.

Die Hunde sind heute sehr mager, wild und bös, sie bellen wegen jeder Kleinigkeit. Sie bellen sogar Menschen an, mit denen sie früher gut Freund waren.

Es ist spät in der Nacht, einer mondlosen Nacht. Wir sind alle müde, weil wir den ganzen Tag lang überall herumgesucht haben. Bis hin zu den Wäldern auf der einen Seite und dem Trockenen Hügel auf der andern Seite. Aber kein Zeichen von Golams Mam.

Dann hören wir dies laute Gebell.

Es geht weiter in einem wirren Chor, so laut und immerfort, daß wir schließlich darauf achten, nachdem wir schon aufgehört haben, darauf zu achten.

Wir überlegen, ob mit den Hunden etwas nicht stimmt und ob es nicht bloß der Hunger ist, denn wir wissen, wenn ihr Hunger ärger wird, hören sie auf zu bellen – oder sie bellen nur noch dann und wann, so auf eine müde Art –, bis es dann für sie soweit ist, und dann winseln und hüsteln sie nur noch ein bißchen.

Weil der Wind wie verrückt im Kreise wirbelt, dauert es eine ganze Weile, bis wir heraus haben, wo all der Lärm herkommt.

Dann sehen wir die Hunde. Es scheinen Hunderte zu sein, tatsächlich sind es aber nicht mehr als zwanzig oder fünfundzwanzig.

Sie haben sich um diesen Ofen versammelt, der nun, weil er nicht mehr gebraucht wird, mehr oder weniger tief eingesunken ist.

Unser erster Gedanke ist, sie haben vielleicht noch etwas altes Brot darin entdeckt, und wir wünschen uns, wir wären vor ihnen dagewesen. Aber dann schämen wir uns, so zu denken, denn auch die Hunde müssen ja etwas zu fressen finden.

Als sie uns kommen sehn, beginnen sie zurückzuweichen, blecken die Zähne und knurren. Sie sind nicht mehr unsere Freunde, seit wir sie nicht mehr füttern.

Erst als ihr Gebell in eine Art leises Grollen übergeht, hören wir ein anderes, schrilles Bellen, das aus dem Innern des Lochs kommt.

Wir denken, einer von den Hunden ist vielleicht hineingefallen, und deshalb sind sie alle zusammengelaufen und machen so einen Radau.

Die Erwachsenen sagen uns, wir sollen Knüppel oder Steine aufheben, für den Fall, daß die Hunde uns angreifen. Matt tut es nicht, aber wir andern. Das heißt diejenigen, die etwas dergleichen finden.

Die Hunde weichen zurück, bleiben aber da. Einzeln oder zu zweit kommen sie immer wieder heran und weichen wieder zurück.

Inzwischen sind wir am Rand des Lochs.

Bevor jemand genau sehen kann, wer oder was darin ist, legt Matt eine Hand Golam vor die Augen und schiebt ihn zurück.

Das macht mich noch neugieriger. Ich dränge mich heran und sehe, es ist Golams Mam.

Sie hockt auf allen vieren wie ein Hund, kläfft, bleckt die Zähne und knurrt. Sie ist ganz nackt, Hände und Füße zerschnitten und blutig – ebenso am ganzen Körper –, das Haar voll Sand und Dreck, die Augen glühend.

Sie hört auf keinen Zuruf. Hören kann sie – das erkennen wir an den ruckhaften Bewegungen, mit denen sie Kopf und Ohren zu dem Sprechenden hinwendet, aber sie antwortet nicht. Als einer oder zwei von uns sie aus dem Loch ziehen wollen, beißt und kratzt sie mit einer Gewalt, die nur dem unbekannten Geist des unbekannten Tieres zuzutrauen ist.

Alle stehen wir um das Loch herum und überlegen, was zu tun ist.

Wir stehen still, reden und bewegen uns kaum, denken nur nach. Deshalb werden die Hunde mutiger.

Sie bellen immer lauter, knurren immer bösartiger, und ziehen sich immer dichter um uns zusammen. Plötzlich sind sie rings um uns.

Einer von uns schmeißt einen Stein. Ein anderer geht mit einem Knüppel und mit überschnappender Stimme brüllend auf sie los. Ein Kampf zwischen Menschen und Hunden beginnt. Einer von den Jüngeren tritt nach einem großen Hund, und der schnappt sein Bein und beißt sich fest. Der junge Mann brüllt, als ob er die Nacht fortscheuchen wollte, aber die Nacht läßt sich nicht so leicht vertreiben, und der Hund auch nicht. Auch andere Hunde wollen etwas von dem jungen Menschenfleisch abkriegen. Sie fallen über ihn her, bekommen aber die Zähne nicht so gut hinein wie der große. Leute versuchen, den jungen Mann wegzuziehen, wodurch sich die Zähne des Hundes nur noch tiefer eingraben. Der junge Mann brüllt noch lauter. Die Hunde bellen noch lauter. Alles redet, brüllt, zerrt und tritt. Die meisten von uns haben ihre Stöcke im Dunkeln verloren, als sie sie nach den Hunden geworfen

163

haben. Manchmal haben auch die Hunde nach den Stöcken geschnappt und sie den Leuten weggerissen.

Viel mehr Stöcke oder Steine finden sich in dem trockenen Sand nicht, und die Leute bekommen es allmählich mit der Angst.

Das Bellen und Kläffen von Golams Mam in dem Loch wird menschlicher, mehr wie ein vom Schluckauf durchbrochenes Lachen. Das macht es noch schlimmer.

Das macht auch für Golam erst deutlich, daß da unten seine Mam ist.

Er schreit, schlägt um sich und kommt aus Matts Armen los. Matt kann ihn kaum mehr zurückhalten.

Ich habe an einer Stelle gestanden, ohne mich zu rühren. Ich habe gedacht, ich kann mich gar nicht rühren, auch nicht, wenn ich es will.

Aber nun bin ich schnell wie der Geist des Windes, schlinge die Arme um Golam und halte ihn nieder. So groß und stark, wie meine Mam gesagt hat, bin ich nicht geworden. Meine Arme und Beine sind sogar dünner jetzt als vor einem Jahr, als die Anderen kamen und Kabir getötet wurde. Trotzdem bin ich größer als Golam, denn er ist stärker geschrumpft als ich. Und er war von vornherein kleiner, wie ihr ja wißt. Darum gelingt es mir, Golam niederzuhalten.

Während ich damit zu tun habe, nimmt Matt seinen Schal ab und zündet ihn an, mit dem Feuerzeug, das er von Hena bekommen hat. Er befestigt ihn an einem Stock und schwenkt ihn umher.

Der Hund, der seine Zähne ins Bein des jungen Manns geschlagen hat, läßt los und rennt zurück. Andere Hunde machen es ebenso.

Die Männer und Frauen versuchen ihnen nachzusetzen, aber Matt stellt sich dazwischen. Irgendwie beruhigen sie sich und treten zurück.

Nun dreht sich Matt zu den Hunden um und beginnt zu ihnen zu sprechen.

Er sagt ihnen, es tut uns leid, daß wir sie nicht mehr füttern können, weil wir selbst nichts zu essen haben. Er bittet sie um Verzeihung und sagt ihnen, wie dankbar wir ihnen sind, daß sie auf unsere Felder aufgepaßt haben, als wir noch Felder hatten, auf die man aufpassen konnte.

Er sagt ihnen, unser Geist leidet mit ihrem Geist, so wie unser Körper mit ihrem Körper hungert.

Die Hunde hören auf zu bellen, sie hören auf zu knurren, und sie hören auf, die Zähne zu fletschen. Sie winseln noch ein bißchen, aber das ist das einzige Geräusch, das sie machen. Sie sitzen auf den Hinterteilen, die Vorderbeine gestreckt, und hören Matt zu.

Alle Leute aus dem Dorf hören Matt zu, obwohl er doch zu den Hunden spricht.

Das einzige Gebell, das wir immer noch hören, ist nun das von Golams Mam in dem Loch.

Die Kehle ist ihr nun heiser, und die Kälte ist in ihren nackten Körper eingedrungen, und darum ist ihr Bellen rauh und verschleimt. Es klingt nicht sehr menschlich.

Matt hört auf, zu den Hunden zu reden, und blickt sich um zu Hena. Er steht einen Moment still, dann sagt er: »Geh du mal zu Golams Mam und hol sie rauf. Sie kommt schon wieder zu sich.«

Hena erwidert seinen Blick, sie sagt nichts und tut nichts. Sie ist es nicht gewöhnt, gesagt zu bekommen, was sie tun soll. Nicht von Matt und von niemand.

Matt sagt: »Bitte!«

Hena löst sich aus der Menge, geht schweigend zum Rand des Loches und springt hinein.

Matt wendet sich wieder den Hunden zu und spricht

weiter zu ihnen. Die Leute achten nicht weiter auf ihn, sondern auf Hena, um zu sehn, was aus ihr wird. Sie denken, Golams Mam wird sie in Stücke reißen.

Aber als sie zu dem Loch kommen, sehn sie Hena, wie sie Golams Mam in den Armen hält wie einen Säugling.

Hena streicht mit den Fingern durch Minos sandiges und blutiges Haar und singt ein Wiegenlied.

Ich lasse Golam los. Er fällt zu Boden und weint, ohne jeden Versuch, sein Gesicht zu verbergen.

Ich bin froh, daß die Weißen nicht hier sind, um Bilder von uns zu machen.

Matt spricht so lange zu den Hunden, und es scheint sie so zu interessieren, was er sagt, daß wir sie nicht stören wollen. Wir beschließen alle, Golams Mam heimzubringen. Sie zittert am ganzen Körper und ist hilflos. Ich nehme Golam bei der Hand. Hena und ihre Mam tragen Mino. Die andern Leute folgen nach.

Ich drehe mich nach Matt um. Er spricht immer noch zu den Hunden. Ich höre eine merkwürdige Stimme in seiner Stimme.

Der Wind ist stärker und wilder geworden. Wir hören ihn pfeifen, und wir fühlen, wie er um uns wirbelt. Immer rundherum in wütenden, enger werdenden Kreiseln, die sich aufwärts drehen, nirgendwohin, wie die Geister früh gestorbener Kinder. Er hebt die hingebreitete Wüste auf und streut sie uns in die Augen und bis in den Hals. Er würgt uns, bis wir heimkommen, halbblind und halbtot.

Mit Minos Verstand ist es seither besser geworden. Wir dachten, sie verliert ihn. Ihre Wunden sind geheilt. Aber Golam läßt sie nun nicht mehr allein und bleibt die ganze Zeit zu Hause. Nur wenn wir vorbeikommen, dann kann er mal rausgehn, um zu scheißen oder um etwas Korn, Gras oder Wasser zu suchen. Darum sitzen wir jetzt allein bei der Großmama Perle und dem alten Mann, ohne Golam.

Von den Hunden im Dorf sehen wir nichts mehr.

Die Luft scheint nicht mehr so rein und klar zu sein.

Die Sonne scheint nicht mehr so scharf zu brennen.

Wir denken, das ist nur der Hitzedunst.

Aber das Licht wird immer schwächer, bis es richtig trüb ist.

Nun erst schauen wir hoch und sehn die weichen, silbrigen Wolken.

Der Wind flaut ab.

Bald ist er so still wie das Herz eines Toten.

Es wird immer dunkler. Nun ist es Nacht bei Tage. Eine seltsam schimmernde Art von Nacht.

Alle haben mit ihren Tätigkeiten aufgehört und ihre Häuser oder was es auch ist, worin sie sich befinden, verlassen und kommen heraus, um in Furcht, Staunen und Hoffnung den Himmel zu betrachten.

Plötzlich birst der schwarzsilberne Himmel in Zickzacksplitter blendenden Lichts. Birst, splittert und stürzt herab mit dem lautesten Poltern, das man je gehört hat.

Stürzt herab in festen Tropfen von schmutzigweißem Eis.

Blitz, Donner, Hagel.

Und danach der Regen.

Es regnet drei Tage und drei Nächte.

Als es aufhört, ist jedes bißchen Frucht oder Korn von unsern Feldern weggespült.

Sogar der gute Boden ist weg; nur die Steine oder der Sand darunter sind geblieben.

Golams Mam ist verschwunden, und bei meiner großen Schwester sieht man dieselben Anzeichen, wie man sie bei unserem kleinen Bruder sah, bevor er fortging.

Wir begraben die Großmama Perle am Flußufer, nahe bei der Stelle, wo der Großpapa von dem Krokodil gefressen wurde.

Wir wissen nicht, ob wir ihr den alten Mann an die Seite legen sollen oder nicht, denn wir sind uns nicht sicher, wie es recht wäre.

Am Ende machen wir's halb so, halb so. Wir begraben den alten Mann in der Nähe der Großmama, aber nicht zu nah.

Mino können wir diesmal nicht finden.

Wir denken, sie ist in den Fluß gefallen und von dem flachen, reißenden Wasser mitgenommen worden.

Wasser haben wir nun genug.

Wir liegen in unseren Häusern. Es ist Mittag, aber wir liegen in unseren Häusern und versuchen zu schlafen, weil wir nämlich in den letzten vier Tagen nicht viel geschlafen haben.

Wir hören ein Dröhnen über den Dächern. Mam und Dada fragen sich, was das wohl ist. Ich weiß sofort, was es ist.

Es sind Flugzeuge, die zu uns kommen.

Ich sage es Mam und Dada.

Wir gehn nach draußen.

Die andern im Dorf sind auch draußen.

Die Flugzeuge kommen näher.

Sie stoßen tief herab, um ihre Bomben zu werfen.

Manche von uns laufen weg, manche legen sich flach hin.

Manche umklammern ihre Kinder, manche hocken sich über sie.

Manche bleiben regungslos stehen. Ihre Kinder bleiben auch so stehen.

Die Flugzeuge werden langsamer.

Wir sehen die Bomben herausfallen.

Sie sind größer, als ich sie mir vorgestellt habe. Und langsamer.

Sie schweben in der Luft.

Sie baumeln über unseren Köpfen.

Es sind viele.

Mich wundert, daß es so viele sind.

Wegen der Partisanen hatten sie nur drei abgeworfen.

Warum so ein Aufwand wegen einer Anzahl unnützer Leute?

Eine Bombe fällt nicht weit von da, wo wir stehen, zu Boden. Sie macht nicht Wrumm, leuchtet nicht rot auf, verwandelt sich nicht in Feuer.

Sie tötet niemand.

Sie liegt einfach so da wie ein großer Mehlsack.

Sie ist ein großer Mehlsack.

Noch eine kommt herunter, mit einem stumpfen, schweren Rumms. Dann noch eine.

Es sind alles große Säcke.

Ihnen nach kommen zwei Männer vom Himmel gefallen, die jeder ein kleines Stück Himmel für sich haben.

Leku sagt uns, das ist ein Fallschirm.

Die Männer sagen uns, sie wissen, daß der Regen in vielen Dörfern die Ernten weggespült hat. Sie bringen ein paar Lebensmittel, Medizin und Decken, die von Hilfsorganisationen kommen. Weil die Straßen überschwemmt sind, werfen sie die »Vorräte« über so vielen Dörfern wie möglich aus der Luft ab.

Sie schicken uns auch eine Krankenschwester herunter, die sehn soll, ob hier jemand krank ist. Sie schicken uns auch einen Reporter aus der weißen Welt. Obwohl er aus der weißen Welt kommt, ist er selbst schwarz, was uns erstaunt und verwirrt.

Wir versammeln uns alle im Schulhaus, um die Lebensmittel dort zu lagern und etwas davon zu verteilen. Und noch wichtiger, wir versammeln uns dort, um einen Plan für die Zukunft zu machen.

Einstweilen sind wir froh und zufrieden, aber wir machen uns Gedanken, was wohl geschehen wird, wenn wir die Lebensmittel verbraucht haben.

»Wenn uns vom Geist der Erde nicht genug aus dem Land kommt, dann wird das, was von Fleisch und Stahl auf das Land herabfällt, nicht ewig reichen«, sagt Ebono mit seiner traurigen, langsamen Stimme.

Ebono ist der Poet unseres Dorfes. Er singt Lieder und erzählt Geschichten. Jetzt, wo unser Lehrer fort ist, hat er die Schule übernommen. Alle sind nicht oft mit ihm einig, weil alle nicht oft verstehn, was er sagt. Aber diesmal sind alle mit ihm einig.

Es wird beschlossen, etwas Korn als Saatgut zu verwahren und nach Stellen für neue Felder zu suchen, etwa am Flußbett, am alten Friedhof oder anderswo auf niedrig gelegenem Gelände, wo der gute Boden sich angesammelt haben könnte.

Es wird auch gesagt, wir könnten manche von den Jüngeren in die Stadt gehen lassen, wo sie vielleicht Arbeit oder etwas zu essen finden. So wie Joti oder der Lehrer. Die meisten macht dieser neue Gedanke traurig, aber sie geben zu, es ist besser, wenn manche von uns jetzt fortgehen, als wenn wir später alle gezwungen sind, uns auf die Suche nach den Lagern zu machen, wo sich die Hungernden sammeln.

Golam sagt, er geht, weil ihn ja hier niemand mehr vermissen wird. Mein Dada sagt ihm, wir würden ihn alle vermissen, und er ist sowieso noch zu jung.

Ich sage, ich gehe, weil doch Joti mein Vetter ist und weil er mir versprochen hat, er wird mir unter die Arme greifen, wenn ich je nach Bader komme.

Die einen sagen, das macht Sinn, die andern sagen, du bist noch zu jung.

»Aber ich bin doch nicht viel jünger, als Joti gewesen ist, als er wegging; und ihr wißt doch, wie gut er zurechtgekommen ist«, sag ich.

Matt sagt, Golam, ich und er, wir sollten zusammen gehn, weil wir das ja schon öfter gemacht haben und wissen, wie man sich in acht nehmen muß. Das ist unbestreitbar richtig, und alle wissen es.

Leku will nicht gehn, denn er und seine Familie haben andere Pläne.

Oteng will gehn.

Mustapha will gehn.

Tony will gehn.

Andere wollen es sich noch eine Weile überlegen.

Die meisten wollen ihr Zuhause und ihre Familie nicht verlassen.

Mam weint und Dada schluckt, aber sie beschließen, mich gehn und Joti suchen zu lassen. Sie sagen mir, ich soll nur zu Joti gehn und dann tun, was er mir sagt. Und wenn ich ihn nicht finde, soll ich gleich wieder zurückkommen.

Golam wird erlaubt, mit mir zu gehn.

Matt sagt, er kommt auch mit, sehr zu meiner Freude. Matts Dada läßt ihn tun, was er will.

Weil wir nach Bader zu Joti gehn wollen, beschließen andere, nach Bandugu im Süden zu gehn. Sie sagen, verlassen wir uns lieber nicht zu sehr auf einen Ort, und fallen wir Joti nicht mit zu vielen Leuten zur Last.

Der schwarze Reporter aus der weißen Welt sagt, wenn erst die Straßen wieder trocken sind, funkt er nach einem Jeep, der kommen und sie abholen soll. Ihn und die

171

schwarze Krankenschwester aus Gonta. Er sagt, ein paar von uns können mit ihnen nach Gonta fahren und dann sehn, wie sie von dort weiterkommen.

Grad, als wir aufbrechen wollen und unser Teil Futter mitnehmen, steht Hena auf und sagt, sie will auch in die große Stadt. Sie sagt, sie will für alles Ersatz schaffen, was ihr Dada verloren hat. Sie sagt, sie will nicht nur genug für sich und ihre Mam, sondern für alle im Dorf.

Sie sieht Matt, Golam und mich an. Sie sagt, sie würde gern mit uns gehn, aber wenn wir sie nicht mitnehmen wollen, dann geht sie allein.

Sie schaut so dünn und zerbrechlich aus, daß sich niemand traut, ihr zu widersprechen. Gegen solche Knochen kommt man nicht an.

Sie schaut so stark und zwingend drein, daß sich niemand traut, ihr zu widersprechen. Gegen solche Augen kommt man nicht an.

Matt sagt, wir freuen uns, daß sie mitkommt, wenn ihre Mam nichts dagegen hat.

Ihre Mam sagt nichts, sie verbirgt nur das Gesicht in ihrem Schal.

Der schwarze Reporter aus der weißen Welt macht schnell noch ein Bild.

3

Stehlen wir die Stadt!

Wir haben den Abschied noch im Herzen, unser Dorf noch in den Augen und unsere kleinen Proviantbeutel unter dem Arm.

Jotis Foto und seine Adresse sind in meiner Tasche.

Unsere Träume sind in uns, was wir fürchten, ist rings-herum.

Wir stehen in Gonta.

Es ist uns fremd. Als ob wir hier noch nie gewesen wären. Es ist nicht mehr wie ein großes Dorf; es ist eher schon wie eine Stadt.

Die Dorfmitte, wo damals der Jahrmarkt war, steht nun voller kleiner Ziegelbauten, die wie Schuhkartons aussehen. Darin werden die Kranken gepflegt und bekommen Medizin. Der Randteil des Dorfes – wo der Geistertanz war – steht voller Hütten, die eher wie Zelte sind. Darin wohnen die Hungernden. Das heißt, diejenigen, die nicht wie moderne Baumstämme im Freien liegen. Dort legen die Hungernden sich hin, wenn sie sterben.

Kleine und nicht mehr kleine Kinder sitzen, stehen oder schlurfen überall herum. Ihre Arme und Beine sind wie krumme, trockene Äste von abgestorbenen Bäumen. Die Hände und Füße sind wie Krallen von Krähen. Die Brüste sind mit den Bäuchen nicht richtig verbunden. Die Gesichter sind Gesichter von Greisen und längst verstorbenen Frauen. Die Lippen hängen schlaff herunter, die Augen treten vor.

Die Kinder geben gute Bilder. Der schwarze Reporter aus der weißen Welt zeigt mir etwas, das ich noch nie gesehn habe: die Zeitungen und Illustrierten der Weißen. Die Bilder von Kindern, die wir vor uns sehn, sehn genauso aus wie die Kinder, die wir vor uns sehn.

Man sagt uns, diese Leute sind aus dem Nordosten, wo der Hunger und der Krieg die schlimmsten im ganzen Land sind.

Bis wir nach Bader aufbrechen müssen, verbringt Matt seine ganze Zeit mit den kleinen Kindern. Hena verbringt die Zeit mit den Eltern. Golam und ich machen Botengänge und erledigen kleine Aufträge für die Ärzte, Krankenschwestern und Reporter und für jeden, der etwas für uns zu tun hat.

Die zwei weißen Ärztinnen in Gonta meinen, wir sollten nicht allein nach Bader gehn. Sie sagen, das ist eine Großstadt, und ihr kriegt nur Ärger und seid am Ende schlimmer dran als zu Hause.

Wir sagen ihnen, wir haben einen Vetter dort, der für sein Teil sehr gut zurecht kommt und der sich um uns kümmern wird.

Der schwarze Reporter aus der weißen Welt sagt ihnen, es stimmt, weil er unsere Eltern kennt und Bescheid weiß.

Wir zeigen ihnen das Bild von Joti neben dem großen Auto vor dem großen Haus. Wir zeigen ihnen auch seinen Namen und seine Adresse.

Sie sagen, versucht bloß nicht, zu Fuß hinzugehn oder irgend sowas Verrücktes. Sie sagen, wir kaufen euch jedem ein Ticket und setzen euch in den nächsten Bus nach Bader, aber wer weiß, wann er kommt.

Die Weißen sagen, es ist ein klappriger alter Bus, dreckig und gefährlich, aber für mich ist es ein überwältigender Gedanke, mit einem Bus zu fahren.

So sehr, daß ich meine Sorgen, meine Traurigkeit und meine Befürchtungen vergesse und nur noch an meine Hoffnungen denke.

Golam kommt über das offene Gelände zwischen den Zelten und den Ziegelbauten gerannt; er stolpert beinah über die Körper, die dort liegen wie Baumstämme, eingerollt in schmutzige weiße Tücher.

Ein kahlköpfiger Junge mit verschorften Wunden da, wo du und ich Haare haben, blickt ehrlich überrascht hoch, als Golam über ihn wegspringt. Der Junge, der so groß ist wie ich, liegt seit dem Tag, als wir angekommen sind, immer an der gleichen Stelle. Nur seine Augen bewegen sich.

Die weiße Ärztin und ihr goldbrauner Assistent sagen mir, der Junge hofft, bald wieder zu seiner Familie zu kommen.

»Der Bus kommt«, ruft Golam, rennt und läßt seine Zähne aufblitzen. Ich habe ihn schon lange nicht mehr so lächeln gesehn.

Seine Zähne sind nicht mehr so blendendweiß, wie ich sie mit meinem inneren Auge noch vor mir sehe.

Und sein Haar wippt auch nicht mehr so wie früher beim Rennen.

Ich nehme an, so ist das, wenn man alt wird. Nicht richtig alt, wie die Großmama Zottelzitz: da wächst man in eine neue Art Schönheit hinüber. Aber sowas wie ein Zwischenalter, etwa mit dreizehn.

»Der Bus kommt. Der Bus kommt!« ruft Golam.

»Bist du sicher?« sag ich.

Golam ist nie sicher, er weiß nie etwas genau. So war das bei ihm schon immer, auch als er noch ein Kind war, und in letzter Zeit ist es schlimmer geworden. Ich bin sicher, er käme in Verlegenheit, wenn man ihn zweimal nach seinem Namen fragen würde und dann hinzufügen, »bist du sicher?«

Aber natürlich hab ich das nicht vorgehabt. Ich hab nur gesagt »bist du sicher?«, wie man das eben sagt, ohne mir viel dabei zu denken.

Seine Brust geht auf und nieder, er atmet nicht regelmäßig. Ich glaube, er ist lange nicht mehr gerannt, und sein Körper hat nun Probleme, damit fertigzuwerden. Sein Bauch hüpft auf und nieder wie ein Huhn, dem man grad den Hals durchgeschnitten hat.

Im eigenen Bauch spüre ich eine sonderbare Übelkeit, wenn ich ihn so sehe.

Ich sehe ihn daliegen wie den Jungen mit dem schorfigen Kahlkopf, der denkt, daß er bald wieder bei seiner Familie sein wird.

Ich schüttle das Bild von meinen Augen ab.

»Was ist denn mit dir los?« sagt Golam. Er vergißt den Bus und sieht mich besorgt an.

»Nichts«, sag ich, »alles in Ordnung.«

»Bist du sicher?« sagt Golam.

Ich muß grinsen. »Sicher bin ich sicher. Wo ist denn der Bus?«

»Siehst du den Staub da hinten?« sagt Matt und zeigt weit weg, in die Richtung, wo unser Dorf liegt. »Das ist der Bus.«

»Dann suchen wir mal unsre Sachen zusammen«, sagt Hena, praktisch wie immer.

Mir wird wieder leichter ums Herz. Ich hatte mir schon Gedanken gemacht, daß Matt und Hena vielleicht lieber in Gonta bleiben möchten, weil sie sich soviel mit den Leuten in den Lagern abgegeben haben.

Unsere Sachen, das sind für jeden ein Proviantbeutel, eine Lederflasche mit Wasser, ein Schal zum Wechseln und eine Schachtel Tabletten.

Die weiße Ärztin hat uns die Tabletten gleich am ersten Tag gegeben, als wir hier angekommen sind. Außerdem hat sie uns pro Person zwei Spritzen gegeben, eine in jede Arschbacke. Der Hintern tut mir jetzt noch weh, wenn ich an die Einstiche denke.

Der goldbraune Assistent steht nun neben uns.

»Was regt ihr euch denn so auf?« sagt er.

»Der Bus kommt«, sagt Golam.

Er läßt wieder seine Zähne blitzen. Sie sind immer noch nicht ganz richtig. Aber sein Atem geht jetzt ruhiger.

Der goldbraune Assistent fängt an, sich merkwürdig zu benehmen. Er brüllt und wettert und fuchtelt mit den Armen und ruft: »Boota, Karo, Omu! Boota, Omu, Karo ...«

Zwei von unsern Landsleuten kommen gerannt, der eine aus den Gebäuden, der andere von dem Lagerplatz.

»Der Bus kommt!« brüllt der goldbraune Assistent und schaut sie flehentlich an.

Sie schaun ihn irgendwie ratlos an.

Wir schaun ihn irgendwie ratlos an.

»Der Bus kommt!« sagt der goldbraune Assistent noch mal. »Die Kinder hier müssen mit«, fügt er hinzu.

Im Augenblick, wo er das sagt, fangen die beiden Männer an, sich ebenso aufgeregt zu benehmen.

»O.K., Boss«, sagen sie, »wir steigen auf unsre Weise ein, und Sie bringen sie hin.«

Sie rennen der sich nähernden Staubwolke entgegen, schneller, als sie gekommen sind.

Inzwischen ist die weiße Ärztin auch da.

»Was in aller Welt ist denn los?« sagt sie.

»Der Bus kommt!« sagt der goldbraune Assistent.

Nun ist es die Ärztin, die ihn ratlos anschaut. Dann sieht sie uns. Nun ist sie es, die sich aufregt. Nur nicht ganz so wie die andern.

Trotzdem, es gibt mir zu denken.

»Haben die Kinder ihre Vitamine bekommen?« fragt sie.

»Ja, Frau Doktor, danke«, sagt Hena.

»Und zu essen! Haben sie genug zu essen?« sagt die Ärztin und sieht in unseren Beuteln nach.

Sie betastet unsere Vorräte und riecht daran wie eine Katze. Dann tut sie etwas Pulver in unsere Wasserflaschen und schüttelt sie gut durch.

Sie stemmt die Hände in die Hüften und überlegt.

»Hier«, sagt sie schließlich, »hier habt ihr ein bißchen Geld.« Sie hält uns etwas hin.

Wir wissen nicht, was wir damit sollen.

»Nehmt schon«, sagt sie. »Ihr werdet es brauchen, wenn ihr nach Bader kommt. Es ist nicht viel, aber es wird reichen, bis ihr euren Vetter findet.« Hena nimmt das Geld, kuckt es lange an, dann faltet sie es zusammen und verstaut es in ihrer Bluse.

Der goldbraune Assistent nimmt Hena bei der einen Hand und Golam bei der andern und sagt zu uns allen: »Nun los, ich bring euch zum Bus!« Matt und ich gehen hinterdrein.

Unterwegs kommen wir an dem kahlköpfigen Jungen vorbei. Seine Augen stehn weiter offen als vorhin, aber sie bewegen sich nicht mehr. Sie zwinkern nicht mal, wenn die Fliegen hineinstechen.

Warum sich die Erwachsenen wegen des Busses so aufregen, merken wir bald, als wir auf die andere Seite des Lagers kommen, vor den kleinen Bretterschuppen, wo die Kanister mit Benzin und Wasser aufbewahrt werden.

Dies ist die Stelle, wo der Bus hält. Ein ganzer Haufen Menschen wartet hier. Endlich taucht der Bus auf; er scheint sich durch den eigenen Staub nur mit einiger Mühe den Weg bahnen zu können.

Innen ist er voller Menschen. Auf dem Dach sitzen Menschen. Der offene Eingang hinten ist verstopft von Menschen. Außen an der Seitenwand hängen Menschen.

Noch bevor der Bus zum Halten gekommen ist, stürmen alle auf ihn los wie eine Herde durstiger Rinder auf ein Wasserloch.

Etwas wie ein Kampf beginnt zwischen denen, die aussteigen wollen, und denen, die einsteigen wollen.

Niemand will im Grunde dem andern weh tun, aber niemand denkt im Grunde daran, daß auch andere da sind.

Viele von denen, die um den Ausstieg kämpfen, haben Probleme, weil sie krank sind oder ihre kranken Kinder nach Gonta bringen, in der Hoffnung auf die Heilkraft des weißen Mannes.

Ein großer Mann, der sich nach draußen durchkämpft, verfängt sich mit dem Kopf im Gewand eines anderen, der über alle hinwegkletternd nach drinnen zu gelangen versucht. Der Große hat keine Freude daran, seine Nase zwischen die Klöten des andern zu stecken, und er fuchtelt mit den Armen, um sich frei zu machen. Dabei zerreißt er das Gewand des anderen, und man sieht einen verdutzten Arsch auf einem verdutzten Kopf sitzen. Das Gesicht unter dem Kopf und die herabhängenden Teile unter dem Arsch reiben sich aneinander.

Der Mann mit dem zerrissenen Gewand stößt einen Schmerzensschrei aus. Er behauptet, du hast mich gebissen, und der andere schreit zurück, du bist ein Lügner. Inzwischen stehn sie sich von Angesicht zu Angesicht gegenüber und nicht mehr von Angesicht zu Hintern, denn der eine, der auf dem Kopf des andern saß, ist heruntergerutscht. Er geht dem Großen gleich an die Gurgel. Es gibt ein lautes Geschimpf, und bald sind die beiden ein Knäuel und rollen sich im Sand. Sie brüllen und fluchen entsetzlich. Der mit dem zerrissenen Gewand ist obenauf und streckt seinen

Arsch, von den Fetzen eingerahmt, triumphierend zur Sonne.

Da manche sich um die beiden sammeln, um die Vorstellung zu genießen, haben es die andern etwas leichter, in den Bus zu gelangen.

Die Männer auf dem Dach schauen mit ausdruckslosen Gesichtern herab.

Die zwei Männer, die der goldbraune Assistent ausgeschickt hat, sind durch die Tür beim Fahrersitz in den Bus eingestiegen. Der Fahrer hat sie reingelassen und die Tür schnell wieder hinter ihnen verriegelt.

Sobald sie drinnen sind, schaut sich der eine nach einer leeren Bank um, findet eine und bewacht sie. Der andere lehnt sich aus einem offenen Fenster und schreit nach uns. Wir rennen hin, und er zieht uns einen nach dem andern hoch und durchs Fenster hinein.

Zu viert müssen wir auf dieser Bank Platz finden, die für zwei Personen gedacht ist, und wegen unserer Beutel ist das nicht leicht, obwohl keiner von uns viel Fleisch auf den Rippen hat. Einer von den beiden Männern gibt uns unsere Fahrscheine.

Wir sagen den beiden Männern danke schön, und sie gehn auf demselben Weg raus, auf dem sie reingekommen sind.

Als alle, die irgend hineinpassen, drin sind, steigen der Fahrer und sein Gehilfe aus, vertreten sich die Beine, sehn nach dem Motor, tanken und nehmen Wasser für den Bus auf und Tee für sich selbst.

Im Bus herrscht ein übler Geruch, nicht nur der Geruch von vielen Menschen, sondern auch von Kot und Kotze.

Und wir sehen auch Kot und Kotze.

Wir sitzen sogar auf etwas dergleichen. Und unter unseren Füßen ist noch mehr davon.

Inzwischen sind wir so eingezwängt, daß wir nicht mehr

aussteigen oder auch nur richtig aufstehen könnten, ohne von anderen Leuten niedergedrückt zu werden.

Hena sieht so verstört aus, daß ich befürchte, sie wird auch bald kotzen.

Ich möchte weinen. Ich wollte, ich wäre zu Hause!

Golam sieht so aus, als ob er gleich ohnmächtig wird. Matt reißt ein Stück von seinem Schal ab und versucht, die Stelle ein bißchen sauberer zu machen. Hena scheint die Fassung wiederzufinden und hilft ihm.

Ich glaube, zu Fuß zu gehen, wäre die bessere Lösung, aber Hena, nun wieder ganz praktisch wie immer, sagt, es ist zu weit, durch Wüsten und trockene Felsen, die bei Tag brennen und nachts gefrieren, und wir haben Glück, daß wir mit dem Bus mitgekommen sind.

Trotzdem, ich wollte, ich wäre nicht hier drin und vielleicht zu Hause.

Ich spreche aus, was ich denke.

Matt sagt nichts.

Matt hat schon die letzten Tage über nicht mehr viel gesagt. Das ist merkwürdig bei Matt. Er sieht auch merkwürdig aus.

Ich fange an, mir um ihn Sorgen zu machen.

Stunden scheinen zu vergehen, ehe der Fahrer und sein Gehilfe wieder in den Bus steigen.

Wir denken, nun wird der Bus endlich abfahren, aber nein! Dann fährt er doch. Dann nein. Dann doch. Er schnauft, hustet, ruckt an, tänzelt, bewegt sich und steht wieder still. Schluckauf, und er fährt. Schluckauf, und er steht wieder. Fährt, und endlich sind wir unterwegs.

Hena ist besser dran, weil sie am Fenster sitzt, aber auf ihrer Seite scheint die Sonne herein, und bald wird Hena gesotten werden. Matt und Golam in der Mitte sind übel eingequetscht. Ich sitze am inneren Ende der Bank und falle fast runter. Mein eines Ohr steckt in irgendeinem Hintern.

Als ich mich umdrehn will, um zu sehn, wer es ist, gerate ich mit der Nase hinein. Dann schon lieber das Ohr, und darum dreh ich den Kopf wieder zu Golam hin, der neben mir sitzt. Daß sein Körper so dicht an meinem ist, stört mich schon nicht mehr.

Vor uns sitzt ein alter Mann. Er hat sich zu uns umgedreht und zugeschaut, als wir den Boden zu säubern versuchten und den Dreck auf Henas Seite aus dem Fenster warfen.

Als der Bus Gonta ein Stück hinter sich gelassen hat, dreht der alte Mann sich wieder um. Nur, diesmal kuckt er nicht nur, sondern redet.

Er redet mit kräftiger Stimme. Es ist nicht die Stimme eines alten Mannes.

»Schätzt euch glücklich«, sagt er mit seiner kräftigen Stimme, »ihr sitzt auf dem Kot der Seligen.«

»Was meint er mit ›Seligen‹?« sagt Golam mir leise ins Ohr.

»Vielleicht meint er die Armen«, sag ich, weil mir unser Missionsfritze einfällt, der immer was von »selig sind die Armen« gesagt hat.

»Und warum soll der Kot der Armen irgendwie besser sein als der von andern Leuten?« fragt Golam.

»Vielleicht, weil bei ihnen alles sonst schlechter ist als alles sonst bei irgendwem sonst«, sagt Hena. »Jedenfalls, arm sind hier sowieso alle, so ziemlich.«

»Vielleicht meint er auch die Christen«, schlage ich vor. »Die sich ihre Seelen haben retten lassen. So wie Matt hier.«

»Ich sehe nicht, daß Matt irgendwie anders scheißt als früher, seitdem er Christ ist«, sagt Hena.

»Wann hast du Matt das letztemal scheißen sehn?« frag ich, halb sauer, halb neugierig. »Oder überhaupt, wann hast du Matt zum erstenmal scheißen sehn?«

Hena sagt nichts, stiert mich nur an, als wär ich der letzte Blödmann.

Ich ziehe es vor, sie nicht weiter zu beachten, und denke an die ungerettete Seele der Großmama Zottelzitz. Eine schwere Last fällt mir auf den Geist. Ich will nicht, daß ihre Seele nach Pasadena, California, USA, kommt.

»Ich meine die Toten«, sagt der alte Mann mit der kräftigen Stimme oder der junge Mann mit dem alten Gesicht. »Ich meine, selig sind die Toten, wo die Lebenden verdammt sind. Hier sind sie gestorben, die hier gesessen haben, wo ihr jetzt sitzt. Dies war ihre letzte Entleerung auf Erden. Ihr habt nun die letzte Spur ihres Daseins auf diesem Planeten getilgt.«

Golam ist verwirrt wie noch nie.

Ich auch, ehrlich gesagt.

»Nichts haben wir getilgt« – Matt ergreift zum erstenmal das Wort. »Der Mensch lebt nicht vom Kot allein.«

Der Mann schaut ihn überrascht an.

»Was weißt du vom Menschen? Vom Leben oder vom Tod? Du bist doch noch ein Kind«, sagt er. »Ich, ich habe viele Jahre Leiden in vielen Jahren Leben mit angesehn.«

»Ich habe viele Jahre Leiden in ein paar Monaten Leben mit angesehn«, sagt Matt.

Der Mann wird ganz bleich.

»Wer bist du?« fragt er, und seine Stimme ist nicht mehr so kräftig. »Du bist doch nicht ...«

»Wer bist du?« unterbricht ihn Matt.

»Ich war einmal Dozent am Missions-College in Bader, jetzt bin ich der in dem Bus.«

»Der in dem Bus?« Selbst Matt weiß nicht, was er davon halten soll.

Der Mann sagt, er hat nichts und niemanden, wo er hingehen kann. Darum fährt er jetzt in dem Bus immer hin und her.

Alles Silber und Gold seiner Frau hat er den Busfahrern gegeben, und dafür lassen sie ihn mitfahren.

Ab und zu hilft er auch den Bus saubermachen.

Er erinnert sich noch an die Zeit, als der Bus neu und rein war. Als nur wenige Menschen damit fuhren. Leute, die in das große Dorf wollten, um etwas zu kaufen oder zu verkaufen oder um Korn gegen andere Güter zu tauschen; oder Leute, die zum Viehmarkt oder zum Geistertanz wollten.

»Jetzt stirbt der Bus. Und die Menschen auch. Aber weder der Bus noch die Menschen sterben so, wie es sich gehört – in Ruhe und Frieden. Der Bus hastet noch herum und kann doch kaum mehr. Die Menschen hasten noch herum und sollten es eigentlich nicht mehr.«

»Und warum nicht?« sagt Hena in stillem Zorn.

»Weil es am besten ist, den müßigen Schmerz der falschen Hoffnung zu vermeiden«, sagt der Mann.

»Hört sich klug an«, sagt Hena kühl und beherrscht, »ist darum aber noch nicht richtig.«

»Entschuldigung!« antwortet der Mann. »Ich wollte nicht klug sein. Ich wollte nur ... nur ... gerecht sein.«

»Dann ist es noch weniger richtig«, sagt Matt.

Der Mann schaut zum erstenmal verärgert drein. »Na schön, dann sag du mir mal, was richtig ist«, sagt er, »und warum.«

Matt blickt grad in ihn hinein.

»Ich muß dir nicht erst sagen, was richtig ist. Oder irgendwem sonst. Jeder weiß, was richtig ist. Sogar die Klugen und die Gerechten, nur machen sie's schwierig. Ich kann dir auch nicht sagen, warum das Richtige richtig ist. Es ist es eben. Es ist sein eigener Grund.«

Matt spricht nicht mit der Stimme eines Klugscheißers, sondern mit der Stimme eines alten Mannes.

Der Mann staunt.

»Warum sagst du das, was du über die Klugen und die Gerechten gesagt hast?« fragt er.

Matt antwortet: »Wir wissen alle, was den Menschen fehlt. Die Klugen nennen Gründe, warum sie es nicht bekommen können, und das ist schlecht. Die Gerechten fällen Urteile darüber, was sie verdienen, und das ist noch schlimmer.«

Der Mann sagt: »Ich denke, du bist der, von dem ich träume, wenn ich schweißgebadet aufwache.«

Matt sagt nichts.

Die Steine sind wie glühende Kohlen. Der Sand ist wie ein heißer Backofen, doch ohne den belebenden Geruch des Brotes.

Aber wenigstens stinkt es hier nicht mehr nach Kot, Schweiß und Kotze. Also bleiben wir lieber hier draußen als drinnen.

Es ist drei Uhr nachmittags. Der Bus ist etwa mittags von Gonta abgefahren. In den frühen Abendstunden sollte er in Bader ankommen, nach einem Umweg über Mozapu im Süden. Auf dem Weg nach Süden und dann wieder nordwärts hält er etwa jede halbe Stunde, damit die Passagiere Rast machen und der Motor sich abkühlen kann.

Aber jetzt hält er nicht deshalb.

Der Bus hat eine Panne.

Alle machen besorgte Gesichter und fragen sich, was nun passieren wird und wann und wie wir nach Bader kommen. Die Kranken sehen kränker aus als vorher.

Dem in dem Bus macht es nichts aus. Der Bus ist sein Zuhause, egal, wo er fährt oder steht. Er sitzt im Schatten und raucht ein seltsam riechendes Gemisch von Tabak und einem schwarzen Zeug, das ich Henas Dada in den letzten Monaten seines Lebens rauchen gesehn habe.

Den Fahrer und seinen Begleiter stört es auch nicht. Nachdem sie die Kühlerhaube des Busses aufgeklappt und kurz einen Blick auf den Motor geworfen, hier und da etwas beklopft und befummelt haben, zünden auch sie sich ihre Zigaretten an und machen es sich auf ihren Sitzen bequem. Die Türen auf beiden Seiten haben sie geöffnet, darum ist es kühl und luftig in ihrem kleinen Abteil hinter einer Schranke, die mir bis zur Brust reicht.

Wir lassen uns neben dem busbewohnenden Dozenten nieder. Er heißt Bill, möchte aber gern mit Mobu angeredet werden.

»Mobu«, sag ich, »wie lange werden wir hier bleiben?«

»Warum unternimmt denn niemand was?« sagt Hena.

»Wir können doch nicht bis ans Ende unsrer Tage hier sitzenbleiben«, sagt Golam.

Mobu seufzt und macht den Mund auf, will etwas sagen, läßt es aber sein, als er Matt sieht. Er macht den Mund wieder zu. Er macht ihn wieder auf, aber nun mit einer anderen Miene.

Er sagt: »Die Busgesellschaft hat auch einen Jeep, für wichtigere Leute, der fährt zwischen Bader und Mozapu, über Gonta. Wenn wir eine Panne haben, warten wir auf ihn. Unser bester Mechaniker sitzt darin als Beifahrer. Meistens bringt er uns wieder in Gang. Wenn nicht, dann sagt er im Büro in Bader Bescheid, daß wir liegengeblieben sind. Dann schicken sie uns einen andern Bus mit den nötigen Ersatzteilen oder Werkzeugen. Der nimmt dann auch die Fahrgäste mit, während dieser Bus repariert wird.

Aber bald wird da nichts mehr zu reparieren sein.«

»Und wie lange dauert das alles?«

»Kann ich nicht sagen. Wenn alles gutgeht, müßte der Jeep morgen hier sein. Wenn er uns nicht helfen kann, müssen wir warten, bis er wieder nach Bader kommt und die Busgesellschaft benachrichtigt hat.«

»Und dann schicken sie diesen andern Bus her?« sag ich.

»Wenn sie wollen und können«, sagt Mobu.

»Das kann ja Tage dauern!« sagt Golam.

»Mindestens«, sagt Mobu lächelnd und mit einem Blinzeln.

»Wir finden das nicht komisch«, sagt Hena.

»Ich wollte euch nur ein bißchen aufheitern.«

Hena sagt nichts, aber ich kann sehn, daß sie nicht gerade heiterer wird.

»Wenn der andere Bus besser funktioniert, warum nehmen sie dann nicht gleich den?« sagt Matt.

»Weil er noch älter ist als dieser. Man kann ihn ab und zu mal benutzen, aber im Dauerbetrieb wäre er unzuverlässiger als dieser hier.«

»Was denkst du, wie weit es noch ist bis Bader?« fragt Hena.

»Etwa die gleiche Entfernung wie nach Gonta, würde ich meinen«, antwortet Mobu.

»Sehr nützliche Auskunft!« sag ich.

»Aber der Weg«, sagt Mobu mit Überzeugung, »ist angenehmer.«

Ich schaue ringsum auf den glühenden Sand und die brennenden Steine und blicke dann auf zu Mobu.

Golam liebt Sand und Steine. Ich nicht.

»Es sind nur ein paar Kilometer Wüste. Dann kommt ihr durch grüne Hügel, mit Bäumen, Wasser, sogar Blumen.« Freude tritt plötzlich in Mobus Augen und seine Stimme, als er von Blumen spricht. Ich glaube, er liebt Blumen.

»Meine Frau liebt Blumen«, sagt Mobu leise. Ich sehe ihn an, merkwürdig berührt. Er redet weiter wie bisher. »Von hier aus könntet ihr die Hügel sogar sehen, wenn der Dunst nicht wäre.

Bader liegt im Mittelpunkt dieses Grüngürtels. Darum ist es auch so eine prosperierende Stadt. Sogar in dieser schweren Zeit. Das ist der Grund, und die Tatsache, daß die Regierung alles Geld dort ausgibt, statt auf dem Land, wo es wirklich nötig ist und wo es auf lange Sicht viel mehr nützen würde.«

»Was ist prosperierend?« fragt Golam.

»Prosperierend heißt – soviel wie gutgehend, nicht? Geschäfte, Fabriken, Hotels ... all sowas, ihr wißt schon.«

»Nicht unbedingt«, sag ich.

»Das heißt, es gibt dort Arbeit und Futter für die Menschen«, sagt Hena.

»Na, ganz so einfach ist es nicht«, antwortet Mobu. »Arbeit gibt es, und Futter auch. Viel davon. Nur nicht für alle. Für einige eine Unmenge, für andere nicht viel. Und für manche so gut wie nichts.«

»Und für uns?« fragt Golam.

Mobu sagt nichts.

»Joti wird uns helfen«, sag ich.

»Wir werden uns selber helfen«, sagt Hena.

Wir beschließen, wir gehen zu Fuß nach Bader. Wie wir es von Anfang an vorhatten. Einerseits stört uns, daß wir die Busfahrt ja umsonst bekommen haben und daß die weiße Ärztin ihr Geld umsonst ausgegeben hat. Andererseits sind wir froh, das bessere Stück Weges vor uns zu haben.

Wir fragen Mobu, ob er mitkommen möchte.

An dem Gesicht, das er macht, können wir erkennen, daß er wirklich gern möchte, aber er kann nicht.

Jedenfalls sagt er das.

Er sagt, er kann sich von dem Bus nicht trennen. Er sagt, wenn er auch nur aus dem Schatten des Busses heraustritt, ergreift eine seltsame Furcht sein Herz.

Er sagt, es ist was »Psychologisches«, und erklärt es mit vielen langen, uns unverständlichen Wörtern.

Er sagt, er kann nichts dagegen machen, obwohl er doch weiß, es ist »irrational«. Er sagt, als er mit dem Bus-Leben anfing, da konnte er von dem Bus noch weggehen, kam allerdings immer wieder zurück. Allmählich ging er nicht mehr vom Bus weg, glaubte aber, er könnte es, wenn er wollte. Jetzt weiß er, er kann es nicht, egal, wie gern er's möchte oder wie sehr er sich anstrengt.

»Was ist denn ›psychologisch‹?« frag ich, die Augen niedergeschlagen, weil ich fürchte, es ist eine dumme Frage.

»Das ist ... das ist, was im Geist ist«, sagt Mobu angestrengt nachdenkend.

»Aber ist da nicht alles?« sag ich, ebenfalls angestrengt nachdenkend.

»Also, ja und nein. Ich meine, nur im Geist ...«

»Du meinst, wie wenn man eine Kuh sieht, wo gar keine Kuh ist?«

»Genau. Aber manchmal ist es ... ist es komplexer. Irgendwie schwieriger.« Er versucht noch angestrengter nachzudenken als bisher schon. Ich ebenfalls.

»Du meinst«, sag ich langsam, »wenn du nichts gegessen hast und bist hungrig, dann ist das in Ordnung; wenn du aber gegessen hast und bist hungrig, dann ist das psychologisch?«

»Ja, ja! Genau so!«

»Das ist nicht psychologisch«, sagt Hena, »das ist verfressen.«

»Das auch, nehm ich an«, sagt Mobu und schaut Hena nachdenklicher an als bisher.

»Und was ist irr ... irr ...«, setzt Golam an.

»Irrational?« sagt Mobu.

»Ja. Irzio ... wie du gesagt hast.«

»Irrational? Mal sehn! Das ist, was nicht den Tatsachen entspricht; oder was der Validität äußerer verifizierbarer Daten widerspricht oder davon abweicht; oder was in sich widersprüchlich ist. Aber ich glaube, damit kannst du nichts anfangen.«

»Nein danke«, sagt Golam und schaut verwirrt und traurig drein.

»Er meint Kuckuck«, sagt Hena.

Golams Gesicht hellt sich auf. »Warum sagt er das nicht gleich?« Er läßt seine Zähne blitzen. »Das ist ja leicht. Ich dachte schon, ich versteh das nie.«

Matt sieht so aus, als ob er immer noch angestrengt nachdenkt. Aber er sieht auch so aus, als ob er gar nicht zuhört und gar nicht weiß, was um ihn vorgeht. Aber er hört zu, und er weiß, was vorgeht. »Du sagst, du handelst irrational«, sagt er schließlich und blickt Mobu an.

»Ja«, sagt Mobu, der sich fragt, was Matt wohl im Sinn hat, genau wie wir alle uns fragen, was Matt wohl im Sinn hat.

»Aber das stimmt nicht«, sagt Matt.

Wir warten alle, daß er's uns erklärt, aber er tut es nicht.

»Wie meinst du?« fragt Mobu, als er merkt, daß Matt ungefragt nichts mehr sagen wird.

»Du glaubst, du kannst den Bus nicht verlassen, richtig?« sagt Matt.

»Ja«, sagt Mobu.

»Und verläßt du den Bus?«

»Nein.«

»Das ist rational. Du handelst nach dem, was du glaubst.« Der Mann überdenkt es.

Matt redet weiter: »Wenn du jetzt aufstehen, dir den Staub von den Kleidern klopfen und mit uns fortgehen würdest, entgegen deinem Glauben, das wäre dann irrational.«

»Aber mein Glaube ist selbst irrational.«

»Warum?«

»Weil es irrational ist, zu sagen, ich kann nicht fort von diesem Bus. Natürlich kann ich, wie du sagst, aufstehen, mir den Staub von den Kleidern klopfen und fortgehen – wenn ich mich dafür entscheide.«

»Vollkommen rational«, sagt Matt. »Wenn du das weißt, kannst du nicht irrational sein.«

»Ich weiß es, aber ich kann es nicht tun. Das ist das Irrationale.«

»Nicht besonders. Wie bei den meisten, nicht mehr und nicht weniger. Die meisten Menschen handeln nach dem, was sie glauben, und nicht nach dem, was sie wissen.«

Der Mann bleibt eine Weile still, dann steht er auf, klopft sich den Staub von den Kleidern und sagt: »Gehn wir!«

Der Fahrer und sein Beifahrer betrachten ihn mit offenem Mund und großen Augen.

Seit drei Jahren ist es nicht mehr vorgekommen, daß er sich von dem Bus entfernt hat.

Wir machen uns auf den Weg nach Bader. Wir sind darauf aus, die Stadt zu stehlen. Wie Joti. Sie stehlen, sie uns aneignen und sie mit nach Haus bringen zu unseren Familien.

Wir kommen nach Bader. Wir brauchen zwei Tage und zwei Nächte, um hinzukommen.

Wir hätten es in der Hälfte der Zeit schaffen können, aber am Fuß der Hügel und auch sonst überall waren so viele Soldaten, daß wir uns tagsüber versteckten und mit viel Vorsicht bei Nacht gingen. Natürlich, die Soldaten hätten vielleicht gar nichts gegen uns gesagt, aber wir wollten es nicht drauf ankommen lassen.

Mobu hatte recht, der Weg war angenehm, jedenfalls das Stück durch die Hügel. Leider sahen wir auch dort Zeichen von Dürre, aber es war immer noch grün genug, und in vielen Löchern fanden wir Wasser.

Der Fluß, der später durch unser Dorf fließt, entspringt hier und führt reichlich Wasser, aber es wird für die Großstadt gebraucht. Im Tal sind ein Staudamm und ein Bekken, um es zurückzuhalten. Wir wollten hinaufsteigen und uns dies näher ansehen, aber dort wimmelte es von Soldaten. Also stiegen wir wieder hinunter und suchten uns ein Versteck. Wir fanden ein kühles, laubbeschattetes Fleckchen zwischen wilden Blumen. Ihr Duft berauschte mich, und ich legte mich schlafen. Meine Gedanken tanzten im Traum. Es war so, als wäre ich im Palast der Geister. Es würde mich nicht wundern, wenn ich wirklich dort war.

Als wir in der großen Stadt ankommen, sind wir erfrischt und ausgeruht. Wir freuen uns darauf, Joti zu treffen, Arbeit zu finden und etwas zu erreichen, für uns selbst und unsere Familien.

Mobu sagt, er will uns zu Peter bringen, einem alten Freund aus seiner Zeit an der Universität. Er sagt, Peter wird uns für ein paar Tage in seinem »Flat« unterbringen, bis wir Joti gefunden haben und wissen, wie's weitergeht.

»Flat?« sag ich.

Mobu schaut mich so an, wie ich ihn – verständnislos. Er versteht zuerst.

»Flat ... Haus«, sagt er.

»Flat Haus?« wiederhole ich, noch verständnisloser. Unser Fladenbrot mag ich, Kuhfladen kenne ich, Flachland, Flachköpfe habe ich schon gesehen und platte Gesichter auch. Aber Flach-, Platt- oder Fladenhäuser ...

Ich kann mir nicht vorstellen, daß es mir in einem Fladenhaus gefallen würde. Ich käme mir geplättet vor oder sowas.

Ich sag das zu Mobu.

»Das ist kein Fladenhaus«, sagt er, »einfach ein Haus. Oben auf einem Gebäude. Man nennt das ein ›Flat‹. Eine Wohnung.«

»Aha«, sag ich, immer noch verwundert, wieso jemand ein Haus auf ein Gebäude stellen sollte, behalte meine Zweifel aber für mich.

Inzwischen sind wir alle erstaunt und geschockt über das, was es in der großen Stadt zu sehen gibt, und ich denke nicht mehr an das Flat.

Mobu geht mit uns zu einer Bushaltestelle. Er sagt, von hier wird uns der Bus bis nah an den Ort bringen, wo Peter wohnt.

Der Bus, als er kommt, ist unglaublich. Ich sitze schon drin und kann immer noch nicht glauben, daß ich drinsitze.

Mein Herz hat sich noch nicht wieder beruhigt. Es ist mir in die Knie gerutscht, als sich die Glastür vor uns in zwei Hälften spaltete, ganz von allein. Ich konnte mich kaum überwinden, hindurchzugehen, denn es konnte ja sein, daß sie plötzlich wieder zusammenging und mich biß, wenn ich erst halb drinnen war.

Der Ort, wo wir aussteigen, ist nicht so fein wie manche, durch die wir gekommen sind.

Die Straße hier ist nicht so glatt wie eine Schiefertafel. Sie ist rissig und löcherig. Die Gebäude sind nicht zu hoch und nicht zu niedrig, stehen auch nicht getrennt, sondern sind auf eine löcherige Art miteinander verbunden. Es sind mehr Leute hier, als ich je auf einem Fleck gesehen habe, aber sie sind nicht besonders schick angezogen oder sowas.

Sie sehen müd und mager aus, aber bei weitem nicht so

schlimm wie die Hungernden und Kranken im Lager. Manche sind sogar dick.

Ich frage Mobu, warum die Hungernden nicht hierher kommen, um nach etwas Eßbarem zu suchen. Er sagt, man läßt sie gar nicht rein. Er sagt, wenn sie's versuchen, schickt man sie nur in Sonderlager. Er sagt, der Fernbus wird sogar auf »unerwünschte Elemente« kontrolliert.

Ich denke mir, nur gut, daß wir nicht mit dem Bus gekommen sind. Wer weiß, ob ... Ich meine, ich selbst finde, ich bin ein ziemlich erwünschtes Element, aber na ja, wer weiß.

Mobu sagt, er ist seit über drei Jahren nicht mehr bei Peter gewesen. Peter ist oft zum Bus gekommen, um ihn zu sehen, aber seit einiger Zeit schon nicht mehr.

Wir kommen an einigen Geschäften mit zugenagelten Fenstern vorbei. Holz und Mauerwerk sind an manchen Stellen schwarz und verkohlt. Große Blechtonnen stehen herum, voll mit allerlei Papier, Flaschen und Büchsen. Eine Tonne ist umgekippt und rollt auf ihrer Seite, das meiste von dem Müll darin liegt auf dem Fußweg ausgebreitet. Es riecht nicht eben gut.

Wir gehen zu einer Tür, die halb verdeckt ist hinter Stapeln von leeren und nicht so leeren Kisten.

Treppen führen hinauf. Sie sind dunkel. Die Stufen sind hoch und angeschlagen. Ein kalter Wind weht hier drinnen, der draußen nicht weht.

Wir steigen drei Treppen hoch und biegen nach der dritten rechts ab. Wir gehen einen dunklen, kalten Weg entlang, mit einem wackligen Zaun auf der rechten Seite und drei Türen auf der linken Seite. Am Ende ist noch eine vierte Tür.

Mobu bleibt vor der dritten Tür stehen und klopft.

Keine Antwort.

Er klopft noch mal.

Die Tür geht ganz langsam auf.

Mobu tritt ein, wir nach ihm. Wir sehen einen kaputten Fußboden, drei Stühle und einen Tisch mit zwei Beinen. Die eine Seite des Tisches ruht auf einem Stapel Bücher. Peter sehen wir nicht. Und auch sonst niemanden.

Die Tür hinter uns knallt zu. Ein Mann steht dort. Er hat eine Pistole in der Hand. Die Pistole zielt auf uns.

Noch zwei Männer treten durch eine andere Tür ins Zimmer. Auch sie haben Pistolen in den Händen. Die Pistolen zielen auf uns.

Alle drei Männer sind in Uniform. Aber es ist nicht die Uniform der Soldaten.

Der Mann an der Tür nach draußen sagt zu Mobu: »Du bist William John Adelo, auch Mobu genannt?«

Mobus Augen sind weit offen, aber sie sehen nicht den Mann mit der Pistole. Sie sehen den schwarzen Stern des Todes.

Der Mann wiederholt die Frage. Während er spricht, setzt er sich auf Mobu zu in Bewegung. Auch die anderen Männer gehn auf ihn zu.

Mobu rennt los zur Tür.

Der Mann davor schießt. Viele Male.

Die Männer hinter uns schießen auch. Viele Male.

Mobu fällt zu Boden. Er hat überall Löcher. Löcher im Gesicht, Löcher im Körper.

Die Löcher haben einen schönen sattroten Farbton. Meine Lieblingsfarbe.

Die Farbe bewegt sich, wird lebendig und verbreitet sich über den ganzen Mobu. Allmählich sieht er aus wie gemalt. Wie ein Gemälde in der Form eines Menschen. Das Schwarz seiner Haut, das Weiß seiner Augen, das Grau seines Gewandes, das Rot seines Lebens.

Die Männer treten näher. Einer gibt Mobu einen Fußtritt.

Mobu rollt still herum aufs Gesicht. Ein anderer gibt ihm noch einen Fußtritt. Mobu rollt still wieder auf den Rücken. Der dritte Mann nickt.

Sie sind zufrieden. Zum erstenmal lächeln sie. Die Besorgnis ist von ihren Gesichtern verschwunden.

Sie sehn glücklich aus. Genau wie ich, wenn ich getan habe, was man mir gesagt hat. Ich weiß, ich werde nicht angeschnauzt, kriege vielleicht sogar einen Klaps auf die Schulter, weil ich so brav bin. Oder vielleicht sogar ein Stück Brot. Wenn ich echtes Glück habe.

Die drei Männer gehn aus der Wohnung.

Hena kniet neben Mobu und macht ihm die Augen zu. Es fällt ihr schwer, die Finger zu krümmen.

Sie sagt zu uns, wir sollen in dem andern Zimmer nachsehn, ob da ein Laken ist, in das wir Mobus Körper einwickeln können.

Ich nehme Golam bei der Hand und ziehe kräftig, und dann kann er sich wieder bewegen.

Matt bleibt auf dem Boden sitzen, die Arme um die Knie. Er wiegt sich hin und her.

In dem andern Zimmer steht ein Bett. Auf dem Bett ist ein Laken. Aber es ist kein sauberes Laken. Es ist beschmiert mit dem Blut von einem anderen Mann, der auf dem Bett liegt.

Ich spüre etwas wie einen Schlag auf mein Herz. Ich sehe Mobu noch mal sterben. Die Augen des Mannes bewegen sich. Er sieht uns an, als wüßte er nicht, wer wir sind, denn natürlich weiß er wirklich nicht, wer wir sind. Er ist nicht Mobu. Er bewegt die Lippen. Er spricht in einer Art abgerissenem Flüstern.

»Seid ihr die Todesengel?« sagt er.

»Nein, sind wir nicht«, sagt Golam.

»Ihr seht aus wie der Tod«, sagt der Mann.

»Vielleicht sind wir's«, sagt Hena. »Wer bist du?«

»Ich bin Peter.«

»Wir sind mit Mobu hergekommen. Er hat gesagt, wir könnten bei dir unterkommen, bis wir Joti gefunden haben«, sag ich.

»Mobu darf nicht herkommen«, sagt der Mann entsetzt, »die Polizei sucht ihn.«

»Sie hat ihn gekriegt«, sagt Hena. »Hast du die Schüsse nicht gehört?«

Der Mann schaut uns einen Moment mit leerem Gesicht an, dann schaut er weg. Er verzieht die Lippen zu einer Art rissigem Lächeln und setzt zu einer Art rissigem Lachen an, das aber vom Blut in seinem Mund erstickt wird. Er hustet und würgt, dann scheint er zur Ruhe zu kommen.

»Was ist mit dir?« frag ich ihn.

Er sagt so lange nichts, daß ich anfange, mir um ihn Sorgen zu machen.

»Sie haben gedacht, ich halte Mobu versteckt«, sagt er endlich.

Es scheint ihm nicht allzu gut zu gehen.

»Es scheint dir nicht allzu gut zu gehen«, sagt Hena. »Was können wir für dich tun?«

»Helft mir nur auf«, sagt er. »Mal sehn, ob ich mich ein bißchen säubern kann.«

Ich nehme seinen rechten Arm, Hena den linken, Golam faßt ihn um den Leib.

Wir gehen mit ihm zu einem kleinen Becken in einer Ecke des Zimmers. Auf dem Becken ist ein kleines Metallding, das er einen Hahn nennt. Als er an dem Ding dreht, fließt Wasser raus.

Für mich ist es ein Wunder.

Wir helfen Peter, sich zu waschen.

Er sagt uns, solange Mobu mit dem Bus herumfuhr, störte er sie nicht. Mehr noch, dort war er ihnen ganz recht. Ein jämmerlicher »Ex-Revolutionär« – weiß ich, was das heißt –: da hatten sie etwas zu lachen. Aber als der Bus eines Morgens ankam und sie feststellten, daß Mobu nicht mehr drin saß, da gefiel ihnen das gar nicht.

So haben sie sich das nicht vorgestellt.

»Aber warum sollten sie denn Mobu töten wollen?« frag ich.

»Ich bin nicht sicher, daß sie ihn töten wollten. Vielleicht nur festnehmen und verhören. Ich weiß es nicht. Niemand kann recht wissen, was sie machen werden und warum.«

Ich verstehe das immer noch nicht.

Peter erklärt weiter: »Mobu hat früher gegen diese Leute geredet. Die, die uns heute regieren. Damals waren sie noch nicht soweit.

Wenn Mobu redete, hörten wir alle ihm zu. Das paßte ihnen nicht.

Außerdem, Mobu hatte ein Buch geschrieben, ein Buch, das sie nicht haben wollten. Er hat das Manuskript irgendwo versteckt.

Die Soldaten haben Mobus Frau entführt und vergewaltigt. Sie haben sie tagelang gefangen gehalten. Als sie sie laufen ließen, brachte sie sich um.

Mobu war zu der Zeit gerade in Bandugu. Eine Tagesreise südlich von Mozapu. Er fuhr oft dorthin, als Austausch-Dozent für eine Nebenstelle des Missions-Colleges.

Als er zurückkam und hörte, was mit seiner Frau passiert war, brach er zusammen. Eines Tages ist er losgegangen, in den Bus nach Mozapu gestiegen – wie er's schon oft getan hatte, wenn er nach Bandugu fuhr – und nie wieder ausgestiegen.

Das war vor über drei Jahren.

Mobu wurde an dem Tag achtundzwanzig. Er ist genausoalt wie ich, wir haben sogar denselben Geburtstag. Darum weiß ich noch so genau, welcher Tag es war.

Ich hatte ihm einen rosa Schlips gekauft. Und ein Paar Socken. Die Farbe weiß ich nicht mehr.«

Als Peter sich gewaschen hat, möchte Hena das Bett saubermachen. Sie möchte auch ein Laken, wenn er eines übrig hat, um Mobu damit zuzudecken. Peter sagt, sieh mal im Schrank nach. Er hat starke Schmerzen und ist sich nicht sicher, ob sein rechter Arm nicht gebrochen ist. Mit seinem Zustand unterhalb der Gürtellinie ist er auch nicht zufrieden. Er sagt, er muß eine Weile ruhen, bevor er uns helfen kann.

Er sagt, ich bin euch dankbar, wenn ihr mir eine Tasse Tee macht.

Er sagt uns, wo die Sachen sind und was wir damit tun sollen.

Ich komme aus dem Staunen nicht heraus. Zuerst der Wasserzauber mit dem Hahn, jetzt der Feuerzauber! Mobu hat uns gesagt, daß Peter arm ist. Ich finde, er ist reich. Der Gedanke an Mobu dämpft meine Erregung.

Peter fragt uns, was wir hier in der Stadt machen, so ganz allein.

»Wir sind nicht so ganz allein«, sagt Golam, »Matt ist bei uns.«

»Wer ist Matt?« fragt Peter. »Bruder, Vater, Onkel?«

Wir müssen fast lachen.

»O nein, er ist kaum ein Jahr älter als ich«, sag ich. »Aber er weiß alles«, füge ich hinzu, damit er es besser verstehen kann.

Ich glaube, er versteht trotzdem nicht, aber er sagt es nicht.

»Wo ist denn euer Freund Matt?« fragt er.

»Er ist im Nebenzimmer«, sagt Hena, »und nimmt Abschied von Mobu.«

»Ich glaube, ich geh lieber mal rüber und seh ihn mir an«, sagt Peter. »Wenn dieser Matt alles weiß, kann ich vielleicht noch was von ihm lernen. So einer, der alles weiß, ist mir noch nie begegnet.«

»Na, daß er alles weiß, so ist das nun auch nicht«, sag ich, »nur daß er eben ...« Und da weiß ich nicht weiter.

»Nur daß er eben alles lernt, wenn er was nicht weiß«, sagt Hena.

»Aha«, sagt Peter, »das kann ich nun schon eher verstehn.«

»Ist aber nicht nur das«, sagt Golam. »Er weiß alles, was nutzlos ist, und kümmert sich nicht drum.«

Peter scheint das mehr und mehr zu interessieren.

»Und was ist nutzlos?« fragt er.

»Na ...«, sagt Golam, und seine ungewöhnliche Selbstsicherheit bröckelt ein bißchen ab.

»Na ... eigentlich so irgendwie alles.«

Peter lächelt traurig. »Also das weiß er über alles, daß es nutzlos ist. Vielleicht hat er recht, klar!«

»So ist das nicht. Nicht ganz so. Er weiß auch, was nützlich ist«, sag ich zu Matts Verteidigung. Damit es sich nach was anhört.

»Und was ist nützlich, ähm, Matt zufolge?«

»Futter«, sagt Golam, bevor ich etwas sagen kann.

Peter wartet, aber Golam sagt nichts mehr. Ich warte, aber Golam sagt nichts mehr.

»Du meinst, er hält nichts für wichtig außer dem Essen?« sagt Peter, so erstaunt und so laut, daß ihm die Lippen aufplatzen und es ihm im Kopf zu hämmern anfängt. Er zuckt vor Schmerz zusammen und hält sich den Kopf mit beiden Händen.

»Ich meine Futter, alle Arten davon«, sagt Golam, »manche zum Essen, manche nicht.«

»Verstehe«, sagt Peter langsam, als ob er es verstünde. »Und von wem hat Matt das gelernt?«

»Von dem Missionsfritzen, glaube ich«, sag ich.

»Von dem nicht«, sagt Hena.

Golams Arme baumeln an den Seiten herab, auch die Schultern läßt er tief hängen. »Was schaut ihr mich alle so an?« sagt er. »Hab ich was Dummes gesagt?«

Peter sagt: »Ich muß diesen Matt kennenlernen.«

Er macht eine Anstrengung, um aufzustehen, streckt die Arme aus, um sich gegen die Wand zu stützen, und spannt das Gesicht hart an, damit es nicht zuviel Schmerz verrät.

Zu seiner eigenen Überraschung kann er ganz leicht aufstehen, und sein Gesicht zeigt keinen Schmerz.

Wir gehen alle in das Zimmer, in dem wir zuerst waren. Dort ist etwas, das wir alle in Gedanken von uns wegschieben wollten.

Nun sind wir in dem Zimmer.

Kein Matt ist da. Und kein Mobu.

Nur Blut auf dem Fußboden.

Peter schreit vor Schmerz auf und fällt zu Boden. Sein Blut vermischt sich mit Mobus Blut.

»Die Polizisten müssen wiedergekommen sein und sie mitgenommen haben«, sagt Hena.

»Vielleicht haben sie Mobu mitgenommen, damit nicht herauskommt, daß sie ihn getötet haben«, sag ich. »Aber warum sollten sie Matt mitnehmen?« Zum erstenmal fühle ich mich wirklich allein.

Golam sagt nichts. Er sieht so aus, als ob er nicht mehr reden kann, obwohl er es versucht.

Inzwischen hat Peter sich halb auf die Ellbogen stützen und aufsetzen können.

»Geht doch mal raus und seht nach, ob Matt aus irgendeinem Grund weggegangen ist. Vielleicht folgt er den Polizisten, um zu sehn, wo sie die Leiche hinbringen. Geht nicht zu weit, sonst verlauft ihr euch! Kommt bald wieder, wenn ihr ihn nicht findet! Dann seh ich mal, was ich machen kann. Ich hab einen Freund, der ist Arzt. Wahrscheinlich muß ich sowieso zu ihm. Der könnte uns behilflich sein. Er hat einen Freund bei der Polizei.

Geht gleich! Aber denkt dran, nicht zu weit!«

Wir rennen hinaus und lassen in der Eile die Tür hinter uns offen.

Wir gehen so weit, wie wir uns getrauen, in alle Richtungen. Kein Zeichen von Matt.

Wir empfinden gar nichts mehr, als wir zurückkommen. Es ist, als ob gar nichts passiert wäre. Jedenfalls nicht mit uns.

Die Wohnungstür ist zu, als wir zurückkommen. Wir versuchen sie aufzustoßen, aber sie ist verschlossen.

Wir klopfen.

Keine Antwort.

Wir klopfen wieder und wieder und wieder.

Immer noch keine Antwort.

Die Tür am Ende des Ganges öffnet sich einen Spalt weit. Ein Gesicht lugt heraus.

Es ist das Gesicht einer Frau. Einer Frau, die sich fürchtet. Ich glaube, sie will etwas sagen, sagt aber dann doch nichts. Ich glaube, sie will ihre Tür wieder zumachen, läßt sie dann aber doch auf.

Wir empfinden immer noch nichts, aber wir denken, vielleicht geht es Peter schlechter, und er kann nicht aufmachen.

Hena geht zu der Frau und fragt sie, ob es einen anderen Weg gibt, auf dem wir in Peters Wohnung gelangen können.

Die Frau spricht die Sprache des Südens. Ich spreche sie nicht, verstehe sie aber ein bißchen. Genug für das, was sie sagt. Sie sagt, wir müssen uns irren, denn hier wohnt niemand, der so heißt. Überhaupt, seit über einem Monat hat in dieser Wohnung niemand gewohnt.

Wir trauen unseren Ohren nicht. Wir erzählen der Frau unsere Geschichte. Über Mobus Tod, daß Peter zusammengeschlagen worden ist, daß Matt verschwunden ist.

An ihren Blicken sehn wir, daß sie uns versteht, obwohl wir in der Sprache des Tales reden.

Nach dem, was ich verstehe, antwortet sie, wir haben eine blühende Phantasie, aber es ist keine schöne Phantasie. Sie sagt, es tut ihr leid für uns.

Sie macht die Tür zu.

Wir stehn da wie aus Holz.

Die Stadt hat uns Matt gestohlen.

Die Stadt stiehlt uns den Verstand.

4

Schwarze Eier, rosa Eier

Ich träume.

Ich schlafe nicht und träume trotzdem.

Wir sind wieder in den Hügeln um Bader; Hena, Golam und ich, und wir gehn nach Hause.

Es ist noch schöner als beim letztenmal. Bäche von blauem Wasser kommen plätschernd aus Spalten in den glänzend schwarzen Felsen. Ein frisches, duftendes Lüftchen weht. Die Bäume sind schwer von grünem Laub, und Affen tanzen auf den Zweigen.

Bunte Papageien fliegen krächzend umher. Ein blaues Nashorn läßt mich aufsitzen.

Wilde Büffel spielen mit den weißgefleckten Hirschen. Der schwarze Panther hebt den Kopf, schnüffelt und legt sich mit einem Lächeln auf seinem Zaubergesicht wieder schlafen.

Matt kommt hinter einem Baum hervorgerannt. Bei ihm ist ein schicker junger Mann in einem perlweißen Gewand mit blutroter Schärpe. Der Mann hebt mich vom Rücken des Nashorns herunter und stellt mich ins taufeuchte Gras.

Sofort weiß ich, dieser Mann ist Mobu.

Ich weiß auch, warum Matt fort mußte.

Am besten weiß ich, wir müssen tun, was wir tun müssen, egal was. So wie Matt tun muß, was er tun muß, egal was. Und daß er zurückkommt, wenn es erledigt ist.

Und wir sehen uns wieder, wenn wir uns wiedersehn müssen.

Alle Besorgnis ist fort. Friede ist in meinem Herzen.

Aber als ich merke, ich liege in einer leeren Kiste, hungrig, mit trockenem Mund, trotz der Hitze frierend, fühl ich mich nicht mehr so sicher.

Hier ist kein Gras, kein Wasser, kein Nashorn.

Kein Mobu, kein Matt.

Nur ein paar leere und nicht ganz so leere Kisten sind da, und in einer davon bin ich.

In einer anderen ist Golam, in einer anderen Hena.

Golam sieht ganz glücklich aus.

»Es war schön, Matt wiederzusehn«, sagt er, »und Mobu.« Ich sehe ihn überrascht an. Ihn überrascht meine Überraschung.

»Du mußt es doch wissen«, sagt er und versenkt seine großen Augen in meine, »du warst doch dabei. Und Hena auch.«

Ich höre ihm schweigend zu. Er spricht wie im Traum. »Es war in dieser endlosen Wüste mit goldenem Sand und diamantenen Steinen.

Die Sonne war heiß, und der Wind war heiß, und hohe, stachelige Bäume mit grünen Stämmen und grünen Armen standen Wache über uns.

In den Bäumen war Milch, und in meinem Herzen war Friede.

Ich weiß jetzt, daß Matt sein Schicksal bevorsteht, und uns steht unseres bevor. Was sein muß, muß sein. Aber er wird da sein und uns helfen. Ich hab keine Angst mehr.«

Hena redet. »Ich habe Matt gesehn. Und Mobu. Ihr beide wart bei mir. Aber es war nicht in einer kahlen Wüste.

Es war in so einem wunderschönen Haus mit vielen Zimmern, eines immer schöner als das andere. In einem stand sogar ein Fernseher, und es gab Zauberherde, Schränke voller Speisen, Truhen mit Schals und seidenen Tüchern und Sandalen, goldene Anhänger und silberne Fußkettchen.

Und ich war froh. Froh, Matt zu sehn. Froh, Mobu zu sehn. Und … einfach froh!

Ich hatte alles …«

Aber es klingt nicht so, als ob sie ganz sicher wäre.

Die Sonne steht am Himmel, aber auf unserer Seite der Straße ist es dunkel. Ein Mann auf einem Fahrrad fährt vorüber, blickt zu uns in unseren Kisten, ohne uns wirklich zu sehen.

Es hat ein Gutes, daß wir seit letztem Sonnenaufgang nichts mehr gegessen haben. Wenigstens muß ich da jetzt nicht scheißen. Ich wüßte nicht, wo. Der Gedanke macht mir zu schaffen, obwohl ich im Moment nicht muß. Für die Zukunft sind die Aussichten nicht viel besser. Kommt nichts rein, kommt nichts raus – hat Leku immer gesagt. Matt sagt dagegen, wenn du lange genug nichts ißt, mußt du trotzdem scheißen. Sogar mehr als sonst.

Und da hat er recht, wie immer. Im Lager von Gonta konnten wir die Beweise riechen.

Der Gedanke macht mir zu schaffen, könnt ihr mir glauben!

Unsere Beutel mit dem Futter sind in Peters Wohnung, unsere dicken Schals auch.

Jotis Foto und seine Adresse trage ich in der Tasche bei mir. Darüber sind wir froh und beschließen, gleich heute nach ihm zu suchen.

Hena sagt, bevor wir gehn, sollten wir noch einen Versuch machen, ob wir in Peters Wohnung nicht hineinkommen können. Sie sagt, vielleicht hat er gestern geschlafen oder ist vor Schmerz oder irgendwas ohnmächtig geworden. Sie sagt, vielleicht braucht er Hilfe.

Wir brauchen Hilfe.

Wir steigen wieder die Treppen rauf. Es ist mühsam. Als ich klein war, hätte ich da raufrennen können wie der Wind, der an uns vorbeizieht. Alt werden ist nicht leicht. Mir könnt ihr's glauben.

Wir sind oben, endlich. Wir stellen uns vor die Tür. Wir versuchen die Tür aufzudrücken. Wir versuchen die Klinke zu drehen. Beides bringt nichts. Und noch mal nichts.

Wir trauen uns nicht zu klopfen, aus Furcht vor der Frau hinter der Tür gegenüber.

Dann klopfen wir doch.

Wir machen die Augen zu und beten zu den Geistern. Ganz fest. Wir machen die Augen ganz fest zu. Wir beten ganz fest. Wir beten, daß die Tür aufgeht. Wir beten, daß Peter aufmacht.

Wir klopfen noch mal.

Zur Hälfte wird unser Gebet erhört.

Die Tür geht auf. Aber wer aufmacht, ist nicht Peter. Es ist eine junge Frau.

Sie schaut uns erstaunt an und überlegt, wer wir wohl sind und was wir wollen.

Plötzlich verändert sich ihr Gesicht, als ob sie's nun weiß; aber sie scheint sich darüber nicht besonders zu freuen.

»Moment mal«, sagt sie, schließt die Tür und geht fort.

Wenigstens hat sie nicht gesagt, verschwindet.

Wir warten.

Es dauert lange, bis sie wiederkommt, aber sie kommt wieder. Sie macht die Tür auf, streckt die Hand heraus, drückt uns ein Stück altes Fladenbrot in die Hand, macht die Tür wieder zu und sagt: »Was denn nun noch, hat man nicht mal mehr im eigenen Haus seine Ruhe?«

Hena sieht aus, als ob sie gleich losheult, aber sie heult nicht. Dafür Golam. Ich weiß nicht, was ich machen soll.

Aber ich bin froh über das Brot. Gegen den Hunger war ich noch nie sehr tapfer.

Als wir wieder draußen sind, teile ich das Brot in drei gleichgroße Stücke, aber Hena sagt, sie will nichts davon. Wir kennen Hena und wissen, wenn sie sagt, sie will nicht, dann will sie nicht. Trotzdem reden wir ihr zu, aber, ihr vermutet richtig, sie will nicht. Stur ist dieses Mädchen!

Golam und ich, wir essen. Das Brot macht uns noch hungriger. Und durstig. Wie gern käme ich jetzt an diesen Zauberhahn. Aber wenn die Wünsche Pferde wären, könnten die Bettler reiten, hat die Großmama Zottelzitz immer gesagt.

Bettler. Das Wort sitzt mir plötzlich fest im Kopf. Das ist es, was wir eben geworden sind. Na, da können wir nichts gegen machen – das jedenfalls sag ich zu Hena.

»O doch, können wir«, sagt sie, und ihre Augen leuchten auf in einer neuen Erkenntnis.

Ich frage mich, was sie meint. Auch Golam ist neugierig.

Sie setzt ihr altes geheimnisvolles Lächeln auf, so wie früher, als sie noch ein kleines Mädchen war – nur sah sie damals größer aus –, und steckt die Hand in ihre Bluse, so wie sie früher als kleines Mädchen die Hand in ihren Beutel steckte, und holt ein paar Stücke altes, schmutzig-buntes Papier heraus.

Unsere Gesichter werden lang, bis wir begreifen, das ist ja das Geld, das die weiße Ärztin uns gegeben hat und das wir behalten sollten.

Ich weiß immer noch nicht so recht, denn von Geld versteh ich nicht viel, aber Hena sagt, damit sollten alle unsere Probleme gelöst sein. Golam weiß auch nicht recht. Aber auch wenn wir uns mit Geld nicht auskennen, Hena kennen wir, und darum glauben wir, das Geld löst alle unsere Probleme. Wenigstens solange es reicht. Wie lange das sein wird, davon haben wir keine Ahnung. Auch Hena weiß es nicht. Jedenfalls, für den Augenblick macht es uns froh. Guten Mutes machen wir uns auf die Suche nach Joti.

Inzwischen gehen viele Menschen den Fußweg entlang, wo wir sind. Die Läden machen auf. Auf der Straße sieht man etliche Radfahrer und sogar ein paar Autos. Zwei Busse sind schon vorübergefahren, einer in jede Richtung. Wir gehen bis zu der Stelle, wo der Bus anhält. Unterwegs sehen wir wieder Geschäfte mit geschlossenen Läden, mit leeren Kisten und Blechtonnen voll Müll davor.

An der Bushaltestelle drängen sich schon viele Menschen zusammen.

Ich nähere mich einigen Männern in der Hoffnung, mit ihnen sprechen zu können, aber sie schenken mir keine Beachtung. Einen Mann zupfe ich am Ärmel und zeige ihm den Zettel, auf dem Jotis Adresse steht.

»Sir«, sag ich, »da wohnt mein Vetter Joti. Wir wären Ihnen dankbar, wenn Sie uns sagen würden, wo das ist.«

»Und wie man dort hinkommt«, ergänzt Hena.

Der Mann schaut uns sehr merkwürdig an.

Als er nichts sagt, sag ich was. »Wir sind von unserm Dorf gekommen, um nach meinem Vetter Joti zu suchen. Wir werden Ihnen danken und zu den Geistern um Ihre Gesundheit beten, wenn Sie uns helfen, ihn zu finden.«

»Euer Vetter arbeitet da?« fragt der Mann schließlich.

Das haben auch in Gonta alle Leute gefragt, Mobu auch.

»Er wohnt da«, sag ich und füge hinzu, »glaube ich«, als ich sein Gesicht sehe. »Hier ist sein Foto.«

Ich hole Jotis Foto hervor, auf dem er neben seinem unglaublichen Wagen vor dem unglaublichen Haus steht.

Ich kann gut verstehn, daß der Mann ein Gesicht macht, als ob er das alles unglaublich findet. Oder auch, daß er uns nicht glaubt.

»Das Regent«, sagt er, »ist das größte und teuerste Hotel in Bader. Und im ganzen Land. Nur Weiße wohnen da oder sehr reiche Leute. Die kommen und gehn.«

»Unser Vetter ist sehr reich«, sagt Hena, »und er kommt und geht auch.«

Der Mann will nicht mit uns streiten.

Er sagt: »Das ist meilenweit von hier.«

»Wir können den Bus nehmen«, sagt Hena. »Wir haben Geld.«

Sie holt unsere Geldscheine hervor und zeigt sie dem Mann.

Der Mann macht ein anderes Gesicht. Kein freundlicheres.

»Wo habt ihr das viele Geld her? Habt ihr das gestohlen?« Der Mann hat eine lange, spitze Nase, die immer länger wird, als er sich zu uns herabbeugt. Seine tiefliegenden, runden Augen sehen uns an wie Kiesel im trockenen Flußbett.

Er streckt einen langen Arm nach uns aus.

Golam weicht zurück und zittert. Ich versuche, nicht zurückzuweichen, und unterdrücke mein Zittern im Gedanken an Matt. Matt würde vor niemand zittern.

»Nein, Sir«, sagt Golam, »wir stehlen nicht, wirklich …«

»Die weiße Ärztin hat es uns gegeben«, sagt Hena. »Wir haben ihr bei den Kranken geholfen.«

»Und Vitamine hat sie uns auch gegeben«, sag ich, »aber die sind in unseren Proviantbeuteln bei Peter.«

»Und wer ist Peter?« sagt der Mann. »Und warum bringt er euch nicht zu eurem Vetter Joti?«

»Wir wissen nicht, wo Peter geblieben ist«, sagt Golam. »Es ging ihm nicht gut. Er war zusammengeschlagen worden und ganz verschmiert mit Blut. Wir …«

»Also habt ihr Peter zusammengeschlagen und ihm sein Geld weggenommen. Ihn vielleicht sogar umgebracht.«

Der Mann kommt näher. Ein langer, langsamer Schritt, dann noch einer.

»Nein, Sir, wir ...« sagt Golam unter Tränen, aber wir lassen ihn nicht ausreden, Hena und ich. Wir ziehen ihn weg und rennen.

Der Mann will uns nachrennen, aber da kommt der Bus.

Golam schaut sich um, stolpert und fällt aufs Gesicht. Der Mann versucht immer noch uns nachzusetzen, kann aber nicht. Von allen Seiten wird er von Leuten geschoben, die sich in den Bus drängen. Er wird mitgerissen, mitsamt seiner langen Nase, den eingesunkenen Augen und allem.

Wir helfen Golam auf die Füße. Genau in dem Moment kommt von nirgendwoher eine große, dicke Frau gerannt und prallt auf Golam. Schon liegt er wieder da, diesmal auf dem Rücken.

Die Frau bleibt stehn, und es scheint ihr sehr leid zu tun. Sie bleibt stehn, um Golam aufzuheben, aber auch weil der Bus schon abfährt. Eine ganze Anzahl Leute ist nicht mitgekommen.

Zum Glück ist der Mann mit der langen Nase und den Löcheraugen fort.

Die dicke Frau zieht Golam beim Arm hoch, den sie ihm beinah ausreißt.

»Au!« sagt Golam.

Die dicke Frau sagt: »O je, o je, o je! Du bist ja dünn wie ein Drahtbügel.«

Ich weiß, was ein Drahtbügel ist. Großmama Zottelzitz hatte einen. Ihr schwarzes Seidentuch war immer ordentlich zusammengefaltet daran aufgehängt. Ich weiß nicht, wie sie dazu gekommen war, aber sie hatte einen Drahtbügel. Nicht viele Leute haben einen Drahtbügel. Ich finde, die Frau hat recht, wenn sie Golam mit einem Drahtbügel vergleicht.

Ich muß lächeln. Die Frau bricht in ein schallendes, stürmisches Lachen aus. So komisch war das nun auch wieder nicht, aber egal.

Ihre großen Brüste wippen auf und nieder, ihr mächtiger Rumpf wackelt. Der runde Bauch schlägt Wellen, als sie sich vorbeugt, um in die Hände zu klatschen, ehe sie Hena und mir auf die Schultern klopft und uns beinah auf den Fußweg niederstreckt. Ich muß schlucken und husten. Hena greift nach dem Rock der Frau, um nicht zusammenzuklappen und zu fallen.

Die Frau hört auf zu lachen. Sie legt einen Arm um Hena. Hena läßt den Rock der Frau los, greift aber gleich wieder zu, weil ihr der Kopf in der Luft kreiselt.

»O je, o je, o je!« macht die Frau mit einem besorgten Ton in der Stimme und besorgter Miene. »Wann habt ihr denn zuletzt was gegessen?«

»Eben erst«, sag ich wahrheitsgemäß.

»Bist du sicher?« fragt sie, als ob sie mir nicht glaubt.

»Na, Hena hat nichts gegessen«, sag ich und hole ihr Teil von dem Brot aus der Tasche. »Sie hat es nicht essen wollen wie eine Bettlerin«, erkläre ich. »Ich habe ihr Teil aufgehoben, für den Fall, daß ihr Hunger zu schlimm wird.«

Die Frau schüttelt den Kopf und schnalzt immerzu mit den Lippen. »Ist das alles?« und zieht das »alles« in die Länge, daß ich denke, es reißt mittendurch. »Und wann habt ihr davor das letztemal was gegessen?«

Bevor ich mir darauf eine Antwort ausdenken kann, sagt Golam: »Könnte ich ein bißchen Wasser haben, Madam? Wir haben nichts mehr getrunken seit …« Ich trete ihm vors Schienbein, Hena versengt ihn mit ihren Augen.

»Warum wollt ihr nicht, daß ich frage?« sagt Golam. »Wie soll man denn kriegen, was man braucht, wenn man nicht fragt, sagt Matt immer.«

»Matt hat recht«, sagt die Frau, »egal, wer das ist.«

Sie scheint sich etwas zu überlegen. Sie blickt auf ihre Uhr. Am Armband. Sie braucht nur etwas die Hand zu drehen. Matt hat es nie bis zu einer Uhr am Handgelenk gebracht. Ich glaube, er hat auch schon seit vielen Monaten nicht mehr davon geredet, aber ich weiß, wie sehr er sich so eine wünschte, früher. Weil das mich an ihn erinnert und weil Golam von ihm gesprochen hat, muß ich an ihn denken. Er fehlt mir, ganz plötzlich. Es drückt mich aufs Herz, Blut spritzt mir in die Augen oder Wasser.

»O je, o je, o je!« macht die Frau. Sie denkt, ich weine vor Hunger. Sie weiß nicht, daß ich weine aus Sehnsucht nach Matt.

»Kommt mit zu mir nach Hause«, sagt sie, »und erzählt mir eure Geschichte, während ich euch ein bißchen was in den Bauch tue.« Sie blickt Golam an. »Natürlich kriegt ihr Wasser. Und Milch auch.«

Golam bekommt leuchtende Augen vor Freude. Er lächelt und zeigt die Zähne. Für einen Augenblick ist er fast wieder so schön wie früher.

»Und du, meine junge Dame«, sagt sie zu Hena, »getrau dich nur, etwas stehen zu lassen, was ich dir zu essen vorsetze, und du kannst was erleben!

Beeilung jetzt!« redet sie weiter. »Ich bin seit dreißig Jahren noch nie zu spät zur Arbeit gekommen.«

Sie geht voraus und dreht sich zu uns um. »Ach, macht nichts!« sagt sie. »Laßt euch Zeit. Das erste Mal ist immer am schönsten, hat meine Mama immer gesagt. Also komm ich heute mal zu spät.«

Ich versteh nicht, was daran lustig ist, aber sie fängt wieder an zu lachen. Ihre großen Augen blitzen, ihre großen Zähne blitzen, und ihren großen Mund reißt sie so weit auf, daß man meint, man kann ihr bis in den Bauch sehn.

213

Wir essen nur sehr wenig, und der Magen sagt gleich: »Danke bestens, aber ich glaube, mehr vertrag ich nicht. Sehr freundlich von Ihnen, aber danke! Mehr schaff ich einstweilen nicht.«

Ich bin ehrlich überrascht. Die dicke Frau ist auch überrascht. Sie heißt Daisy.

»Ist das alles, was ihr essen könnt?« sagt sie und zieht das »alles« wieder in die Länge, als müßte es für anderthalb Tage reichen. »Ich dachte, ihr werdet mit meiner ganzen Wochenration fertig.«

Golam trinkt literweise Wasser. Hena und ich auch, bis uns allen davon schlecht wird. Ich dachte, nach dem Essen und Trinken geht es uns glänzend, aber nein. Uns ist schlecht. Jedenfalls für den Moment. Daisy sagt, das wird schon wieder besser.

Und sie hat auch recht. Nachdem wir uns ein bißchen ausgeruht und jeder eine Tasse von ihrem »Spezialtee« getrunken haben, mit einem ganzen kleinen Beutel Kräuter für jede Tasse, werden wir allmählich ein bißchen lockerer und wollen nicht mehr auf der Stelle sterben, wie vor noch nicht allzu langer Zeit.

Die Frau, Daisy, meint, wir könnten auch ein Bad vertragen, aber vorläufig hat sie nicht genug Wasser. Sie hat auch einen Zauberhahn, aber sie sagt, das Wasser läuft nur eine Stunde morgens und eine Stunde abends. Es sei denn, man hat einen Speichertank ganz oben, aber sie hat keinen. Sie sagt, heute sind wir nicht in der Verfassung, nach unserem Vetter Joti suchen zu gehn. Sie sagt, wir sollen lieber hier bleiben und schlafen, während sie zur Arbeit geht. Sie sagt, wenn sie morgen zur Arbeit geht, nimmt sie uns mit und erklärt uns, wie wir zum Regent kommen. Sie sagt, so wird es am besten sein.

Wir sagen, das ist sehr nett von dir, Daisy – sie mag es nicht, wenn man Madam zu ihr sagt –, und nehmen ihr

Angebot an. Daisy macht, daß sie zu ihrer Arbeit kommt, während wir uns auf ihrem Bett zusammendrängen. Bevor wir es merken, sind wir eingeschlafen. Jedenfalls ich.

Als Daisy am Abend heimkommt, schrubbt sie uns alle gewaltig ab. Wir fangen soviel Wasser wie möglich in Eimern, Kochtöpfen und sogar in Tassen und Gläsern auf, damit wir auch am nächsten Morgen, wenn der Hahn versiegt, noch etwas übrig haben. Das ist ein Spaß! Seit Jahren hab ich mich nicht mehr so gefreut. Ich bin ein bißchen traurig, weil meine Mam, mein Dada und Matt nicht da sind, aber ich freue mich trotzdem. Alle sind wir begeistert von Daisy. Nachts schläft Daisy auf dem Fußboden, und wir legen uns seitwärts in ihr Bett. Meine Füße stehen weit heraus, weil ich größer bin als die beiden andern, aber das macht nichts, besonders, wenn ich mich zu einer Kugel zusammenrolle.

Daisy hat nur dieses kleine Zimmer, und darin schläft sie und kocht sie und so weiter. In einer Ecke, hinter einem kleinen Vorhang, ist ein kleiner Hahn zum Abwaschen. Über den Korridor ist ein kleiner Raum zum »Austreten« – so sagt Daisy für Scheißengehn und so weiter. Sie mag es nicht, wenn wir »scheißen« sagen. Genau wie der Missionsfritze, obwohl sie sonst gar nicht so ist wie der.

Aber Daisy glaubt auch an Jesus. Darum muß ich wieder an Matt denken.

Daisy versteht nicht recht, was mit Matt ist, aber sie fragt nicht mehr viel, als wir sagen, dem wird schon nichts passiert sein, denn der weiß, was er tut.

Daisys Kinder sind alle schon erwachsen und leben auf dem Land, ganz nahe bei uns. Sie sagt, sie wollten, daß sie dort hinkommt und bei ihnen lebt, aber sie wollte lieber hier bleiben.

Aber sie hat schon immer vorgehabt, zu ihnen zu zie-

215

hen, und nächsten Monat, wenn sie ihre dreißig Jahre Dienst voll hat, da wo sie arbeitet, ist es soweit. Sie sagt, dann kriegt sie eine »Pension« – nicht gerade viel, aber genug, um ihrem Sohn weiterzuhelfen, wenn sie alt wird und er für sie sorgt.

Ihre Augen leuchten vor Freude, wenn sie von ihren Plänen spricht.

Am nächsten Morgen nimmt Daisy uns unser Geld ab – alles, bis auf einen kleinen Schein. Sie sagt, so ist es am besten, sonst denkt wieder jemand, wir hätten es gestohlen. Oder, noch schlimmer, es wird uns gestohlen. Sie sagt, manche Leute bringen schon für weniger jemanden um. Sie sagt, sie bringt uns bis zum Regent-Hotel, bevor sie zur Arbeit geht – es liegt in der gleichen Richtung –, und trifft uns dann dort wieder um vier Uhr nachmittags. Wenn wir Joti nicht finden, nimmt sie uns wieder mit nach Hause, und wir können es am nächsten Tag noch mal versuchen. Wenn wir ihn gefunden haben, gibt sie uns unser Geld wieder, wünscht uns viel Glück und betet für uns.

Wir stehen vor dem Regent-Hotel, voll Staunen, Furcht und Hoffnung.

Zwei Stunden später stehen wir vor dem Regent-Hotel, voll mit nichts.

Wir wissen nicht recht, was wir denken sollen – nicht ungewöhnlich, jedenfalls für mich. Ungewöhnlich ist, daß wir auch nicht recht wissen, was wir empfinden sollen. Jedenfalls ich.

Ich bin wie betäubt.

Ich versteh nicht viel von dem, was ich gehört habe.

Zunächst mal, wir werden in das Haus nicht hineingelassen, noch nicht mal bis in die Nähe der Tür – nicht eben ein guter Anfang, werdet ihr zugeben!

Als wir – oder sagen wir, Hena – einigen Krach schlagen und ich Jotis Foto und seine Adresse herumschwenke, bringt uns einer von den Männern in den Hotel-Anzügen zu der einen Seite des Gebäudes und sagt uns, wir sollen warten.

Wir warten, warten, warten, warten und warten ...

Dann kommt einer, so ein junger Mann, etwa in Jotis Alter.

Er schaut uns an, und wir gefallen ihm gar nicht. Aber er tritt zu uns und redet mit uns, und dafür sind wir ihm dankbar.

Er sagt, Joti hat einmal hier gearbeitet, aber das ist vorbei. Der Ton, wie er sagt, daß es »vorbei« ist, klingt seltsam und nicht eben freundlich.

Inzwischen haben wir uns schon damit abgefunden, daß Joti doch höchstwahrscheinlich nicht in so einem gewaltigen Haus wohnen wird. Sondern nur arbeiten. Aber wenn unser Stolz dadurch auch ein bißchen gedämpft wird, finden wir doch nichts Schlimmes dabei. Um die Wahrheit zu sagen, als die erste Überraschung verflogen ist, sind wir immer noch ziemlich stolz, daß Joti hier wenigstens gearbeitet hat.

Aber so wie dieser Mann davon redet, scheint etwas daran schlecht zu sein.

Wir fragen ihn, was die Zahl 317 in der Adresse bedeutet. Er sagt, das ist die Nummer des Zimmers, in dem ein reicher weißer Mann aus einer Gegend namens England gewohnt hat. Er sagt, Joti war eine Weile sein »Liebling«. Aber als die Probleme im Land ein bißchen arg wurden, ist der weiße Mann in sein Heimatland abgereist. Die

217

meisten anderen Weißen hatten das Hotel – und das Land – ebenfalls verlassen, und darum hatte Joti nicht mehr viel Arbeit.

Er sagt, Joti hat sich an die Leute »verkauft«, die Jungens wollten; und denen, die Mädchen wollten, hat er welche besorgt. Er sagt, der neue Polizeichef ist sehr streng gegen solche Jungen. Und gegen die Mädchen auch. Er sagt, der neue Polizeichef läßt sie auf die Polizeiwache bringen, und da werden sie unter die Polizisten »aufgeteilt«, die sich nach Laune mit ihnen vergnügen und ihnen Geldstrafen aufbrummen können. Darum haben die meisten von diesen Jungen und Mädchen jetzt eine Höllenangst, daß sie geschnappt werden. Zu denen gehört Joti. Wo er jetzt sein mag, kann man nicht wissen.

Wir stehen vor dem Regent-Hotel, voll mit nichts.

Die Sonne steht hoch am Himmel. Wir haben das Futter aufgegessen, das Daisy uns in einer kleinen Blechbüchse mitgegeben hat. Wir waren nicht allzu hungrig, haben es aber gegessen, weil wir es nun mal dabei hatten. Jetzt kommen wir uns deswegen schlecht vor. Wir hätten alles für den Abend aufheben sollen. Dann würde Daisy uns nichts mehr machen müssen. Wir beschließen, heute abend essen wir nichts. Wir sagen zu Daisy, wir haben keinen Hunger. Wie es die Großmama Zottelzitz immer machte, wenn nicht genug da war.

Es ist noch lange hin, bis Daisy uns abholt. Vor dem Hotel dürfen wir nicht bleiben, darum sind wir ein Stückchen beiseite gegangen. Weit genug weg, daß man uns nicht verjagt, und nahe genug, daß wir Daisy sehn, wenn sie kommt, und zu ihr gehn können, bevor sie sich Gedanken macht, wo wir sind. Hinter einem großen alten Baum, neben dem eine schöne rote Tonne für die Abfälle der

Reichen steht. Die Männer vom Hotel können uns hier nicht sehen, aber wir können sie sehen, wenn wir den Hals ein wenig zur Seite recken.

Wir fragen uns, was wir mit unserer Zeit anfangen sollen. Ich habe Lust, herumzulaufen, um ein bißchen was von der Stadt zu sehen, aber wir fürchten, uns zu verlaufen.

Golam sagt, wir können doch jemand fragen, wenn wir uns verlaufen haben, aber ich bin da nicht so sicher. Ich sag, du siehst doch, was passiert ist, als wir den Mann an der Bushaltestelle gefragt haben. Er sagt, du siehst doch, was passiert ist, als wir Daisy gefragt haben. Wir können uns nicht entschließen.

Zwei Jungen, etwa unser Alter, aber doppelt so groß – mehr als doppelt –, kommen mit schweren Schritten auf uns zu. Sie haben schmutzige braune Shorts an, keine Hemden. Sie sehen arm aus, haben aber Schuhe an den Füßen. Sie haben hübsche Figuren, mit Fleisch auf den Rippen, wie Kinder von Reichen. Ihre Gesichter sind voll, das Haar glänzt. Sie sehen gut aus.

Ich erinnere mich, sie schon gesehen zu haben, als der junge Mann in der Hoteltracht mit uns über Joti sprach. Sie umkreisten uns irgendwie; nicht zu nah, aber auch nicht weit weg.

Sie kommen und bleiben vor uns stehen, oder über uns, weil wir mit den Rücken an den Baum gelehnt sitzen.

Sie sagen nichts, sie stehen nur da. Dann fangen sie an, den Baum zu umkreisen – und uns.

Sie gehen immer ringsherum, so lange, bis uns die Köpfe kreiseln, wenn wir bloß daran denken. Aber wir sagen nichts.

Endlich bleiben sie stehen, wieder vor uns, die Beine weit auseinander, die Hände auf den Hüften.

Beide blicken sie auf uns herab.

Einer hebt nach einer Weile die Arme, breitet sie aus, knickt sie an den Ellbogen ein, führt die Hände langsam an den Hinterkopf und verschränkt die Finger. Zugleich hebt er den Kopf und richtet den Blick weit in die Ferne. Er stellt ein Bein vor das andere, beugt das eine Knie und beginnt mit einem Fuß einen Takt zu klopfen.

Er hat Haare unter den Armen.

Ich habe keine.

Eigentlich hatte ich auch schon welche, vor vielen Monaten. Unter den Armen, um das Ding und die Eier. Sie hatten auch schon angefangen, sich auszubreiten. Dann breiteten sie sich nicht weiter aus. Dann wuchsen sie nicht weiter. Dann verschwanden sie ganz. Nichts mehr. Kahle Unterarme und ein kahles Ding, das über den kahlen Eiern baumelt.

Bei Golam hat dieser Haarwuchs überhaupt nie angefangen. Nicht richtig.

Voll echtem Neid blicke ich auf die Haare unter den Armen des großen Jungen. Sie sind kraus und flaumig. Sie glänzen in der Sonne und wiegen sich sachte im Wind. Sie sind lebendig.

Jetzt, wo ich drauf achte, sehe ich Haare auch unter den Armen des anderen Jungen, der die Hände in die Hüften gestemmt hat und zu uns herabglotzt.

Ich wette, sie haben Haare auch um die Eier. Ich spüre, wie eine seltsame Regung in mir aufkommt, und schäme mich. Ich lasse den Kopf herunterhängen und versuche, nicht auf ihre behaarten Unterarme zu blicken oder an ihre behaarten Säcke zu denken.

»Nanu, nanu, nanu«, sagt der eine, der uns anglotzt, »nun schau doch mal an, was da aus der Mülltonne gekrabbelt ist!«

Der andere, der in die ferne Sonne blickt, wiegt sich geruhsam in den Hüften und sagt nichts.

»Sollen wir's wieder zurücktun?« sagt der erste. »Mein Boß sagt immer, wenn du irgendwo Müll rumliegen siehst, tu's in eine Tonne.« Er sagt das mit einer irgendwie komischen Stimme.

»Ein Glück«, sagt nun der andere, der immer noch in die Ferne blickt, »daß eine Tonne so dicht daneben steht.«

Er hat eine schöne Stimme. Aber Angst macht sie mir auch.

Ich versuche zu einem Ei zusammenzuschrumpfen. Aber dann denke ich an Hena und Golam. Ich bin immerhin der größte von uns. Ich möchte sie beschützen, weiß aber nicht, was ich tun oder sagen soll.

Der erste Junge tritt vor, hebt den Deckel von der roten Blechtonne ab, blickt uns an und sagt: »Da, kriech wieder rein, Müll!«

Wir drängen uns eng aneinander.

»Wart mal!« sagt der andere plötzlich, nimmt die Arme herunter und blickt uns direkt an, »wart mal«, sagt er, »die Tonne hier ist viel zu sauber für so ein Geziefer. Wir bringen diese Tierchen lieber in das Gäßchen, wo der richtige Müll liegt.«

»Was für eine gute Idee!« sagt der erste und schnalzt mit den Lippen. »Und ich denk immer, du bist der Schöne und ich das Hirn.« Sie kommen näher, einen langen, langsamen Schritt.

Ich erstarre, bereit zu kämpfen, wenn nötig, traue mich aber nicht, anzufangen. Ich denke, vielleicht sollte ich wenigstens aufstehn, tu's aber nicht.

Hena steht auf, ganz ruhig und rätselhaft. »Na gut denn«, sagt sie.

Golam und ich stehen auch auf, ohne etwas zu denken. Die zwei Jungens sehen sehr überrascht aus, versuchen aber, ihre Überraschung zu verbergen.

»Na gut denn, was?« sagt der Schöne.

»Klar, na gut denn, was?« sagt das Hirn.

»Na gut denn, gehn wir doch zu dem Gäßchen, wo der richtige Müll liegt. Wenn ihr euch da mehr zu Hause fühlt«, sagt Hena, kühl wie der Wüstensand am Morgen.

»Klar, gehn wir doch!« sag ich.

»Klar, los!« sagt Golam.

Inzwischen haben die beiden Jungen sich wieder ein bißchen gefaßt.

»O.K. denn«, sagt der Schöne, »wenn ihr das wirklich wollt.«

»Aber gebt uns hinterher nicht die Schuld«, sagt das Hirn.

»Ja, das wollen wir wirklich. Nein, wir geben euch keine Schuld. Aber vielleicht gebt ihr uns die Schuld. Hinterher.«

Wir denken, Hena fordert das Glück ein bißchen zu toll heraus.

»Na los denn«, sagt sie, als die Jungen immer noch überlegen, was sie dazu sagen sollen. »Na los denn, worauf warten wir. Ihr wißt doch sicher, wo es zu euch nach Hause geht.«

»Wer sagt, daß wir mit euch zu uns nach Hause gehn?« Das Hirn schiebt seine breite Brust vor.

»Ich denke, das ist da, wo der viele Müll ist?« sagt Hena und schaut ganz harmlos drein.

Ich sag mir, Mannomann, das war zuviel, jetzt können wir gleich was erleben!

Ich sag zu den Jungens: »Klar, da, wo der Müll ist, nicht?«

Der Schöne und das Hirn schauen sich an. Ich kann sehen, daß sie mit den Augen Kriegsrat halten.

Der Schöne spricht zuerst wieder: »Da passen wir lieber auf, Mann!« Er zwinkert dem Hirn zu.

Das Hirn sieht nicht so aus, als ob es schon begriffen

hat, was los ist. Ich fange an zu glauben, daß der Schöne
auch im Kopf besser bestückt ist.

»Du weißt doch, wie in dem Film neulich«, sagt der
Schöne schnell, ehe das Hirn etwas Dummes sagen kann.
»Sindbad, ich glaube, so hieß der.«

»Und?« sagt das Hirn langsam.

»Du weißt doch noch, wie diese fiesen Skelette da ge-
kämpft haben? Ich glaube, hier haben wir drei davon.«

Zum erstenmal sehe ich Hena zusammenzucken. Sie
möchte immer hübsch aussehen. Ich glaube, sie hört es gar
nicht gern, daß er sie ein Skelett nennt. Besonders, weil es
ja nicht so ganz falsch ist.

»Klar, die waren scheußlich, die Skelette da, und wie!«
Das Hirn hat seine Rolle jetzt kapiert und ist mit sich sehr
zufrieden.

»Nicht halb so scheußlich wie diese«, redet der Schöne
weiter.

Ich glaube, dieser Angriff kommt uns gar nicht gelegen.
Sogar Hena scheint er aus der Fassung zu bringen.

Aber nicht lange.

»Wir sehn wenigstens bald wieder richtig aus, wenn wir
etwas Fleisch auf den Rippen haben. Aber für euch arme
Kerle gibt es keine Hoffnung. Oder denkt ihr?«

Ganz stimmt das ja nicht, denn die beiden sehn einstweilen doch gut aus. Aber das ändert nichts daran, daß sie
sich bei dem, was Hena ihnen sagt, nun blöd vorkommen.

Ich glaube, sie schlagen gleich auf uns los.

Ich sehe, wie sie zum Hoteleingang hinblicken. Mir
wird klar, daß sie hier keine Schlägerei anfangen wollen,
wo sie für die Männer in der Hoteltracht zu sehen sind.

Das macht mich mutiger, aber ich will trotzdem nichts
Verrücktes riskieren. Darum sag ich nichts, fühle mich aber
schon viel besser. Ich glaube, ich merke, wie ich mich
geändert habe.

»Mädchen haun wir nicht«, sagt Hirn schließlich, stolz darauf, eine so gute Entschuldigung gefunden zu haben, warum er keine Klopperei anfängt.

»Fällt dir kein besserer Grund ein? Oder ist dir die Birne verschrumpelt? Manchmal ist das mit einem Mädchen doch nicht so leicht.«

Golam und ich, wir sehn uns an. Wenn Hena doch bloß halblang machen würde!

»Also, einen besseren Grund willst du wissen?« sagt der Schöne, mit einer ganz neuen Wut in der Stimme. »Ich sag dir einen. Wir bringen keine Leute um, die sowieso bald sterben. Zufrieden, du morsches Gerippe?«

»Und du denkst, du lebst ewig, solange die Scheiße stinkt?«

Das Schweigen ist so heiß, daß ihr euer Brot drin bakken könntet.

»Laßt doch den Quatsch!« höre ich Golam sagen, »wo soll denn das hinführen? Wenn ihr uns verprügeln wollt, dann verprügelt uns. Wenn ihr weggehn wollt, dann geht weg. Wenn ihr dableiben und unsre Freunde sein wollt, dann bleibt da und seid unsre Freunde. Ich glaube, das wär uns am liebsten, weil wir nämlich sonst keine Freunde hier haben. Das heißt, bis auf Daisy, aber die ist bei der Arbeit.«

»Und wer ist dieses Daisymäuschen? Ist das so eine wie ihr oder ist sie normal?« sagt der Schöne und fügt hinzu, mit komischem Mitleid, »ich meine, kann man hoffen, daß sie noch für einen Tag oder so unter den Lebenden weilt, oder hat sie das Ticket für den Abflug aus diesem Jammertal schon in der Tasche, wie manche, die wir hier nun vor uns sehen?«

Ich finde das nicht lustig, soweit ich es verstehe. Ich werde wütend.

»Sie ist groß wie ein Baum und stark wie ein Büffel«, sag ich. »Sie kann dich prompt in dem Loch beerdigen, wo du nachts immer reinkriechst.« Ich trete ein klein wenig zur Seite, so daß die Männer vom Hotel mich deutlich sehn können.

»Mein Pa hatte doch recht«, sagt der Schöne, »der hat gesagt, wer dem Tod entgegensieht, hat nichts mehr zu fürchten.«

»Besser ohne Furcht sterben«, sagt Hena, »als vor Furcht.«

»Was meint die bloß?« sagt das Hirn, bleich und wütend, »ich glaube nicht, daß mir das gefällt, was die meint.« Er ballt die Hände zu Fäusten und beugt sich vor, wie um anzugreifen. Mein kurzer Anfall von Tapferkeit scheint nicht mehr lange vorzuhalten.

»Mach keine Fäuste zum Kampf«, sagt der Schöne kühl und gelassen zum Hirn, »sondern falte die Hände zum Gebet! Und nicht ducken, sondern hinknien!«

»Was redest du da?« Hirn schaut etwas verstört drein. »Warum soll ich vor diesen Skellies hinknien?«

»Um das Gebet über ihren Leichen zu sprechen, was sonst? Hat dir denn deine Mama nicht gesagt, du sollst die Toten ehren?« Der Schöne scheint sich selbst zu gefallen. Ich hab es allmählich satt, daß er uns schon als fertige Zutaten für seine Knochensuppe behandelt.

»Wenn Matt doch bloß da wäre«, seufze ich vor mich hin.

Ich muß lauter geseufzt haben, als ich dachte. »Und wer ist dieser Matt?« fragt der Schöne, und es klingt, als ob er sich nun ein bißchen in acht nimmt.

»Matt kann solche wie euch wegpusten«, sag ich mit voller Überzeugung.

Mein Glaube macht auch dem Schönen Eindruck. »Ich denke, ihr kennt hier niemand außer dieser Daisy-Type?« Er hört sich jetzt nervös an.

»Matt ist keiner, den wir hier kennen«, sag ich. »Er ist

225

mit uns hergekommen aus unserm Dorf. Wir wollten unsern Vetter Joti suchen.«

»Joti!« sagen der Schöne und das Hirn gleichzeitig. Sie schauen erst sich an, dann uns.

»Joti«, sagt Hirn noch mal alleine, »ihr meint doch nicht den Joti? Den, der …« Er bringt den Satz nicht zu Ende.

Ich hole Jotis Foto heraus und zeig's ihnen. »Kennt ihr den?« frage ich voll Hoffnung.

Hena scheint nicht ganz glücklich zu sein, daß ich die beiden frage, aber sie sagt auch nichts dagegen.

Der Schöne und das Hirn schauen sich erst das Foto an, dann sich gegenseitig, dann uns. Ich kann sehen, es ist derselbe Joti, den sie kennen.

Ich bin sehr froh darüber. Mich interessiert nicht, was er gemacht hat. Ich will wissen, wo er ist. Ich will ihn sehn.

Ich will ihn so unbedingt sehn, wie ich noch nie jemanden habe sehn wollen.

Bis auf Matt.

Der Schöne und das Hirn bringen uns zu einem »sicheren Ort«, wie sie das nennen. Hena ist nicht ganz glücklich darüber, aber nach reiflicher Überlegung beschließen wir, es drauf ankommen zu lassen.

Hinter dem Gäßchen, hinter einem Wald von Mülltonnen, neben einem leeren Gebäude, das zu vermieten ist, steht ein kleiner Schuppen an einem Lagerhaus, das mit dem leeren Gebäude verbunden ist. Das ist der »sichere Ort«, an den wir schließlich gelangen. Wenn der Schöne und das Hirn vorhaben, uns hier zusammenzuschlagen, werden wir tapfere Gegenwehr leisten, aber was das Ergebnis angeht, bin ich nicht optimistisch.

Wenn ich's mir recht überlege, glaube ich nicht mal an die »tapfere Gegenwehr«.

Alles, was die beiden wollen, ist unsere Geschichte hören. Wenigstens zunächst einmal. Wir erzählen sie ihnen rückwärts. Zuerst über Daisy, wer sie ist und warum sie sich vor dem Hotel mit uns treffen will; dann wie Mobu umgekommen und verschwunden ist, zusammen mit Matt; und natürlich auch wie und warum wir überhaupt hierhergekommen sind. Nämlich weil wir Joti suchen.

Also ein Kreis, unsere Geschichte. Fängt an und hört auf mit Joti.

Der Schöne und das Hirn heißen eigentlich Kagu und Tony, aber wir fangen an, sie mit Schöner und Hirn anzureden, was sie ganz gern hören.

Der Schöne hört es gern, wenn man Schöner zu ihm sagt, weil er ein Angeber ist. Das Hirn hört es gern, wenn man Hirn zu ihm sagt, weil er ein Dummkopf ist.

Jedenfalls, Tatsache ist, der Schöne und das Hirn oder Tony und Kagu, oder wie sie auch heißen, sie zeigen allerlei seltsame Gefühle und schneiden allerlei seltsame Gesichter, als sie unsere Geschichte hören.

Zuerst kommt es mir so vor, als ob sie uns nicht glauben. Aber dann sehn sie unsere Gesichter, wenn wir reden, und hören unsere Stimmen, wenn wir reden. Dann scheint mir, sie glauben uns.

Als wir fertig sind, gehn sie zusammen in eine Ecke und reden miteinander, wobei sie hin und wieder zu uns her blicken. Es scheint, sie streiten sich, aber so leise, daß wir es nicht hören.

Sie kommen zu uns zurück.

»Wir glauben euch nicht«, sagt der Schöne; er schaut besorgt drein.

»Das könnt ihr uns nicht erzählen«, sagt Hirn und schaut zur Seite.

»Pardon!« sagt Hena mit Befremden.

»Ihr erzählt ja grandiose Geschichten!« sagt der Schöne, und es soll spöttisch klingen.

»Ihr glaubt uns nicht!« sag ich, und es soll erstaunt klingen.

»Genau das hab ich gesagt«, sagt der Schöne und schiebt seinen Brustkorb vor; läßt ihn aber gleich wieder zurücksinken.

»Klar«, sagt Hirn, richtet den Blick auf uns und wendet ihn dann wieder ab.

Ich denke: entweder sie glauben uns nicht, sind sich aber nicht sicher; oder sie glauben uns, sind sich aber nicht sicher.

Ich werde es bald herausfinden.

»Ihr sagt, Mobu wurde getötet, er war voller Löcher?« sagt oder fragt der Schöne, halb gläubig, halb ungläubig.

»Ja, das sagen wir«, sagt Hena, »denn so ist es gewesen.«

»Ich habe Mobu heute morgen gesehn«, sagt der Schöne weiter, »wir beide haben Mobu heute morgen gesehn.«

»Woher kennt ihr denn Mobu?« frage ich.

»Jeder kennt Mobu. Er ist Der-in-dem-Bus. Jeder kennt ihn. Er war schon bekannt, bevor er Der-in-dem-Bus wurde. Und dann die Sache mit seiner Frau. Jeder kennt Mobu.« Das Hirn sieht uns an, vom einen zum andern, und sagt dann, »jeder kennt Mobu, wie oft soll ich's noch sagen?«

Der Schöne sagt: »Mobu ist heute morgen zu meinem Bruder gekommen. Mein Bruder, das ist ein Idiot. Tut nichts als Gedichte schreiben. Früher hat er mal was gearbeitet, jetzt will ihn keiner mehr haben. Darum schreibt er jetzt Gedichte, und die will auch keiner haben. Mobu kam heute morgen zu ihm.«

Jetzt sind wir es, die seltsame Gefühle zeigen und seltsame Gesichter schneiden.

»Wenn das so ist, dann dürftet ihr uns gar nichts glauben«, sagt Hena nach kurzer Überlegung, »aber ihr scheint euch nicht so ganz sicher zu sein. Wie kommt das?«

Ein kurzes Schweigen.

»Zusammen mit Mobu kam ein Skelly«, sagt das Hirn. »So einer wie ihr, nur noch schlimmer. Er hieß Matt.«

Der Schöne fügt hinzu, »und darum denken wir, wenn es einen Matt gibt, dann ist das vielleicht nicht alles gelogen, was ihr sagt.«

Wir sind alle erst mal ein Weilchen still, obwohl wir heilfroh sind, von Matt zu hören.

»Ihr habt uns schon gesagt, wie Matt aussieht«, sag ich. »Jetzt beschreibt mal Mobu.«

Der Schöne denkt nach. »Weiß nicht. Ich kann mich an nichts Besonderes an ihm erinnern. Wie eben ein Erwachsener aussieht, würde ich sagen.«

»Wie erwachsen?« fragt Golam.

»Na, vielleicht so dreißig; vielleicht auch weniger. Genauer kann ich's nicht sagen.«

»Der Mobu, den wir kennen, sah wie ein alter Mann aus«, sag ich.

»Aber nicht der Mobu, den ich in der Wüste mit Matt gesehn hab«, sagt Golam. Seine Augen leuchten.

Henas Augen leuchten. »Und auch nicht der Mobu, den ich mit Matt in dem Haus mit den vielen Zimmern gesehn hab.«

Ich erinnere mich. Meine Augen leuchten. »Und der Mobu, den ich in den Hügeln um Bader mit Matt gesehn hab, der war auch noch jung.«

Inzwischen glauben der Schöne und das Hirn, wir sind nicht ganz bei Trost.

Bei all den Überraschungen haben wir Joti ganz vergessen. Und Daisy auch.

Davon reden wir nun.

»Körperlich macht ihr's ja vielleicht noch einen Tag oder zwei«, sagt der Schöne, »aber geistig seid ihr schon weggetreten.«

Hirn findet das sehr komisch. Wir nicht.

Sie sagen, wenn ihr jetzt losrennt, diese Daisy trefft und euch das Geld von ihr holt, dann sagen wir euch Bescheid über Joti.

Sie stupsen sich in die Rippen, blinzeln und grinsen.

Wir machen, daß wir zurückkommen vor das Hotel.

Der Schöne und das Hirn sagen, sie kommen mit bis zur Hauptstraße, aber nicht weiter. Sie sagen, da werden sie warten, bis wir wiederkommen. Aber bitte mit dem Geld. Sie sagen, das Geld müssen wir haben, damit sie uns dahin bringen können, wo Joti ist.

Wir sind nicht ganz so blöd, wie die beiden wohl denken. Wir wissen, daß sie auf unser Geld aus sind. Aber wir wissen auch, wir haben keine Wahl. Wenn wir Joti finden wollen, sind sie die einzige Hoffnung, die uns noch bleibt. Denn in einem Punkt sind wir uns sicher: daß sie Joti kennen, ist nicht gelogen. Ob sie uns zu ihm bringen wollen oder können, das wissen wir aber nicht. Aber wir müssen es drauf ankommen lassen.

Wir sind noch viele Schattenlängen weit von der Hauptstraße, als wir zehn bis fünfzehn Jungen und Mädchen in schmutzigen Fetzen von nirgendwoher angerannt kommen sehen. Sie sind nicht so ausgemergelt, keine Skellies wie wir, aber groß und gesund wie der Schöne und das Hirn sind sie auch nicht.

»Geht nicht da raus!« rufen sie zu zweit oder dritt, als sie an uns vorüberfliegen.

Hirn greift sich einen mit seinen großen, starken Händen.

»Was ist los?« sagt der Schöne.

»Polizei«, sagt der dünne kleine Junge.

»Razzia?« fragt Hirn.

Überrascht sehe ich, wie bleich er ist und wie er fast zittert.

»Glauben wir nicht. Mehr sowas wie ein Krawall in der Innenstadt. Die Polizei hat die Hauptstraße gesperrt, damit die Leute da nicht durchkommen und den VIPs im Regent und in den Botschaften auf den Wecker gehn.«

»Bist du sicher, daß sie's nicht auf uns abgesehn haben?« sagt der Schöne, immer noch ruhig.

»Sicher ist gar nichts«, piepst der Junge, »aber ich glaube's nicht.«

Der Schöne reißt den Jungen von Hirn los und schubst ihn weg, mit einem Tritt in den Hintern. Es ist kein sehr harter Tritt, läßt ihn aber stolpernd davonsausen wie aus der Pistole geschossen.

»Weswegen ist denn dieser Aufruhr?« sag ich.

»Wegen der Armen, die nicht genug zu essen haben und so Sachen, und das wird angeführt von solchen Idioten wie meinem lyrischen Bruder«, sagt der Schöne.

Hena wundert sich. »Wir dachten, in der Stadt haben alle genug zu essen.«

»Na, da habt ihr mal falsch gedacht, oder?«

In dem Moment sehen wir die Polizei kommen.

Der Schöne und das Hirn verschwinden so schnell, daß ich ihren Bewegungen kaum mit den Augen folgen kann.

Ich weiß, in letzter Zeit sehe ich schlecht, aber das kann es wohl nicht sein. Das ist Tempo! Ich bin ganz neidisch.

Über die nächsten paar Tage habe ich keine Lust, viel zu sagen. Tatsache ist, über sie gibt es nicht viel zu sagen. Eigentlich ist nichts passiert. Nichts, das euch interessieren könnte.

Wie ihr euch inzwischen denken könnt, trafen wir Daisy an diesem Tag nicht wieder, weil die Hauptstraße gesperrt war. Auch das Gebäude, in dem sie ihr Zimmer hat, konnten wir nicht finden. Wir kamen nicht mal bis in die Gegend. Der Busfahrer ließ uns nicht einsteigen. Wir hatten zwar Geld, aber er warf nur einen Blick auf uns, und weil wir so aussahn, wie wir nun mal aussehn, und allein waren, sagte er raus!

Wir waren immerhin so mutig, mit unserm Geld um etwas zu essen zu bitten, und mit viel Glück und der Hilfe von einem freundlichen Mann bekamen wir auch was. Aber es reichte nicht lange.

Seitdem suchen wir nachts in den Abfalltonnen auf den Straßen nach Futter, wo die Hunde oder die Stadtkinder uns ranlassen.

Hena wollte das lieber machen, als sich auf die Straße setzen und betteln. Die Stadtkinder erlauben uns das sowieso nicht. Sie haben sich ihre »Reviere« aufgeteilt und dulden niemand anders. Uns schon gar nicht. Wir sehn schlimmer aus als irgendwer sonst, den man hier je lebendig gesehn hat, und darum denken sie, wir verderben ihnen das Geschäft, weil wir den Leuten noch mehr leid tun.

Um die Wahrheit zu sagen, uns kümmert das nicht mehr.

Wir wünschen uns, Matt wäre bei uns. Wir denken an unser Dorf und unsere Verwandten und rufen die Geister an. Ich jedenfalls.

Ohne uns viel dabei zu denken, trotten wir immer wieder mal zu dem Gäßchen hinter dem Regent-Hotel. Vielleicht, weil wir nie allzu weit von dort weggekommen sind. Vielleicht haben wir immer noch die Hoffnung, Joti dort zu treffen, oder wenigstens den Schönen und das Hirn, die uns helfen könnten, ihn zu finden. Vielleicht auch, weil in den Abfalltonnen des Hotels Wagenladungen von leckeren Sachen sind – nur ist es unmöglich, da heranzukommen, wegen der hohen Mauern und der Wächter.

Dort sind wir heute wieder.

Das ist ein Glückstag. Wir treffen den Schönen und das Hirn, die sogar nach uns suchen. Sie sagen, sie wollen uns zu einem Haus bringen, wo wir vielleicht Joti finden. Selbst dann, wenn wir ihn nicht finden, wird der Mann, der dort wohnt, ein Weißer, uns Geld und zu essen geben, wenn wir tun, was er uns sagt.

Sie sagen, der Mann macht Fotos.

Sie sagen, wir werden vielleicht unsere Kleider ausziehen müssen.

Sie sagen, er macht Fotos von nackten Skelly-Kindern, um sie in die weißen Länder zu schicken, damit die Leute dort Lebensmittel für unser Land schicken.

Er zeigt uns eine Zeitung mit der Überschrift The Guardian. Darin ist ein Bild von einem scheußlichen nackten Skelly, noch schlimmer als wir, das um Geld bettelt. Ob es ein Junge oder ein Mädchen ist, können wir nicht sehen, obwohl es doch nackt ist. Wir schämen uns für ihn, sie oder es. Und für uns. Aber wir machen mit.

Wir stehen nackt in dieser großen Zauberhalle. Überall sind Lampen, Lampen oben und Lampen unten. Mildes und grelles Licht, bewegtes und unbewegtes Licht, weißes und farbiges Licht.

Die Wände und Teppiche bewegen sich, die Muster, Formen und Farben wechseln mit der Bewegung der Lichter.

In der Mitte des Raums steht ein großes, komisches Ding auf drei hohen Blechbeinen. Oben drauf ist eine Kamera. Ringsherum sind Sofas, Sessel, Tische und Bilder, wie wir sie noch nie gesehen haben, nicht mal im Traum.

Mir dreht sich alles im Kopf, wenn ich mich umschaue. Die Dinge werden scharf und deutlich und verschwimmen wieder. Der ganze Raum bewegt sich in die eine Richtung und macht dann plötzlich kehrt in die andere Richtung.

Hirn steht neben den diamantenförmigen Fenstern und beglotzt unsere nackten Körper. Den Mund hat er offen, und man sieht seine kleinen, scharfen Zähne. Sie sehen komisch aus in seinem breiten, stumpfen Gesicht.

Der Schöne ist ins Zimmer nebenan gegangen, um mit dem Weißen über uns zu sprechen und etwas über Geld und Essen für uns abzumachen.

Es ist das erste Mal, daß ich Hena nackt sehe. Ich versuche, nicht hinzusehen, aber das geht nicht, denn der ganze Raum ist voller Spiegel. Sie sieht komisch aus, wahrscheinlich weil alles sich bewegt und ihre Knochen zu so merkwürdigen Formen verdreht und verbogen werden.

Hirn tritt näher zu uns. Ich sehe nun mehr von seinen Zähnen, aber weniger von seinen Augen.

Er kommt noch näher.

»Ich verrat euch ein Geheimnis«, sagt er.

Er sieht aus, als ob er sich furchtbar anstrengen muß, nicht zu lachen.

Ich kann es ihm nicht verübeln. Wir sehn sicher ein bißchen ulkig aus, Golam und ich mit unseren kahlen Eiern und dem kleinen Würstchen darüber; Hena mit ihren dürren kleinen Brustwarzen und dem glatten kleinen Schlitz zwischen den Beinen; alle drei mit kleinen Arschlöchern ohne Arschbacken.

»Ich wette, ihr möchtet zum Verrecken gern wissen, was das für ein Geheimnis ist«, sagt er. Dann leuchten seine Augen. »Zum Verrecken«, sagt er, hält sich den Bauch und läßt das Gelächter schließlich doch heraus, »zum Verrecken, ist das nicht gut? Das sollte Kagu hören, wenn er nur hier wäre! Zum Verrecken ...« Er kann nicht mehr vor Lachen.

»Zum Verrecken möchtet ihr ... Ist das gut, ach Tony, wenn das nicht gut ist!«

Endlich kann er sich wieder beherrschen und schießt er seinen bisher spitzesten Pfeil ab. »Ich verrat euch das Geheimnis, das ihr zum Verrecken gern kennen möchtet: Es geht nicht um eure Fotos für den Guardian, es geht um Frischfleisch zum Ficken.« Er verschluckt und krümmt sich vor Lachen und zeigt mit dem Finger auf unsere Körper. »Fleisch«, sagt er, »frisches junges Fleisch!« Er geht fast zu Boden, biegt sich, haut sich auf die Schenkel und japst immer wieder, »Fleisch ... Fleisch ... Fleisch ...«

Wenn er mir angst machen will, ist es ihm gelungen. Hätt ich nie gedacht, daß das Fickleben so anfängt, sag ich mir.

Ich muß laut gedacht haben, denn das Hirn antwortet: »Wird wohl eher so aufhören, dein Fickleben, wenn ich mir vorstelle, was euch erwartet.« Er kann kaum sprechen vor Lachen und gibt sich immerzu kurze, schnelle Klapse auf die Schenkel. »Ich bin in einer Form heut, ich! Wenn doch Kagu nur hier wäre! Jetzt wird er mir das gar nicht glauben.« Er wälzt sich nun wirklich auf dem Boden.

Ich glaube, ich muß heulen.

Was weiß ich schon vom Ficken? Daran hab ich nicht viel gedacht in den letzten Tagen. Ich glaube nicht, daß ich viel machen kann, mit meinem kleinen, kahlen Ding und dem backenlosen Arsch. Besonders, wo ich auch noch so müde bin von dem langen Weg hierher und den vielen Treppen hier herauf.

Ich kann mir gar nicht vorstellen, was ich werde machen müssen.

Ich frage mich nur, ob ich trotzdem was zu essen kriegen werde, auch wenn ich nicht kann, was man da machen muß. Je mehr ich drüber nachdenke, desto mehr glaube ich, ich kann es nicht, egal, was es ist.

Inzwischen ist mir ganz schlecht vor Angst. Ich glaube, da kann ich sowieso nichts mehr essen.

Ich möchte einfach nur nach Hause. Ich weiß nur nicht, wie.

Ich glaube nicht, daß Golam und Hena begriffen haben, was los ist. So wie sie dreinschaun, scheint es sie nicht zu kümmern.

Sie stehn einfach da, die Hände an den Seiten, machen sich nicht die Mühe, ihre Teilchen zu verdecken, wie ich es tue, warten ganz ruhig, daß sie fotografiert oder gefickt werden oder weiß ich was.

Der Schöne kommt aus dem Zimmer nebenan. Er hat ein paar Scheine in der Hand. Er blinzelt dem Hirn zu und schwenkt das Geld. Er sagt: »Jetzt machen wir, daß wir hier rauskommen. Dalli!«

Er geht schnell zur Tür. Die Tür, die mit einem Zauberknopf zu öffnen war und schöne Musik spielte, als wir gekommen sind.

»He, nun wart doch mal'n Moment«, sagt Hirn. »Ich will noch sehn, was passiert. Ich will auf jeden Fall sehn, was der für ein weißes Gesicht macht, wenn er sieht, was wir ihm hier rangeschafft haben.«

»Genau das will ich lieber nicht sehn. Beeil dich, der kommt jede Sekunde!«

»Das möcht ich um alles in der Welt nicht versäumen«, sagt das Hirn. »Mann, das wird komisch!«

»O. K., du Dummkopf«, sagt der Schöne. »Ich hau ab. Deinen Anteil kriegst du heut abend. Wenn Jimmyboy dich bis dahin nicht umgebracht hat.« Der Schöne verschwindet. Wir hören die Türmusik.

Hirns Gesicht überzieht sich mit einer Wolke von Besorgnis. Er will dem Schönen folgen, aber zu spät.

Jimmyboy kommt aus dem Zimmer nebenan. Jimmyboy ist groß, weiß und nackt. Sein Ding ist rot, lila und steif;

es wackelt schwerfällig von links nach rechts und auf und nieder, als sein Besitzer hereinstolziert kommt.

Er wirft nur einen Blick auf uns, und gleich darauf sieht sein Gesicht aus wie sein Ding: rot, lila und steif.

Er faßt Hirn ins Auge, als ob er ihn umbringen will, wie der Schöne gesagt hat.

Hirn sieht, wie sich das Gesicht verändert hat, und stürmt zur Tür hin.

Jimmyboy setzt ihm nach; seine Eier klatschen gegen die baumdicken Schenkel.

Grad als er Hirn beim Hemdkragen erwischt, rufe ich Golam zu: »Kuck mal, er hat nur zwei Eier!«

Jimmyboy erstarrt und dreht sich mit gekränktem Blick zu uns um. »Wie viele dachtest du denn?« sagt er.

Ich bin erstaunt, daß er unsere Sprache versteht. Hirn nutzt die Gelegenheit, und schnell wie ein Bohnenfurz ist er draußen.

»Also hatte Matt doch nicht recht«, sag ich.

Ich sehe Golam an.

Golam macht ein Gesicht, als ob er mir nicht zustimmt.

Jimmyboy weiß nicht, was er davon halten soll.

Ich höre einen leichten Plumps.

Hena liegt auf dem Boden; ein blutroter Teppich breitet sich um ihre Knochen.

5

Hena die Hure

Bevor Jimmyboy etwas sagen oder tun kann, hören wir wieder dieses bißchen Musik, und ein dicker schwarzer Mann kommt herein.

»Du bist ja schon gerüstet, na, sagen wir, halb gerüstet«, sagt der Dicke und betrachtet Jimmyboy von oben bis unten, wobei er in der Mitte anfängt und auch wieder aufhört.

Jimmyboys Ding ist nicht mehr ganz so steif wie zu Anfang.

»Ich hab mich gleich nach deinem Anruf auf den Weg gemacht«, sagt der Dicke weiter. »Na, was haben wir …« Er unterbricht sich, als er uns sieht. Dann redet er weiter. »Na ja, man weiß doch nie … ich hätte nie gedacht, daß du …« Ich kann ihn nicht deutlich genug sehen, um zu sagen, ob er froh ist oder wütend oder ob er gleich lachen wird.

»Ein Irrtum«, sagt Jimmyboy und verlagert sein Gewicht von einem Fuß auf den andern, wobei seine Eier aus dem Gleichgewicht kommen. »Jung, haben sie gesagt, aber …« Er schaut drein wie ein Hund, der sich in den Schwanz gebissen hat. »Das war dieser verdammte Kagu. Dem reiß ich noch mal den Arsch auf!«

Der Dicke lächelt nur. Er geht an mir vorbei, wo ich, die Hände vor meinen Teilchen, an der Wand stehe, an Golam vorbei, der halbkrumm wie ein Fragezeichen in der Mitte des Raums steht und auf Hena hinabschaut.

Auf der andern Seite bleibt er stehen.

»Sag bloß, du bist neuerdings ein pädophiler Nekrophi-le!« sagt er.

»Sag bloß, die ist tot!« sagt Jimmyboy mit besorgter Miene, und mit nun abwärts baumelndem Ding.

Der Dicke kniet sich auf den Teppich und streicht mit den Händen über Henas Körper.

»Sie ist warm«, sagt der Dicke und reibt mit den Händen Henas kleine Brustwarzen.

Golam verbirgt sein Gesicht in den Händen. Sein Körper bebt ein wenig, von Sekunde zu Sekunde.

Der Dicke leckt sich mit seiner dicken Zunge die dicken Lippen. Sein Gesicht dabei gefällt mir gar nicht.

»Du willst doch nicht ... ich meine, laß ...« Jimmyboy tritt an den Dicken heran. »Sie ist doch noch ein Kind.«

Er geht neben ihr in die Hocke. Sein zottiger Sack streift den zottigen Teppich.

»Ich seh's ja«, sagt der Dicke. »Ich seh's ja, daß sie ein Kind ist.« Er streicht mit den Händen über Henas Bauch.

»Laß das!« sagt Jimmyboy. »Sie ist halb tot.«

»Ja«, sagt der Dicke zärtlich, »sie sieht aus wie halb tot, nicht.« Jetzt reibt er mit den Händen Henas Schenkel.

»Wahrscheinlich ist sie tot«, sagt Jimmyboy. »Und auch wenn sie's nicht ist, würde sie's nicht überstehn, wenn du ...«

»Ich bring sie schon wieder zum Leben«, sagt der Dicke. »Halt du dich raus!«

»Du machst hier nichts«, sagt Jimmyboy, »nicht mit der!«

»Halt du dich raus!« sagt der Dicke. »Halt dich raus.« Seine Hände machen sich weiter an Hena zu schaffen.

Jimmyboy geht wieder ins Zimmer nebenan. Während er fort ist, nimmt Fatso eine Kamera vom Regal und macht ein paar »Instant-Fotos« von uns. Jimmyboy kommt bald wieder, angekleidet und mit etwas zum Essen. Er sagt zu

Golam und mir, wir sollen uns wieder anziehn, dann wickelt er Hena in einen Schal und gibt ihr etwas zu trinken, das er aus einem großen Schrank holt.

Sie bewegt sich ein wenig, kommt zu sich.

Jimmyboy – er sagt, wir sollen JB zu ihm sagen – geht noch mal zu dem Schrank, der an den verschiedensten Stellen zu öffnen ist, und holt viele buntfarbige Getränke heraus. Er nennt sie Orange, Coke, Pepsi und was nicht noch alles. Eines, das Mango Juice heißt, schmeckt mir am besten.

Dann gibt er uns Früchtebrot, Kekse und Biskuits. Und Schokolade. Wir haben in unserm Leben noch nie soviel Sachen zum Essen und Trinken gesehen.

Er sagt: »Die Krümel schaden dem Teppich nicht«, und lächelt uns zu. Er hat ein gutes Lächeln.

Sobald wir mit Essen und Trinken fertig sind, Hena wieder gerade sitzt und ich wieder gerade sehen kann, sagt JB: »Jetzt zeig ich euch mal einen Zauber, den ihr noch nicht gesehn habt.« Es scheint sein Ernst zu sein. »Na, ich denke wenigstens, ihr habt das noch nicht gesehn. Oder habt ihr schon TV gesehn?«

Wir sagen: »Nein, Sir.« Wir kennen ihn noch nicht so gut, daß wir JB sagen wollen.

Er freut sich, zu hören, daß wir noch nie ferngesehn haben.

Er »knipst« diesen »Zauberkasten« an, wie er das nennt. Es ist alles irgendwie grau und schwarz auf einer glänzenden Platte.

Ein Mann in Uniform redet von all den Unruhen in der Stadt. Er erzählt, was die Regierung für wunderbare Sachen macht und wie ein paar Unruhestifter überall den anständigen Menschen das Leben schwermachen.

»Verdammter Scheiß«, sagt JB, »ich zeig euch gleich was Interessanteres. Ich habe Video-Filme, aber die meisten« –

240

während er das sagt, sieht er einen ganzen Stapel von irgendwelchen kleinen Päckchen durch – »sind nichts für Kinder. Moment mal, das hier könnte euch gefallen, A Fistful of Dollars, den meisten Leuten gefällt das. Eine Handvoll Dollars!« Er lacht, sieht uns an und sagt: »Macht nichts! The Guns of Navarone, Gone with the Wind ... da kann ich mich nicht entscheiden. Hier, das ist es! Mary Poppins.« Er nimmt das Päckchen heraus. »Oder« – er lacht wieder – »das hier, Dallas.«

Er scheint uns Mary Poppins zeigen zu wollen, als Golam ihn unterbricht: »Bitte, Sir, können wir Dallas sehn?«

»Ja, Sir, geht das?« sag ich. Wir müssen dabei an unseren alten Freund Kofi und seine Freunde Jon und Donna denken.

»Sagt JB zu mir«, sagt JB und schaut verdutzt drein. »Warum wollt ihr denn unbedingt Dallas sehn?«

Wir sagen nichts. Es würde zu lange dauern, das zu erklären.

Er legt es für uns in den Kasten. Er sagt, es ist kein richtiger Video-Film, sondern eine Bandaufnahme vom TV zu Hause.

Wir wissen nicht recht, was das heißt.

Er sagt: »Es werden ›Ads‹ drin sein. Versteht ihr, Werbung, Reklame für Sachen, die man kaufen soll.«

Verstehn wir nicht, ist uns aber egal.

Fatso hat Hena in die Arme genommen. Er liebkost sie und streicht ihr übers Haar.

Golam und ich sitzen mit dem Rücken zum Sofa.

Mit großen Augen und offenem Mund schaun wir uns Dallas an.

Was für herrliche Farben! Was für seltsame Leute! Und was die für seltsame Dinge machen!

Und erst die »Ads«! Wir können kaum glauben, was wir da sehn.

241

Als Dallas zu Ende ist, kommt das Fernsehen von hier wieder, ganz von selbst.

Dieses Mal redet ein anderer Mann.

Er sagt, jetzt hat sich wieder eine neue Bande von Unruhestiftern zusammengerottet. Die sind wirklich gefährlich. Die tun so, als ob sie nur herumsitzen und nichts tun. Aber, sagt er, die sind noch gefährlicher als die vorigen.

Von dieser gefährlichen neuen Gruppe wird ein Bild gezeigt.

Die Unruhestifter stehen am Straßenrand vor einem Regierungsgebäude.

Hinter ihnen ist eine große Menschenmenge.

In der Mitte der Gruppe steht der junge Mobu.

Und neben ihm steht mein Freund Matt.

Was dann war, weiß ich nicht mehr, denn ich bin gleich darauf eingeschlafen.

Als ich aufwache, liege ich in so einem seltsamen Raum in so einem schönen weichen Bett. Neben mir liegt Golam und schläft fest.

Hena sehe ich nirgends.

Ich steige aus dem Bett.

Ich mache mir Sorgen um Hena.

Ich muß dringend scheißen. Zum erstenmal wieder seit langem.

In meinem Kopf brodelt es ebenso wie in meinem Bauch.

Der Raum hat viele Türen, manche davon mit Spiegeln. Ich mache die eine auf. Dahinter sind lauter wundervolle Kleider für Frauen.

Ich mache eine andere auf. Ich blicke in ein großes Zimmer mit gläsernem Fußboden und spiegelbedeckten Wänden.

Es hat ein blaues steinernes Becken, passend zu dem blauen Glasboden, mit blauen steinernen Zauberhähnen.

Ein Teil des Bodens ist vertieft, in der Form einer Blume. In einer Ecke steht ein blauer steinerner Sitz mit einem großen Loch in der Mitte.

Sollte das ... frage ich mich.

Es ist ein Badezimmer, soviel kann ich sehn. Also muß der Sitz wohl zum ... Aber ich bin mir nicht sicher.

Daisys Raum hatte nur ein kleines Loch im Boden.

Aber immerhin ist dies hier ein Loch, auch wenn es ein Stück höher ist, auch wenn es für den Hintern einer Königin gemacht zu sein scheint.

Im Moment ist mir das egal.

Ich setze mich drauf und erleichtere mich. Bis zu Hause in meinem Dorf hättet ihr mich hören können.

Papier ist da. Ich verwende es wie Sand und Steinchen zu Hause.

Die Erleichterung ist das wahre Glück.

Jetzt schwimmt alles irgendwo da drin, aber ich weiß nicht, wie man das beseitigt. Ich ziehe an allem, was sich ziehen läßt, drücke auf alles, worauf man drücken kann, drehe an allem, was es zu drehen gibt. Nichts passiert.

Also, nicht wirklich nichts. Ich bekomme einen Springbrunnen aus der Vertiefung im Boden, allerlei Lichter gehen an, allerlei Musik erklingt. Aber nichts, das die Scheiße wegschafft.

Dann plötzlich, ohne Vorwarnung, macht es whuschhh, und Wasser ergießt sich aus den Seitenwänden des Sitzes, wie wenn Bäche von den Bergen rauschen. Wasser strudelt hinein, quirlt und wirbelt meine Scheiße herum, bis sie zu einer Musik wie von Stromschnellen hinabgesogen wird.

Ich glaube, dies alles passiert, wenn man auf einen kleinen grauen Kreis im Boden tritt.

Ich wasche mich mit großem Vergnügen. Aber dann denke ich an Hena.

Als ich aus dem Raum gehe, bin ich besorgter als vorher. Jetzt, wo mein Bauch seine Ruhe hat, habe ich den Kopf frei für Sorgen.

Golam schläft immer noch.

Ich mache eine andere Tür auf. Dahinter ist ein langer, breiter Korridor mit rotem Fußboden. Ich gehe ihn entlang.

»Jetzt hast du über einen Tag und eine Nacht lang geschlafen«, sagt eine Stimme. Ich mache einen Satz und stoße fast an die herabhängenden Lichter über meinem Kopf.

Es ist Fatso.

Ich frage ihn nach Hena.

Er sagt mir, keine Sorge. Es geht ihr gut. Er sagt, wenn du noch mal zurück in euer Zimmer gehst und Golam holst, bring ich euch ins Eßzimmer. Er sagt, Hena wird auch da sein.

Ich wecke Golam und zeige ihm die Kotfalle. Auch er muß sie benutzen. Dann gehen wir ins Eßzimmer. Es sieht aus wie in Dallas.

Hena ist da.

Aber sie sieht nicht aus wie unsere Hena.

Sie hat so ein rotweißes Seidenkleid an. Sie hat Gold an den Fingern, Gold um die Handgelenke, Gold um den Hals und Gold im Haar. Und glänzende Steine, rote und weiße. An den Füßen hat sie rotweiße Schuhe, die sie eine Handbreit größer machen.

Wir schauen sie an. Ihr Gesicht sieht hart und kalt und alt aus.

Sie sagt: »Ihr habt euch aber Zeit gelassen.« Sie ist immer noch unsere Hena, komme, was will.

Fatso sagt, Hena wird nun bei ihm bleiben, weil er sie irgendwie adoptiert hat, als sowas wie eine Nichte.

Er sagt, er und Hena, sie meinen beide, wir sollten jetzt in unser Dorf zurückkehren. Er sagt, wir sollten zurückkehren, damit wir für unsere Familien Lebensmittel, Geschenke und Geld mitnehmen können, die er uns geben wird.

»Was sollen wir aber unseren Leuten sagen?« sag ich.

»Sagt ihnen, hier habt ihr Geschenke von Hena.« Hena spricht mit einer harten Stimme.

»Ja«, sagt sie, »sagt ihnen, hier sind Geschenke und Geld von Hena. Geschenke und Geld, das sie weder gestohlen noch erbettelt hat.

Und sagt ihnen, ich werde noch mehr schicken und immer wieder. Sagt es besonders meiner Mam.« Zum erstenmal kommt es mir vor, als ob ihre Stimme gleich bersten wird, aber sie hält den Ton durch bis zu Ende.

»Aber wir müssen doch erst Joti suchen und Matt wiederfinden, bevor wir wieder fort können«, sagt Golam.

»Von Matt weiß ich nichts«, sagt Fatso, »aber Joti kenne ich gut. Hena hat mir von ihm erzählt. Mal sehn, ob ich euch helfen kann, ihn zu finden. Das letztemal, als ich ihn sah, versuchte er sich vor der Polizei zu verbergen. Ich werde meinen Chauffeur fragen, ob er etwas weiß.«

»Das ist doch wohl nicht alles, was du tun kannst!« fährt Hena ihn wütend an.

»Entschuldigung, Schätzchen! Ich versuch's.« Er wendet sich an uns. »Ich fahre mit euch zum Regent und frage dort für euch herum. Manche Kellner da könnten vielleicht etwas wissen. Wenn nicht, werde ich ein paar Polizeiinspektoren befragen. Besser so?« Er blickt wieder Hena an.

»Sehn wir mal, was dabei rauskommt«, sagt sie.

Als wir mit dem Essen fertig sind, klatscht Fatso in die Hände, und ein Dienstmädchen kommt den Tisch abräumen.

»Nichts von den Resten wegwerfen!« sagt Hena zu dem Dienstmädchen.

Das Dienstmädchen sieht Hena an, mit Erstaunen und etwas wie Haß.

Fatso sieht Hena an, mit Erstaunen und etwas wie Liebe.

»Was hast du denn damit vor?« sagt er. »Du bist doch nicht mehr hungrig, oder? Und wenn ...«

»Ich nicht. Ich nicht mehr«, sagt sie und sieht durch ihn hindurch. »Aber ich kenne viele, die sind es.«

»Wie willst du die denn finden? Und wie willst du's zu ihnen schaffen?« sagt Fatso mit einem flauen Lachen. »Du wirst doch sicher ...«

Hena bringt ihn mit einem Blick zum Schweigen.

»Wie ich die finden will?« sagt sie. »Wie werd ich das machen? Wie machst du es denn, daß du sie nicht findest? Und wie ich's zu ihnen schaffe? Ganz einfach, ich bringe es hin.«

Fatso sagt nichts.

Das Dienstmädchen setzt ein anderes Gesicht auf, scheint aber nicht recht zu wissen, welches.

Am gleichen Abend fährt Fatso mit uns in so einem stundenlangen Wagen zum Regeln, um nach Joti zu fragen.

Er läßt den Chauffeur in einer Nebenstraße parken. Wir bleiben im Wagen, während er ins Hotel geht. Der Chauffeur geht ein Stück weit weg, um in Ruhe eine zu rauchen.

Während wir warten, sehn wir den Schönen und das Hirn an einem Laternenpfahl nicht weit von uns stehen. Sie schauen zu uns her.

Sie sperren die Mäuler so weit auf, daß wir mit unserem

Wagen durchfahren könnten, so groß das Ding auch ist, wenn wir fahren könnten.

Langsam kommen sie näher. Sie schauen umher, vergewissern sich, daß wir allein sind. Dann kommen sie schnell ans Fenster. Sie schauen mich an, in meinem neuen schwarzen Gewand. Sie schauen Golam an, in seinem neuen weißen Gewand. Sie schauen Hena an, in all ihrem Glanz mit Gold und Juwelen.

Hirn sagt: »Wow, kuck mal die an! Kuck dir bloß mal die Hena an!«

»Ich kann's nicht glauben. Diese kleine Hure!« Der Schöne spricht so leise, daß wir ihn kaum hören können.

Sie fangen an, um den Wagen herumzugehen. Zuerst langsam, dann schneller und immer schneller, und dazu rufen sie zu zweit: »Hena die Hure, Hena die Hure, Hena die Hure, Hena die Hure, Hena die Hure, Hena die Hure, Hena die ...«

Hena öffnet die Wagentür und steigt aus.

Der Schöne und das Hirn kommen zum Halt, wie von einer Kugel getroffen.

»Ich bin sicher, ihr kennt viele hungrige Stadtkinder«, sagt Hena, ein bißchen zu meiner Überraschung. Der Schöne und das Hirn sind auch ein bißchen überrascht.

»Wie, was?« sagt das Hirn.

Der Schöne sieht sie nur an.

Hena wiederholt.

»Ja sicher«, sagt der Schöne, immer noch verwirrt und sehr ängstlich.

»Ruft sie morgen zusammen in dem Schuppen, wo ihr das erstemal mit uns hingegangen seid, und sagt ihnen, Hena die Hure wird ihnen Futter bringen. Um sechs Uhr früh. Und um sechs Uhr früh jeden Tag von nun an.«

»Sechs Uhr früh!« sagt das Hirn.

»Ihr habt es gehört«, sagt Hena, »um sechs Uhr früh.

Jeden Morgen. Aber bereitet sie darauf vor, daß es vielleicht etwas Arbeit für sie gibt.

Und, nebenbei gesagt, denn ich weiß ja, daß ihr beide
genug zu essen habt, für euch wird auch ein bißchen was
drin sein.«

Der Schöne will schon etwas sagen, läßt es aber sein,
dreht sich um und rennt weg. Das Hirn ebenso. Der
Chauffeur kommt mit langen Schritten schnell auf uns zu.

Hena steigt wieder in den Wagen ein.

»Was hast du denn mit den Stadtkindern?« frag ich sie.
»Die waren doch so gemein zu uns.«

»Vielleicht, weil sie Hunger hatten«, sagt Golam.

Hena sagt nichts, denn sie weint.

Ich sehe ihr ins Gesicht. Ich habe sie noch nie weinen
sehn. Sie hält sich nicht die Hände vors Gesicht und senkt
auch nicht den Kopf.

Bald ist Jak wieder da. Jak, so heißt Fatso.

Er hat nichts Zuverlässiges über Joti erfahren; aber ein
Kellner hat gesagt, das letztemal, als er Joti traf, hatte er
vor, in sein Dorf zurückzukehren. Teils, um den »Bullen«
in der Stadt zu entkommen, teils aber auch, weil er sich
um seine Leute zu Hause Sorgen machte, wegen der
Nachrichten von der Hungersnot und den bewaffneten
Überfällen. Er hatte sogar die Hoffnung, seinen Dada mit
in die Stadt zu bringen, wenn möglich.

Am nächsten Morgen um sechs lassen wir uns von dem
unwilligen Chauffeur mit unseren Körben voll Futter zu
dem Schuppen an dem Lagerhaus bringen. Unter den
hungrigen Stadtkindern, die dort warten, ist Matt.

Teil IV

GEISTER DES KOTS

(der Heimweg)

1

Tunnelfahrt

Wir sitzen in einem blauen Jeep, der eigens für unsere Heimfahrt blau-gelb gestrichen worden ist.

Blau-gelb, damit er anders aussieht als die schmutziggrünen Jeeps der Armee. Damit niemand ihn angreift, der vielleicht denkt, es ist ein Armee-Jeep. Außerdem, weil Jaks Chauffeur eben möchte, daß er blau-gelb gestrichen wird.

Jaks Chauffeur – Reza heißt er – hat es so satt, jeden Morgen um sechs mit Hena zu dem Schuppen an dem Lagerhaus zu fahren, daß er uns lieber in unser Dorf zurückbringen will.

Er sagt – ganz leise, aber wir hören's –, Hena wird sich einen andern suchen müssen, der so blöd ist, sie zur besten Schlafenszeit herumzukutschieren.

Auf dem Dorf sind wir es gewöhnt, den Tag noch früher anzufangen, aber ich glaube, diese Stadtmenschen sind etwas verweichlicht.

Jedenfalls, da sitzen wir nun, Matt, Golam und ich, mit einer Ladung Futter und Geschenken für zu Hause. Soviel Futter und Geschenke, wie unser blau-gelber Jeep nur fassen kann. Und er faßt eine ganze Menge.

Seit wir Matt wiedergefunden haben, sind ein paar Wochen vergangen. Hena und Jak wollten, daß wir noch eine Weile blieben und etwas Fleisch ansetzten, bevor wir uns auf die Rückreise machten.

Ich kenne mich selbst nicht mehr. Ich sehe schon fast wieder so groß aus wie mit neun, vor drei Jahren. Golam bekommt sein Lächeln wieder, sein Haar fängt schon wieder an zu wippen, und in den Schultern ist er jetzt etwas voller und kräftiger als ein Drahtbügel.

Nur ungern trennen wir uns von Hena. Sie sagt nicht viel darüber, wie ihr zumute ist. Aber schön sieht sie aus in ihren neuen Kleidern, auch wenn sie immer noch Haut und Knochen ist. Sie scheint nicht so leicht Fleisch anzusetzen wie wir.

Jak betet sie an. Er sagt, sie ist seine Lieblingsnichte, seine lange verschollene Kusine, seine allernächste und allerliebste kleine Verwandte.

Manche glauben ihm, was er sagt, viele glauben es nicht; aber niemand sagt etwas anderes, als daß sie ein süßes kleines Mädchen ist und unerhört gescheit. So wie die Leute das sagen, weiß ich nicht recht, wie es gemeint ist. Die Worte sind nett, klingen aber irgendwie nicht freundlich.

Hena scheint das nicht zu kümmern. Oder wenn es sie kümmert, dann zeigt sie's nicht.

Wir sollen sagen, wir sind Freunde der Familie, aus einem fernen Dorf, das schwere Zeiten durchmacht.

Obwohl wir das Fernsehen vermissen und die Kotfalle, in der wir sehn können, wie unsere Scheiße herumgequirlt und weggestrudelt wird, und noch andere solche Genüsse, freuen wir uns ehrlich, wieder nach Hause zu kommen.

Wir fahren nicht über die Straße, die von der Buslinie benutzt wird, sondern über die Straße durch das Hügelland um Bader.

Die dürfen wir benutzen, weil Jak irgendeine »leitende Position in Verbindung mit dem Verteidigungsministerium« einnimmt.

Ich bin sehr froh darüber. Ich weiß, daß wir irgendwann in die Ebene hinabkommen müssen, aber bis dahin ist es schön, durch die Hügel zu fahren.

Wir fahren langsam, teils weil die Straße uneben ist, haupt-
sächlich aber wegen der schönen Landschaft.

Reza benimmt sich seltsam. Im einen Moment ist er lieb
und freundlich, im nächsten Moment brüllt er uns an. Wir
wissen nicht, was wir davon halten sollen. Aber bei ihm
kann man nie wissen. Von vielem, das er nie tut, sagt er,
er würde's gern tun. Aber so sind nun mal die meisten
Erwachsenen.

Reza hat ein hübsches Gesicht und eine gute Figur. Am
besten ist seine belegte, schläfrige Stimme, die einen auf-
weckt, wenn er traurige Lieder singt, die einen froh machen.

Wir hörten ihn gern singen, wenn er bei dem Schuppen
wartete, wo Hena Essen an die hungrigen Kinder verteilte.

Ich hätte nichts dagegen, mich mit ihm anzufreunden,
aber es ist nicht leicht. Man kann nicht wissen, was er
sagen oder tun wird, wenn man es versucht.

Unterwegs kommen wir an vielen Gruppen von Soldaten
vorbei, die uns manchmal anhalten. Reza zeigt ihnen dann
ein Papier, das man einen »Militär-Ausweis« nennt, und sie
winken uns weiter. Ein- oder zweimal stellen sie auch ein
paar Fragen, aber meistens machen sie nichts, außer daß sie
uns ziemlich merkwürdig anglotzen. Ich nehme an, wir
sehn immer noch nicht besonders gut aus. Oder vielleicht
sind sie auch erstaunt, ein paar arme Jungen vom Lande in
Jaks Jeep herumfahren zu sehn.

Ich frage mich, ob sich Reza deshalb so seltsam benimmt. Noch seltsamer als sonst.

Jetzt ist es beinahe Nacht. Wir haben schon eine ganze
Weile keine Soldaten mehr gesehen. Zumindest hat keiner
uns angehalten. Gerade sag ich das zu mir selbst, fast schon
im Schlaf, als der Jeep plötzlich mit einem scharfen Ruck
anhält.

Ich stehe auf, halb wach, und da steht ein großer Mann in einer schicken Uniform, khaki, nicht fleckiggrün, mit ein paar Bändern und Streifen drauf.

Er steht vor unserm Jeep.

An seiner Seite hängt so eine große Pistole, und in der Hand hält er einen Revolver.

Er verlangt unsere Papiere, wie bei den vorigen Kontrollen.

Er sieht sie sich an, dann geht er zu zwei anderen Soldaten, die nahebei in einem Jeep warten, und spricht mit ihnen.

Er kommt zu uns zurück und sagt uns, wir sollen dem anderen Jeep folgen.

Reza fragt ihn, ob es irgendwelche Probleme gibt; er ist sehr höflich, aber wir merken, er ist nervös und ängstlich. Dadurch werden wir auch nervös und ängstlich.

Der Offizier sagt, keine Sorge. Er sagt, auf der Straße vor uns ist etwas los gewesen, darum bringt er Fremde zu der äußeren Straße. Nicht zu der Bus-Straße, die rechts von uns durch die Ebenen führt, sondern zu einer anderen Straße, die von oben her um die Hügel herumführt.

Reza fragt, ob es eine Sprengung oder einen Angriff von Terroristen gegeben hat, aber der Offizier gibt keine Antwort und sagt nur, folgen Sie dem anderen Jeep.

Zu meiner und auch zu Rezas Überraschung springt der Offizier in unseren Jeep, statt zu seinem eigenen zurückzugehen.

Wir biegen von der Straße ab und fahren durch ein hügeliges Stück Land. So geht das eine Weile, dann werden wir wieder von einer Gruppe Soldaten angehalten. Reza sieht immer besorgter aus, versucht aber, es nicht zu zeigen. Er kann sich gut verstellen, und wenn ich ihn nicht kennen würde, hätte ich nichts gemerkt.

Aber, neben anderen kleinen Anzeichen, er raucht nicht.

Und er raucht nur dann nicht, wenn ihn etwas stört. Sonst legt oder lehnt er sich gern zurück – je nachdem, wo er ist – und steckt sich eine Zigarette an. Außerdem lächelt er jetzt in einem fort und redet in einem fort. Das ist sonst nicht seine Art.

Noch mehr überrascht mich, daß der Offizier bei uns nicht glücklich darüber zu sein scheint, daß wir angehalten werden. Ich merke es, obwohl ich ihn nicht gut kenne. Eigentlich kenne ich ihn ja überhaupt nicht.

Jedenfalls, diese Soldaten lassen uns weiterfahren, und allen scheint ein Stein vom Herzen zu fallen.

Es geht weiter. Wir kommen an noch mehr Soldaten vorbei, aber die lächeln uns nur gutgelaunt zu und winken, und wir winken zurück, lächeln aber nicht. Inzwischen wird es mir immer mulmiger. Ohne daß ich sagen könnte, warum. Aber vielleicht deshalb, weil Matt so seltsam drein-schaut.

Als wir abgefahren sind, hat er gelacht, Witze gerissen und uns veralbert, ganz wie früher, als wir noch Kinder waren, und voll Freude, wieder nach Hause ins Dorf zu kommen. Aber jetzt ist er wieder ernst und angespannt wie meistens in letzter Zeit.

Ich traue mich nicht, ihn zu fragen, denn was es auch ist, wenn es überhaupt etwas ist, niemand scheint drüber reden zu wollen. Und ich will jedenfalls nicht derjenige sein, der den Mund zuerst aufmacht und sich daran ver-schluckt.

Golam ist der einzige, den alles nicht allzusehr zu küm-mern scheint.

Wir fahren über einen holprigen Berghang, bis wir auf ein Stück ebenen Boden kommen. Auf der einen Seite ist ein hoher Berg, auf der anderen ein tiefes Tal.

Inzwischen ist es dunkel, besonders im Schatten des Berges.

Und ganz plötzlich ist alles pechschwarz, wie Großmama Zottelzitz' Seidentuch. Ich kann die eigene Hand nicht mehr sehen und auch nicht das Weiße in Golams Augen. Auch das Fahrgeräusch klingt eigenartig.

»Keine Angst, Jungs!« höre ich Reza sagen, nun wieder mit seiner schläfrigen Stimme, »wir fahren durch einen Tunnel.«

Danach hören wir nur noch das rumpelnde Geräusch von Jeeps, die von allen Seiten näherzukommen scheinen.

Und sehen können wir gar nichts mehr. Nur das Aufleuchten eines Lichtes und dann die rote Glut am Ende einer Zigarette.

Rezas Sorgen scheinen vorüber zu sein.

Der Tunnel nimmt kein Ende.

Mir fehlt Hena. Mir. Mir, der ich doch einige Zeit in meinem Leben damit zugebracht habe, mir zu wünschen, daß wir sie loswerden, mir fehlt Hena.

Wir sind aus dem Tunnel heraus, und nun haben wir Probleme.

Wir sind entführt worden.

Der Offizier und die zwei Soldaten, die uns hergebracht haben, sind keine richtigen Regierungssoldaten, sondern verkleidete Guerilleros. Es scheint, Reza arbeitet für sie.

Sie gedenken, Hunderttausende amerikanischer Dollars für unsere »Freilassung« zu verlangen.

Ich weiß nicht, soll ich lachen oder weinen.

Ich meine, wer wird denn auch nur fünf Dollars für uns bezahlen?

Meine Mam und mein Dada, die würden es tun, nur haben sie keine fünf Dollars.

Ich meine, »es ist ja so, als ob wir gar keine richtigen Menschen wären«, sag ich laut.

»Wie meinst du das, ›richtige Menschen‹?« fragt Golam.

»Richtige Menschen ... na, du weißt schon ... eben richtige Menschen. Solche, um die andere Menschen sich kümmern. Ich weiß nicht ... Irgendwie Leute, die was darstellen ...« Es fällt mir schwer, zu sagen, was ich meine; da kommt mir ein Gedanke: »So wie in Dallas, verstehst du ... richtige Menschen!«

»Was denkst du denn, was wir sind?« sagt Matt in plötzlichem Zorn. »Geister des Kots?«

»Mußt du wissen. Du bist doch der Klugscheißer!« brülle ich zurück.

»Schluß mit eurem Zank!« sagt Reza. »Wir kennen jemand, der wird für euch alle zahlen, damit ihr freikommt: Fatso Jak.«

Reza denkt, Hena zuliebe wird er zahlen.

Hena wird zahlen wollen, sagt Reza, nicht nur unseretwegen, sondern auch, weil sie mit ihrer »Sache« sympathisiert, denn sie kümmert sich ja so um die hungernden Menschen.

Und wenn Hena zahlen will, und das will sie sicher, dann wird sie Jak dahin kriegen, daß er zahlt. Reza sagt, Hena kann ihn zu allem kriegen. Er sagt, er weiß nicht, wie die kleine Knochenschönheit das macht, aber sie kann es. Sagt er.

Er sagt, Jak braucht es gar nicht so tragisch zu nehmen, weil das Geld ja sowieso nicht seins ist. Es ist ein Teil von dem Geld, das manche Länder unserem Land schicken, um unserem Volk zu helfen, das aber nie bis zu unserem Volk gelangt. Es wird von der Regierung und Leuten wie Jak dazu verwendet, Gewehre und Munition, Bomben und Kampfflugzeuge zu kaufen und das Volk niederzuhalten. Statt es damit zu ernähren, wozu das Geld vorgesehen war. Darum hat das Volk ein Anrecht darauf.

Wir fragen ihn, was sie mit dem Geld machen werden. Er sagt, sie werden damit Gewehre und Munition kaufen,

257

Bomben und Kampfflugzeuge, um damit gegen die Regierung zu kämpfen.

Wir sehen uns an, denn das verstehn wir nicht. Wenigstens ich nicht.

»Ihr wollt ihnen ihr Geld abnehmen – Entschuldigung, das Geld des Volkes –, damit Jak und die Regierung keine Gewehre und so weiter damit kaufen können. Dann wollt ihr Gewehre und all das Zeug damit kaufen. Gibt keinen Sinn«, sagt Matt.

»Aber diese Gewehre sollen das Volk stärken und nicht unterdrücken. Den Unterschied seht ihr doch hoffentlich«, sagt Reza.

»Nein, um die Wahrheit zu sagen, den sehen wir nicht«, sagt Matt.

Golam schüttelt nur den Kopf.

Ich glaube, ich fange an zu verstehen, bin mir aber nicht ganz sicher.

»Ihr seid vielleicht noch zu jung, um das zu verstehn«, sagt Reza, »aber ihr solltet bald mal damit anfangen. Je eher, je besser. Das ist eure Welt, und ihr werdet sie ändern müssen. Und ihr könnt nichts ändern, wenn ihr auf dem Hintern sitzen bleibt und euch Hoffnungen macht. Bis ihr erwachsen seid, ist es vielleicht schon zu spät. Jetzt ist es Zeit, etwas zu tun. Ich muß euch sagen, daß …«

»Sag ihnen gar nichts! Die bringen nichts Gutes«, sagt eine Stimme, die mir bekannt vorkommt. Aber ich kann mich nicht erinnern.

Ich schaue hin. Ich erinnere mich. Ich erinnere mich an das Gesicht, zu dem die Stimme gehört. Es ist der Mann in Blue Jeans, der uns von den Höhlen zu unserm Dorf gebracht und uns am nächsten Tag wieder abgeholt hat. Als die Weißen gefangengenommen wurden. Als Kabir getötet wurde.

Damals hatte er eine lächelnde Stimme. Jetzt hat er eine barsche Stimme.

Ich denke, er denkt, wir sind schuld an Kabirs Tod.

Ich denke, wir haben mehr Probleme, als ich mir gedacht habe.

2

Das Wunder

Es ist unsere dritte Nacht in dem Gebirgsversteck der Guerilleros, und die zweite Nacht, seitdem Reza ein bißchen verprügelt, unter Drogen gesetzt und so nah wie möglich beim Kraftwerk liegengelassen worden ist, mit einem Zettel am Hemd, auf dem eine Lösegeldforderung steht.

Die Guerilleros – sie nennen sich die RAFF, was Revolutionäre Afrikanische Freiheits-Front bedeutet – hoffen, daß Reza bald von den Soldaten gefunden und zu Jak gebracht werden wird, mitsamt der Lösegeldforderung.

Rezas Geschichte wird kurz und simpel sein: Als er uns durch die Hügel gefahren hat, mußte er anhalten, weil ein Mann quer über die Straße lag; er stieg aus, bekam einen Schlag von hinten und kann sich an nichts mehr erinnern, was danach war. Es besteht ein Risiko, daß Jak gegen ihn Verdacht schöpft; aber das ganze Leben eines Revolutionärs ist riskant, und Risiken sind schließlich dazu da, daß man sie eingeht.

So sieht es wenigstens Jabbar. Und Reza sieht es auch so.

Das Leben ihres Volkes ist in Gefahr; und da haben sie keine Furcht, auch ihr eigenes Leben in Gefahr zu bringen.

Nun warten wir alle, ob Jak das Geld ausspucken wird oder nicht.

Golam weiß nicht, was er denken soll. Einmal denkt er, Jak wird es tun, im nächsten Moment denkt er, Jak wird es nicht tun.

Ich denke, er wird, denn ich glaube ebenso wie Reza, daß unsere Hena ihn dazu kriegen kann.

»Ich denke, Jak wird das Geld hergeben«, sagt Matt. »Hoffentlich muß Hena nicht dafür büßen.«

Wir bekommen keine Gelegenheit, zu erfahren, was passiert. Jedenfalls nicht jetzt.

Wir erfahren nicht mal, ob Jak die Lösegeldforderung je zu Gesicht bekommen hat.

Wir stecken alle in einem geräumigen Kral zwischen den Felsen. Der Hintern des hingehockten Berges bildet den Himmel, und die Schenkel und Füße bilden die Begrenzungen.

Die Spalte im Hintern ist so groß, daß sie genug Licht hereinläßt. Die Lichtung zwischen den Beinen läuft am einen Ende in einen Tunnel aus und weitet sich am anderen Ende zu einem breiten, von Gebüsch verdeckten Eingang. Felsbrocken und Bäume helfen sie zu tarnen. Wasser bekommen wir von einem tröpfelnden Wasserfall, der zugleich geeignet ist, Tiere und unerwünschten menschlichen Besuch von dieser Seite fernzuhalten. Um dies auch auf den anderen Seiten sicherzustellen, haben die RAFF-Leute eigens eine besonders dornige Art Büsche gepflanzt. Sie sehen ganz natürlich aus und halten jedermann davon ab, sich durch Zufall hierher zu verirren.

Im Innern ist das Gelände in zwei Hälften eingeteilt. Die eine umfaßt drei Schlafgebiete und ein Kochgebiet. Die andere ist ein großer Versammlungsplatz. Dahinter versteckt liegt ein weiteres Gebiet, wo Waffen, Munition und Bomben gelagert werden. Diese befinden sich zumeist in großen Holzkisten, die mit Säcken und Strohmatten bedeckt sind, damit sie trocken bleiben und nicht zu sehen sind.

Dieser Teil und der Eingang werden ständig bewacht; ebenso auch der Tunnel.

Und das erste, was wir von außen kommen hören, kommt aus dem Tunnel.

So jedenfalls sagt Matt, denn er war als einziger zu der Zeit wach. Das heißt, als einziger von uns dreien.

Bald sind alle im Lager wach.

Jemand sagt, macht doch mal die Lampe an, damit man sieht, was los ist. Jemand sagt, macht doch um Himmels willen die Lampe aus.

Wir sitzen dicht beieinander und wissen nicht, was wir sagen oder denken sollen.

Jabbar hält seine große Maschinenpistole in der Hand und schnallt sich den Patronengürtel um, gespannt wie eine Katze vor dem Sprung; dann geht er mit schnellen, leisen Schritten los, um zu sehen, was es gibt.

Jabbar ist der Freund von Kabir, der Mann in Blue Jeans, den wir in den Höhlen bei unserem Dorf kennen- gelernt haben; der mit der lächelnden, nun verhärteten Stimme.

Manche folgen ihm; manche verstecken sich zwischen den Felsen, bereit, jeden ungebetenen Gast anzugreifen.

Bald kommen drei von den Wachen herein; sie bringen einen strampelnden Mann mit.

Jabbar steht hinter ihnen, die Maschinenpistole in der richtigen Haltung zum Feuern.

Wir hören eine tiefe, schläfrige Stimme. »Ich bin's doch nur, Herrgott noch mal!«

Und wir sehen Reza, der immer noch versucht, sich aus dem Griff der Wachen zu befreien.

Die Spannung löst sich. Alle lassen die Schultern sinken und atmen auf.

Jabbars Augen sind immer noch hart, seine Pistole ist immer noch angelegt.

»Was willst du denn hier schon wieder?« sagt er mehr, als daß er fragt.

Reza sagt, die Tabiris sind in großer Gefahr, und er ist gekommen, um uns zu warnen.

Die Tabiris sind ein Stamm, der in Grüppchen von Strohhütten ein Stück weiter nördlich lebt, wo Berge, Busch und Wüste zusammentreffen.

Sie gelten als gute Freunde der Freiheitsfrontler. Sie bieten ihnen Unterschlupf, wenn nötig, und jede mögliche Art von Hilfe.

Früher gehörte ihnen ein ganzer Landstrich im Süden, wo das Land grüner ist, und sie wurden von ihren eigenen Häuptlingen regiert.

Die neue Regierung unter dem General Tako hat ihnen das fruchtbare Land und ihre Rinder weggenommen, sie nach Norden ins Buschland vertrieben und ihre Häuptlinge umgebracht oder verhaftet. Jetzt werden sie von der Regierung regiert.

Aber die Tabiris sind tüchtige Bauern, und mit einem bißchen Glück plus einem bißchen Wasser und einem bißchen gutem Boden aus den Bergen halten sie sich am Leben.

Sie haben den General Tako und seine Soldaten hassen gelernt und sich mit den Partisanen befreundet.

Das alles wußte ich vorher nicht, jetzt weiß ich's.

Reza erzählt folgendes:

Er liegt herum und wartet, daß man ihn findet, hoffentlich bald, denn es wird kühl, er langweilt sich und fühlt sich elend.

Obwohl er nicht wirklich zusammengeschlagen worden ist, jedenfalls nicht schlimm, schmerzen ihn die Glieder und werden von Minute zu Minute steifer. Der Wind wird schärfer und schneidet ihn bis auf die Knochen.

Jabbar sagt, laß die Poesie weg und komm zur Sache. Er

sagt, er glaubt nicht ans Geigenspiel. (Das könnte er sowieso nicht, selbst wenn er wollte.)

Ich verstehe nicht recht, wie er das meint, denke mir
aber, es hat viel zu bedeuten.

Reza sieht ein bißchen verletzt aus. Ich meine, innerlich,
denn körperlich hat er sowieso allerhand.

Er kommt also zur Sache.

»Die Tabiris sollen von der TABS ausgelöscht werden«,
sagt er. TABS, das heißt Takos Abartige Blutgierige Solda-
teska.

»Wann?« fragt Jabbar.

»Morgen nacht. Jedenfalls hat die TABS vor, morgen
kurz nach Mitternacht hier aufzubrechen. In ihren Jeeps
sind sie dann etwas nach Tagesanbruch bei der Siedlung
der Tabiris.«

»Und woher weißt du das alles?« fragt Jabbar, immer
noch etwas barsch.

Nun muß Reza doch erzählen, verzichtet aber auf alle
Einzelheiten. Er sagt, wie er da wartet, sieht er einen
Trupp Soldaten auf die Stelle zukommen, wo er liegt. Er
ist froh. Froh, aber auch besorgt.

Die Soldaten sehen ihn nicht. Er will schon anfangen zu
stöhnen, um sie aufmerksam zu machen, läßt es aber sein,
als er hört, was sie reden. Sie reden von den Vorbereitun-
gen für den Überfall auf die Tabiri-Siedlung.

Sie glauben, die Tabiris halten Waffen und Munition für
die RAFF versteckt. Vielleicht kaufen sie sogar für sie
Waffen bei den weißen Händlern.

Sie – die TABS-Leute – denken, es wird höchste Zeit,
den Tabiris darin »ein für allemal« das Handwerk zu legen.
Dabei hoffen sie auch allerhand nützliches »Material« an
sich zu bringen, das die Tabiris für die RAFF in Verwahrung halten. So jedenfalls meinen die von der TABS.

Als Reza das hört, betet er, daß die Soldaten ihn nicht

sehen. Vorher hatte er gebetet, daß sie ihn doch bald finden.

Sie sehen ihn nicht.

Er macht den Zettel mit der Lösegeldforderung von seinem Hemd, wickelt einen kleinen Stein darin ein und bindet eine Schnur drum. Bevor er so leise und vorsichtig wie möglich hierher zurückkriecht, läßt er den Stein mit dem Zettel in einem der Armee-Jeeps, die auf dem Gelände um das Kraftwerk vereinzelt herumstehen.

Mit dem Stein, hofft er, kann der Zettel nicht wegfliegen, und bei Tage wird ihn jemand finden.

Als Reza fertig ist, wird laut und lange geredet und diskutiert.

Sie denken, »die einzig mögliche Maßnahme« ist, die Soldaten zuerst anzugreifen. Bevor sie die Tabiris erreichen. Sie wollen sie am Fuß der oberen Berge erwarten und angreifen, wenn sie sich von dort auf den Weg zur Tabiri-Siedlung machen.

»Auf der positiven Seite«, sagt Jabbar, »haben wir den Vorteil der Überraschung.

Auf der negativen Seite allerdings den Nachteil, daß wir uns auf heimischem Gelände der TABS befinden. Wenn sie schnell genug Verstärkung heranholen können, werden wir umzingelt und könnten in eine äußerst schwierige Lage geraten.«

»Wir kennen die Hügel besser als die TABS-Leute«, sagt Reza. »Die kommen alle aus anderen Teilen des Landes. Manche sind sogar Ausländer. Von uns sind die meisten hier geboren und aufgewachsen. Wenn nötig, können wir uns verteilen und verstecken. Besonders nachts.«

»Andererseits, wenn sie uns bis hierher verfolgen, könnten sie uns alle Munition wegnehmen«, sagt ein anderer

Freiheitsfrontler. »Und wenn wir die verlieren, das fände ich schlimmer, als mein Leben zu verlieren.«

»Wenn doch der gütige Gott ein Wunder geschehen ließe«, sagt Reza mit seiner tiefen, schläfrigen Stimme, »und unsere Waffenvorräte vervielfachte, dann könnten wir diese ganze Kolonie der TABS austilgen.«

»Wenn wir doch ein bißchen Geld für diese Skellies bekämen, das würde uns mehr helfen als dein gütiger Gott«, sagt Jabbar.

»Ich weiß, daß Kabir, er ruhe in Frieden, dich als seine rechte Hand betrachtet hat, und ich weiß auch, daß wir das Geld gut gebrauchen könnten, aber ich wollte, du hättest nicht so« – Rezas Stimme ist nun wacher, als wir sie je gehört haben – »von den Jungen oder von Gott gesprochen.«

Jabbar bleibt eine ganze Weile still, dann sagt er: »Du hast recht. Ich hätte das nicht sagen sollen.

Und ich verspreche dir, wenn dein Gott dieses Wunder bewirken kann, dann werde ich deinem Glauben beitreten.«

Das sagt er mit einem Lächeln in der Stimme. Es ist das erstemal, daß ich in seiner Stimme wieder ein Lächeln höre, seit der längst vergangenen Zeit, als Kabir noch lebte.

»Darauf sag ich amen«, sagt Reza.

»Amen« sagen noch einige andere, manche ernsthaft, manche im Scherz.

»Von wegen amen!« sagt einer von den RAFF-Männern. »Sagt ihr amen zu dem Gott, der zuläßt, daß die Hälfte der Menschheit in Schmerz und Schande krepiert, bloß weil sie schwarz ist, wo er sie doch angeblich schwarz geschaffen hat? Ihr macht Witze, und zwar Witze von sehr schlechtem Geschmack.«

»Hört hört!« sagen etliche.

»Nieder mit der Tyrannei!« sagt Jabbar.

»Nieder mit der Tyrannei!« sagen alle. »Nieder mit Tako!« sagt Jabbar.

»Nieder mit Tako!« sagen alle.

»Nieder mit der TABS!« sagt Jabbar. »Nieder mit der TABS!« sagen alle.

»Lang lebe das Volk!« sagt Jabbar. »Lang lebe das Volk!« sagen alle.

Das geht noch eine ganze Weile so weiter.

Alle sind so sehr in Sorge und Aufregung über die Situation, daß sie vergessen, eine Wache in unseren Schlafbereich zu schicken.

»Jetzt ist der Augenblick, wegzurennen!« sag ich, fast so aufgeregt wie die RAFF-Männer.

»Jetzt ist der Augenblick nicht, wegzurennen!« sagt Matt, noch aufgeregter als die RAFF-Männer.

In dieser Nacht schlafen wir nicht viel.

Allerdings, um die Wahrheit zu sagen, ich schlafe gut. Aber die meisten anderen nicht, nach dem, was ich höre. Obwohl Jabbar allen befiehlt, sich auf die Strohmatten zu begeben und soviel wie möglich zu schlafen und auszuruhen, damit sie am nächsten Morgen frisch sind, wenn sie sich auf den Angriff vorbereiten.

Wenn ich sage, Jabbar befiehlt allen, sich zum Schlafen und Ausruhen auf die Strohmatten zu begeben, meine ich nicht absolut alle.

Manche schickt er fort, damit sie im Schutze der Nacht so viele Männer zusammenholen, wie gefahrlos möglich ist. Er sagt, diejenigen, die in Bader und Umgebung wohnen, können mit etwas Glück vor morgen nacht hier sein, vor ihrem geplanten Angriff auf die TABS und vor deren geplantem Angriff auf die Tabiris.

Der nächste Tag ist schlimmer als Schule. Jeder bekommt ständig gesagt, tu dies nicht, tu das! Oder tu dies und tu das und bereite dich zugleich auf jenes vor!

Männer kommen und gehen. Frauen auch. Befehle werden ausgegeben, widerrufen und abgeändert.

Pläne werden gezeichnet, zerrissen und neu gezeichnet.

Mit »Ausgangspunkten«, »strategischen Punkten« und »Kollisionspunkten« wird so schnell herumgeschmissen, daß allen der Kopf schwirrt.

Alle sind krampfig und nervös, was ich gut verstehn kann. Ängstlich und furchtlos zugleich, was ich auch gut verstehn kann. Was ich nicht verstehn kann, ist, daß sie beinah glücklich zu sein scheinen.

Nachdem alles zur Zufriedenheit der meisten organisiert ist – oder wenigstens zu Jabbars Zufriedenheit –, wird es Zeit, den Angriff zu beginnen.

Geplant ist, sich zu zweit oder dritt hinauszuschleichen und kriechend, robbend oder geduckt laufend bis zu den Felszacken hinaufzugelangen, wo sie den TABS-Leuten den Hinterhalt legen wollen.

Als letzte und wichtigste Handlung geht Jabbar mit einigen zuverlässigen Männern in die hintere Höhle, wo die Waffen aufbewahrt werden, um die Maschinenpistolen und dergleichen auszuteilen.

Er kommt wieder heraus mit einem Gesicht wie ein weißer Mann.

Es sieht so aus, als hätte er die Waffenkisten sich vor seinen Augen vervielfachen gesehn.

Denn genau das hat er gesehn.

Und die andern, die mit ihm hineingegangen sind, haben es auch gesehn.

Und alle kommen wieder heraus mit Gesichtern wie weiße Männer. Oder wenigstens wie Chinesen. Nur daß die Haut gebräunter ist und die Augen groß und rund, statt schlitzförmig und schräg.

Sie brauchen lange, um zu erklären, was sie gesehn haben.

Einer oder zwei sagen, sie haben mit eigenen Augen gesehn, wie sich die Waffenkisten an Zahl vermehrten, während sie vor ihnen standen. Andere sagen, die Höhle war schon voller Kisten, als sie eintraten.

Wie oder wann das passiert ist, darüber gehen die Meinungen auseinander; aber alle sind sich einig, es sind viele mal soviel Kisten da wie vorher.

Andere, die noch nicht drinnen waren, stürzen hinein, einzeln oder in Gruppen. Alle erzählen, wenn sie wieder herauskommen, dasselbe: die Höhle steht voller Kisten, die Wände entlang bis unter die Decke und auch in der Mitte.

Einer sagt, sogar die Wände der Höhle haben sich bewegt, um Platz für mehr Kisten zu machen.

Ja, die Höhle schien viel größer geworden zu sein, sagen noch ein paar andere.

Die übrigen sind so benommen, daß sie gar nichts sagen.

Jabbar findet als erster die Fassung wieder.

»Heißt das nun, daß ich auch zu Jesus und der Mutter Maria übergehe«, sagt er zu Reza, »wie du?«

Er wirkt ruhig, er lächelt sogar, aber seine Stimme flattert wie ein Blatt im Wind.

Ich bin überrascht, ich hatte nicht gedacht, daß Reza an die Mutter Maria und Jesus glaubt. Nach seinem Namen wenigstens sollte man's nicht denken.

Reza ist einer von denen, die zu benommen sind, um etwas zu sagen. Alles, was er fertigbringt, ist eine Kopfbewegung, ein Mittelding zwischen Kopfschütteln und Nicken.

»Jetzt können wir's mit der ganzen TABS diesseits von Bader aufnehmen und sie vernichten«, sagt Jabbar mit einer neuen Art von Heftigkeit in der Stimme. Sie bebt immer noch, ist nun aber tiefer und kräftiger, wie Wasser im Wind.

Sein Gesicht ist wie eine Schlange vor der Paarung, seine Augen sind wie Glas in der Sonne.

»Los!« brüllt er, »holen wir sie raus!«

»Don, Mutabe, Kalu, Lebu ...« redet er weiter und wird immer aufgeregter, »holt die Kisten raus, damit wir sehn, was wir da haben!

Und ihr, Marilu, Andy, Len, Kuru ..., sucht euch eure Männer aus! Ihr geht so weit nach Norden, Süden, Osten oder Westen, wie ihr könnt, und sammelt soviel Männer wie möglich.

Wir starten einen Generalangriff auf die TABS.

Ich muß mich hinsetzen und neue Aufmarschpläne für einen Angriff in drei Keilen zeichnen ...«

»Moment mal, Moment mal ...« Rezas schläfrige Stimme wird nun endlich wach. »Und was ist mit dem Angriff heute nacht?«

»Damit würden wir jetzt nur unser Potential vertrödeln ... Ich weiß, ich weiß, ich weiß ... ich weiß, was ihr jetzt denkt. Ihr denkt an die Tabiris. Aber wir müssen jetzt das höhere Interesse des Ganzen sehen. Auch wenn das bedeutet, daß wir Opfer ...«

»Von wegen Opfer! Andere opfern kann jeder. Wir haben doch beschlossen ...« Rezas Stimme ist nun hellwach.

»Und warum haben wir das beschlossen? Nur aufgrund dessen, was du uns erzählt hast. Woher wissen wir, daß es stimmt? Woher wissen wir, ob du nicht uns in die Falle lockst, während du uns einredest, daß wir der TABS eine Falle stellen? Wir haben alles nur aus deinem Mund!«

»Wie kannst du auch nur ...«

»Ich habe dir nie ganz getraut. Du hast lange mit der herrschenden Klasse zusammen in großbürgerlichem Luxus gelebt – woher sollen wir wissen, ob das nicht auf deinen Klassenstandpunkt abgefärbt hat? Woher sollen wir ...«

»Ich denke, du sagst besser nichts mehr. Ich möchte nicht gezwungen sein, etwas zu tun oder zu sagen, das mir später leid tun könnte.«

»Woher sollen wir wissen«, redet Jabbar weiter, als ob er kein Wort von dem, was Reza gesagt hat, gehört hätte, »woher sollen wir wissen, ob du nicht bei uns für Jak spionierst, statt umgekehrt ...«

»Ich warne dich ...«

Bevor Reza weiterreden kann, kommen Don, Mutabe, Kalu und Lebu aus der anderen Höhle gerannt.

Aus ihren Gesichtern können wir nicht entnehmen, was sie empfinden. Aus ihren Worten können wir nicht entnehmen, was sie sagen.

Aus ihren Gesten können wir entnehmen, daß sie die anderen auffordern, mit in die andere Höhle zu kommen.

Reza springt auf und geht hin, Jabbar ebenso. Ich glaube, beiden ist es ganz recht, den Streit nicht fortsetzen zu müssen. Viele andere folgen ihnen.

Golam und ich schleichen uns zwischen ihren Beinen mit hinein.

Einige der Kisten stehen offen.

Sie enthalten Korn und Milchpulver. Milchpulver kennen wir, denn im Lager in Gonta haben wir viel davon gesehen.

Wie verrückte Geister stürzen sie sich alle auf die Kisten, ziehen sie herunter, reißen die Deckel auf und schauen hinein.

Alle enthalten entweder Korn oder Milchpulver. Eine enthält Äpfel.

»Du mit deinem Scheißgott und deinen Scheißwundern!«
sagt Jabbar.

»Jetzt sind die Tabiris erledigt.«

»Vor einer Minute wolltest du zu meinem Sch… zu
meinem Gott übertreten.«

»Vor einer Minute wolltest du noch den ganzen An-
griffsplan neu festlegen.«

»Vor einer Minute hattest du noch nichts dagegen, die
Tabiris zu opfern …«

»Macht euch keine Sorgen um die Tabiris«, sagt Matt
ganz ruhig in all dem Lärm. Plötzlich wird es still.

»Macht euch keine Sorgen um die Tabiris«, sagt Matt
noch mal. »Wunder haben Flügel. Sie kommen überall hin.
Ihr müßt nur Augen haben, um sie zu sehen, und den
Verstand, um sie auszunutzen.«

Alle sehen Matt mit ganz neuen Augen an. Jabbar findet
Worte. »Ach so! Was sollen wir also tun? Auf dem Arsch
sitzenbleiben und warten, daß Wunder geschehen?«

»Nein«, sagt Matt, »lupft den Arsch und tut etwas, damit
sie geschehen.«

»Ach so!« sagt Jabbar. »Und wie ist das mit der Ver-
wandlung von Waffenkisten in Kisten mit Korn? Wie,
meinst du, soll ich das machen?«

»Ist nicht schwer. Kauf eben anders ein!«

»Und woher krieg ich das Geld zum Einkaufen?«

»Verwandel die Herzen.«

»In was?«

»Wieder in Herzen.«

Alle schweigen; keiner rührt sich.

»Für mich wird es jetzt Zeit zu gehen«, sagt Matt.

Er nimmt Golam und mich bei den Armen und zieht
uns zu der breiten Öffnung hin. Als er halb dort ist, dreht
er sich um und sagt. »Es wäre gut, wenn ihr mitkommt.«

»Allmächtiger Gott!« Jabbars Stimme dringt bis zu uns wie ein Schrei, als wir dicht an der von Büschen verdeckten Lücke sind, auf dem Weg nach draußen. »Jetzt weiß ich, was geschehen ist. Die verdammten Idioten, die die Kisten transportiert haben, müssen sie aus dem falschen Lagerhaus geholt haben. Aus dem, wo Karl die Lebensmittelspenden für die Schieber von der Polizei hortet.

Meine Fresse! Wenn ich dran denke, daß ich beinah ... Ich war drauf und dran ... Meine Fresse!« Dann plötzlich, mit völlig veränderter Stimme, ruft er: »Hinterher! Laßt sie nicht weg! Wir kriegen noch ein fettes Lösegeld. Für das Volk ... Beeilung! Was kuckt ihr mich denn so an! Macht schon, los, Beeilung ...«

Wir wissen nicht, ob sich die RAFF-Leute beeilen oder nicht. Wir jedenfalls tun es.

An dem tröpfelnden Wasserfall zieht sich eine schmale Spalte den Felsen hinab.

Nur Skellies wie wir können sich da hindurchzwängen. Wir kommen durch und warten dann, bis das Geschrei aufhört, ohne uns zu rühren.

3

Der schwarze Panther

Es wird fast schon hell, als wir es wagen, uns nach draußen zu zwängen.

Wir gehen bergab, an der Felswand entlang. Erstens, weil wir denken, daß wir so auf die Ebenen um Gonta hinauskommen werden. Zweitens, weil wir hier sicherer sind: in den Felsen sind viele Spalten und Winkel, wo wir uns verstecken können.

Wir müssen vor TABS und RAFF gleichermaßen auf der Hut sein.

Wir wollen jetzt einfach nur noch nach Hause.

Sobald es hell ist, sammeln wir eßbare Blätter, Wurzeln und Pilze; dann legen wir uns in ein Versteck, um zu essen und eine Weile zu ruhen.

Schneller als man denken kann, schlafen wir ein. Ich wenigstens.

Als ich aufwache, ist es fast schon wieder dunkel. Golam schläft noch. Matt sitzt da, die Arme um die angezogenen Beine geschlungen, das Kinn auf den Knien. Er sieht ganz wie das Kind im Guardian aus. Nur ist er nicht ganz nackt.

Wir wecken Golam, vergewissern uns, daß keine Soldaten in der Nähe sind, und machen uns wieder auf den Weg.

Wir sind noch nicht weit gekommen, als wir hören, wie alles plötzlich still wird.

Matt bleibt mit einemmal stehen und hält uns mit den Armen zurück. Alle Geräusche der Nacht haben völlig aufgehört.

Erst als wir nahezu den Atem anhalten, hören wir ein anderes Atemgeräusch. Es ist schwer und kommt und geht in kurzen, schnellen Stößen. Mehr ein Keuchen als ein Atmen.

Es ist der schwarze Panther auf der Suche nach Beute. Er ist vor uns, nicht weit. Wir sehen zwei grüne Sterne gegen die Schwärze des Bodens.

Wir hören einen Zweig knacken. Hinter uns, nicht weit.

Wir sind unschlüssig, ob wir vorwärts und auf die Katze zugehen sollen oder zurück, um zu sehen, was hinter uns ist.

Links von uns ist die Felswand, rechts ein steil abfallender Hang.

Wir beschließen, zu bleiben, wo wir sind. Oder vielmehr, wir tun es, einfach, weil wir uns für keine Richtung entscheiden können. Wenigstens ich.

Wir gehen keinen Fingerbreit weiter, aber die Augen der Katze kommen näher, folglich, denke ich, muß die Katze auf uns zukommen. Eine logische Überlegung, zu der man kein Genie sein muß – kein Wunder also, daß ich zu dieser Schlußfolgerung imstande bin.

Jetzt können wir die schlanke, muskulöse Gestalt des Tieres halb sehen, halb ahnen.

Es ist schön wie die Nacht und noch ein wenig schwärzer.

Ich frage mich, was der Panther von uns hält. Zweifellos würdigt er uns eines Gedankens, denn er bleibt vor uns stehen und mustert uns.

Hinter uns raschelt Laub.

Schnell wie ein halbierter Blitz reißt die Katze erstens die Augen von uns los. Zweitens springt sie hoch, über uns hinweg und landet auf dem, was hinter uns ist.

Wir hören einen Schrei und ein Brüllen.

Golam und ich rennen in die andere Richtung. Matt springt hoch, fast wie die Katze, und setzt ihr nach.

Wir bleiben stehn, Golam und ich, schaun uns an, haben jeder gleichviel Angst, machen kehrt und gehen langsam dahin, wo Matt und die Katze sind. Als wir hinkommen, ist die Katze fort, aber Matt ist noch da und hält ihr Opfer in den Armen.

Es ist ein Junge wie wir. Nur nicht so dünn wie wir. Eher dick sogar. Gut gepolstert.

Als wir ganz nah heran sind, merken wir, es ist kein Junge, sondern ein Erwachsener. Ein kleiner Erwachsener. Ein Zwerg.

Ein Zwerg, den wir ziemlich gut kennen.

Kofi.

Er erkennt uns nicht. Zuerst nicht. Aber als wir ihm sagen, wer wir sind, erinnert er sich. Er erinnert sich sehr gut, obwohl er überrascht ist. Überrascht, uns zu sehen, und überrascht, wie wir aussehen.

Aber, sagt er dann, er sollte eigentlich nicht überrascht sein, denn er weiß ja, wie das Land hungert und krank ist.

Er hatte erwartet, daß ich jetzt richtig groß geworden sein müßte, wenn alles mit rechten Dingen zuginge.

Wir sagen ihm, da hättest du uns erst mal vor rund einem Monat sehn müssen! Seither haben wir ein bißchen Fleisch angesetzt, wie ihr ja wißt.

Zum Glück hat er keine schlimmen Verletzungen. Er sagt, er kann's kaum glauben, daß er immer noch in einem Stück ist.

Anscheinend hat Matt dadurch, daß er zu ihm hinrannte, den Panther verscheucht.

Tatsächlich hat er nur Krallenspuren an den Armen und an der Brust. Die Eindrücke sind tief, aber nicht zu tief. Sie bluten, aber nicht sehr stark.

Wir bringen ihn an die nächste Stelle, wo Wasser vom Felsen kommt. Wir waschen seine Wunden aus und verbinden sie, so gut wir können.

Nachdem wir ihn so versorgt haben, scheint sein Zustand nicht allzu schlimm zu sein.

Als Kofi fragt, was wir hier machen, erzählen wir ihm, daß wir das Versteck der RAFF verlassen haben und unterwegs sind zu unserem Dorf. Er sagt, das ist ja lustig, weil er nämlich nach dem Versteck der RAFF sucht.

Wir fragen ihn, ob er bergauf oder bergab ging, als ihn der Panther erwischte. Er sagt, bergab.

Wir sagen ihm, in dem Fall hast du die Stelle verpaßt, denn sie ist ein ganzes Stück weiter oben.

Er sagt, o verflucht und wer hält denn das aus und noch anderes, wovon manches zu unanständig ist, um es hier wiederzugeben.

Wir sagen, nun mach dir mal keine Sorgen, denn wir wissen ja, wo es ist, und werden ihn hinbringen, vorausgesetzt, er sagt Jabbar nichts davon, wo wir sind.

Wir sagen, Jabbar ist nicht ganz glücklich, weil er letzte Nacht – oder war es die vorletzte? – den Hinterhalt gegen die Soldaten nicht legen konnte, als sie zur Tabiri-Siedlung fuhren.

Kofi sieht uns merkwürdig an und fragt uns, ob wir denn wissen, was die TABS-Leute mit den Tabiris vorhatten.

Wir erzählen ihm, was wir wissen.

Er sagt, er war an dem Morgen bei den Tabiris, als die Soldaten dort hinkamen.

Er sagt, zur gleichen Zeit war auch ein weißer Reporter mit seinem Kamera-Team da. Die waren erst am Abend vorher angekommen, wollten aber eine Weile bleiben, weil sie einen langen »Dokumentarfilm« über die Vergangenheit,

277

Gegenwart und wahrscheinliche Zukunft der Tabiris dreh-
ten – und über ihr Verhältnis zur Regierung des Generals
Tako.

Er sagt, als die Tabiris die Soldaten gesehn haben, haben
sie gedacht, die wollen sie umbringen und ihre Hütten
anzünden.

Aber die Soldaten haben gesagt, sie sind gekommen, um
ihnen zu helfen, weil sie gehört haben, es sind schlechte
Zeiten.

Er sagt, zuerst hat er ihnen das nicht geglaubt und gedacht, das haben die schnell so zusammengeflunkert, als sie
die weißen Fernsehleute gesehn haben.

Aber als die Fernsehleute sich das Lager anschaun, das
die TABS etwas weiter nördlich aufgeschlagen hat, finden
sie dort Korn und Milchpulver statt Waffen.

Die Fernsehleute haben gesagt, sie kommen bald wieder
und machen ein Anschluß-Programm.

Die Soldaten haben gesagt, sie werden dafür sorgen, daß
die Tabiris genug Lebensmittelvorräte kriegen.

Die Soldaten haben sich sehr merkwürdig benommen,
sagt Kofi. Sie schauten auch sehr merkwürdig drein. Als ob
sie nicht so recht wüßten, was sie sagen oder tun sollten.
Wären das Korn und das Milchpulver nicht gewesen, sagt
Kofi, hätte er ihnen kein Wort geglaubt.

4

Die TABS

Wir halten einen ruhigen Plausch mit Kofi und machen Pläne, wie wir ihn zum Versteck der RAFF bringen wollen, da sind wir plötzlich von vielen Paaren schwarzer Stiefel umstellt.

5

Geister des Kots

Wir wissen nicht, wie viele Stunden oder Tage die Leute von der TABS uns gefangen halten.

Schließlich fahren sie uns mit dem Jeep irgendwohin und werfen uns hinaus.

Sie spucken uns durch die Zähne nach, als wir hinausfliegen. Manchmal treffen sie uns, manchmal nicht, aber das ist egal, weil wir nichts anhaben, das befleckt werden könnte.

Es ist ein langer Sturz. Wir fliegen mit ausgebreiteten Armen und Beinen durch die Luft, überschlagen uns, und der Wind stößt uns wie mit Messerklingen blendend in die Augen.

Vielleicht ist es die Dunkelheit der Nacht, die uns blendet.

Vielleicht ist es die Angst. Obwohl ich mich an kein Gefühl von Angst erinnern kann.

Ich kann mich an gar kein Gefühl erinnern. Jedenfalls an keines, für das ich einen Namen kenne. Wir kreiseln und strudeln durch die Luft wie Scheiße, wenn sie statt vom Wasser vom Wind weggespült wird; wir gehen unter, werden hinabgesogen in die Gossen der Erde.

Jeden Augenblick können Stücke von mir abfallen und eingeschmolzen werden in den kalten Schweiß der Nachtluft.

Ich kann schon spüren, wie sie sich von mir lösen, aber ich glaube, sie schmelzen noch nicht.

Ich höre einen Eulenruf. Der Kopf schwimmt mir vor Freude. Ich will leben. Mit dem Lebenswillen erwacht der Schmerz, der in jedem Tropfen Blut pocht.

Ich schlage mit einem stumpfen Klatschen auf etwas auf, das weich und hart zugleich ist, naß und trocken.

Ich höre noch ein Aufklatschen. Ist es Matt, ist es Golam? Ich kann's nicht sagen.

Etwas fällt auf mich. Es ist schwer und naß. Ein Stück von Kofi, vielleicht.

Die Schwärze der Nacht wird zu grellem Weiß, bevor sie zu nichts wird.

Das grelle Weiß kommt wieder.

Es brennt durch die Lider bis ins Innere meiner Augen. Ich versuche etwas zu sehen, kann aber nicht. Es ist auch schwer, etwas zu sehen, wenn die Wimpern von trockenem Blut verklebt sind.

Ist das Kofis Blut? Oder meines? Ich kann's nicht sagen.

Ich will mir die Augen reiben, aber es geht nicht, weil meine Hände sich nicht bewegen. Ich versuch es noch mal, diesmal mit mehr Anstrengung. Ich bete mit all meinem Geist zum Geist der Großmama Zottelzitz.

Sie erhört mein Gebet und kommt zu mir. Zu meiner Freude erfahre ich, sie ist nicht in Pasadena, California, USA.

Sie hebt meine rechte Hand und führt sie an meine Augen.

Nicht mal sie kann meine linke Hand bewegen, denn die liegt unter etwas oder unter jemand, und sehr stark war die Großmama Zottelzitz noch nie.

Sie behaucht mir meine Augen, wie früher, als ich ein Baby war, um mir die guten Geister durch die Augen ins Herz zu blasen.

Meine Lider reißen auf, ein wenig. Es tut weh. Der

Schmerz bringt Tränen, und die Tränen weichen das trockene Blut auf.

Nun kann ich fast schon sehen. Ich sehe Rot. Ich sehe Weiß. Ich sehe alle Farben des Regenbogens.

Aber Formen sehe ich keine.

Ich mache die Augen weiter auf. Es tut noch mehr weh. Es kommen noch mehr Tränen. Sie weichen noch mehr auf.

Komisch, jetzt kann ich die Großmama Zottelzitz nicht mehr sehen. Seit ich die Augen auf habe. Als sie zu waren, sah ich sie deutlich.

Die Farben, die ich sehe, beginnen sich zu trennen, Gruppen zu bilden und Form anzunehmen.

Das Blau ist am weitesten weg und irgendwie doch am nächsten. Es ist wie ein Tupfen. Ein Tupfen, der mit jedem Herzschlag größer wird und mit jedem Hammerschlag im Kopf wieder kleiner wird.

Das Grün hängt hier und da herum. Das Braun und das Schwarz springen überall scharf vor.

Schwarz verschiebt sich gegen Schwarz. Diesmal ist es viel zu nahe und bringt Wärme und Wohlgefühl.

Die schwarze Form ist Matt.

Er rollt ein Gewicht von meinen Armen.

Ich blicke hoch und sehe ihm ins Gesicht.

Nun kann ich sehen.

Seine Hände und sein Gesicht sind mit Blut bedeckt.

In seinen Augen ist mehr Schmerz, als es auf der ganzen Welt gibt.

Ich frage mich, warum. Matt ,wird sich doch wegen etwas Blut an den Händen und im Gesicht nicht so sehr grämen?

Nun kann ich mich bewegen.

Matt setzt sich neben mich. Er hebt meinen Kopf auf und legt ihn sich auf den Schenkel.

Ich bin ein bißchen überrascht, denn ich hatte seinen Schenkel auf der andern Seite gespürt.

Ich drehe den Kopf in die andere Richtung.

Das ist ein Schenkel, aber er gehört nicht Matt.

Ich blicke umher, ich verstehe nicht. Da ist noch ein Schenkel. Und noch einer. Und noch. Wagenladungen von Schenkeln. Und Arme. Rümpfe. Köpfe.

Ich liege auf einer stummen Woge von Leichen. Matt sitzt auf einem wackligen Berg von Leichen.

Da draußen, vor mir, steht Golam in einer eingesunkenen Grube von Leichen.

Die Leiche links neben mir ist Kofi.

Die Wunden von den Krallen des Panthers sind nun tief genug und weit genug, daß Stiefel hineintreten können.

Über verwesende Leiber zu gehen, ist nicht leicht. Selbst dann nicht, wenn man in bester Verfassung ist.

Noch schwieriger ist es, wenn man am eigenen Leib Schnitte und Brandwunden hat, von den Füßen bis zum Arsch und zum Kopf.

Und besonders gut riechen tut's auch nicht.

Golam sagt kein Wort.

Matt und ich, wir reden auch kein Wort, aber das ist was anderes. Wir wollen einfach nicht reden, darum sagen wir nichts. Aber Golam sieht so aus, als ob er etwas sagen will, sagt aber nichts.

Wir versuchen, aus dem lebenden Sumpf der Toten, der uns auf allen Seiten umgibt, auf den toten Fels der Lebenden zu klettern, der uns auch auf allen Seiten umgibt.

Wir sind in einer großen Höhle. Der einzige Weg hinein oder hinaus ist der Weg nach oben, wo ein Stück Dach heruntergekommen, herausgeplatzt oder vielleicht nie dagewesen ist. Aus dem Loch im Dach kommt ein helles Lichtbündel. Der eine Teil der Höhle, wo ich gelegen habe, als Matt mich fand, wird dadurch sehr hell. Die anderen Teile sind seltsam dunkel. Sobald unsere Augen sich daran gewöhnt haben, versuchen wir zu sehen, und es ist schwer, die Leichen nicht anzusehen.

Leichen mit Armen. Leichen ohne Arme. Leichen mit Beinen. Leichen ohne Beine. Leichen mit Kopf. Leichen ohne Kopf. Leichen mit Verbrennungen überall. Leichen ohne Verbrennungen überall. Leichen mit Löchern. Leichen ohne Löcher. Leichen mit den Eingeweiden draußen. Leichen mit der Haut nach innen. Leichen ohne Fleisch. Leichen ohne Knochen.

Wir zwingen uns, nur noch auf die Wände der Höhle zu sehen, in der Hoffnung, einen Ausweg zu finden.
Wir zwingen uns, Matt und ich.
Golam glotzt nur vor sich hin. Ich glaube nicht, daß er etwas sieht. Ich glaube, er glotzt nur.

Hier und da treten alte Baumwurzeln hervor; überall sind scharfe oder stumpfe Felskanten; sogar ein paar Spalten und Löcher sind zu sehn.
An der einen oder anderen Stelle können wir uns vielleicht hochziehen.
Wir versuchen es.
Es ist kalt und feucht. Entweder sind unsere Hände zu steif, um sich an etwas festzuhalten, oder es ist der Schweiß, der sie abgleiten läßt.
Wie kann man bloß schwitzen, wenn es doch so kalt ist?
Immer müssen wir Golam vor uns herschieben und ihm sagen, tu dies und tu das nicht. Er scheint nicht zuzuhören,

tut es aber wohl doch, denn er macht, was wir ihm sagen – auch wenn wir's ihm mehr als einmal sagen müssen.

Von hier steigen wir auf und fallen wieder herunter.

Von da krallen wir uns hoch und landen krachend wieder auf dem Boden.

Schließlich bluten wir mehr als zu Anfang.

Wir geben nicht auf.

Aber weiter kommen wir auch nicht.

Matt ist der einzige, der anscheinend noch klettern kann,
aber er will nicht ohne uns hinauf.

Ich sag, vielleicht sollte er's allein versuchen und, wenn
er es schafft, vielleicht Hilfe holen. Aber darauf will er es
nicht ankommen lassen, denn wahrscheinlich ist niemand
draußen – außer vielleicht den TABS-Leuten, und was wir
von denen für Hilfe erwarten können, das wissen wir.

Ich bin froh, daß er uns nicht allein läßt, obwohl ich
meine, er sollte hinaufsteigen, wenn er's noch kann.

Wir setzen uns hin, um auszuruhn. Wir passen auf, daß wir
mit dem Arsch nicht auf Gesichter, Eier und Dinger zu
sitzen kommen. Nicht, daß noch viel davon übrig wäre,
von den Gesichtern, Eiern und Dingern der Leute. Trotzdem passen wir auf.

Worauf man sich auch nicht setzen sollte, sind spitze
Knochen. Davon liegen viele herum.

Während wir überlegen, wo wir uns hinsetzen sollen,
hat Matt eine Idee.

Manche Leichen sind nackt, manche nicht.

Wenn wir den nicht Nackten die Kleider ausziehen,
können wir daraus sowas wie ein Seil machen. Matt kann
dann hochklettern und das Seil herunterlassen, damit wir
uns dran hochziehen.

Das probieren wir.

Leider sind die meisten Sachen zu zerfetzt oder verfault, als daß wir sie gebrauchen könnten.

Dann achten wir auf Jeans. Sie sind aus festerem Stoff, und bei den neueren Leichen finden wir einige ziemlich starke. Sie sind nicht leicht auszuziehen. Sie kleben an den Körpern, entweder wegen der Kälte und Feuchtigkeit oder wegen des angetrockneten Blutes.

Nach vielem Suchen und Zerren haben wir einige gute und feste beisammen.

Wenn ich sage, wir, meine ich Matt und mich; Golam steht nur da und glotzt.

Die Jeans lassen sich gut zusammenbinden, denn man kann das eine Bein zum Verknoten nehmen, während das andere herabhängt.

Als das Seil lang genug ist, machen wir uns daran, unseren Plan in die Tat umzusetzen.

Mit einem Gürtel, den wir um irgendeinen Hals gefunden haben, schnallt sich Matt das Ende eines Hosenbeins um den Leib.

Dann beginnt er zu klettern.

Es ist nicht leicht, und mehrmals rutscht er ab, macht aber weiter.

Als er einen kleinen Vorsprung erreicht hat, auf dem er sitzen kann, bindet er das Seil an einem kleinen Felszacken fest und sagt zu Golam, jetzt kommst du!

Zum erstenmal hört Golam zu, sehr zu meiner Überraschung, und fängt an zu klettern.

Ich mache die Augen zu; ich kann's nicht ertragen, hinzusehen.

Jahre scheinen zu vergehn, bis ich Matt rufen höre, und jetzt du, Kimo!

Ich schaue hoch. Golam sitzt neben Matt auf dem Vorsprung.

Nun bin ich dran.

Ich bin so nervös, ich rutsche jedesmal wieder ab, wenn ich dem Vorsprung nur nahe komme.

Ich bin kurz vorm Heulen.

Matt sagt mir, mach einen Moment Pause, mach die Augen zu, atme tief und langsam!

Ich probier's.

Diesmal schaff ich's.

Der Vorsprung ist größer, als er von unten aussah. Wir bleiben alle ein Weilchen dort sitzen.

Es sitzt sich anders als auf Leichen.

Matt klettert weiter.

Er ist noch nicht allzu weit oben, als er einen Freudenschrei losläßt.

In der Felswand ist eine Spalte. Wie der Vorsprung ist sie von nahem besehen viel größer, als wir gedacht hatten.

Matt ruft, wenn er sich durchzwängen kann, dann brauchen wir vielleicht nicht das ganze Stück bis oben zu klettern.

Aber zuerst muß er sehen, was außerhalb der Spalte ist. Wenn dort nur eine steile Wand ist, nützt es uns nichts. Wenn ein anderer Felsen oder ein Vorsprung in der Nähe ist, sind wir in Freiheit.

Er lehnt sich aus der Spalte und schaut sich um. Draußen ist ein Sims, der zu einigen flachen Felsen hinführt, die von der Hauptmasse der Hügel vortreten. Sogar ein paar Bäume und Büsche sind zu sehen, wo wir uns, wenn nötig, anklammern oder verstecken können.

Schon wieder kann ich mich an vieles, was dann noch passierte, nicht mehr erinnern. Ich glaube, irgendwo zwischen den Büschen, auf halbem Weg zwischen der Totenhöhle und den Hügeln, sind wir umgefallen und eingeschlafen.

Als wir das nächste Mal aufwachen, ist wieder Nacht. Wir schlafen weiter. Als wir das nächste Mal aufwachen, wollen wir nicht mehr aufwachen. Wenigstens ich nicht. Und ebenso Golam.

Wir wollen nur liegenbleiben und weiterschlafen.

Nicht den kleinen Finger der rechten Hand will ich mehr rühren.

Ich bin sicher, Golam geht es genauso.

Aber Matt läßt uns keine Ruhe.

»Was, Ruhe?« sagt er. »Ihr habt jetzt schon viel zu lange nichts anderes mehr gehabt als Ruhe.«

Er schubst und zerrt und brüllt uns an, bis wir richtig wach sind.

Er sagt, er hat eine Wasserstelle gefunden, und wir müssen uns waschen.

Er hat auch Wurzeln und Blätter gesammelt, sogar eine Art Frucht, die wir essen sollen.

Wir haben keine Lust, den Mund aufzumachen, zu schlucken schon gar nicht; aber Matt zwingt uns.

Wir fühlen uns viel besser. Müde, aber besser.

Golam sagt immer noch kein Wort, glotzt aber nicht mehr ganz so wild drein.

Matt hat es aufgegeben, ihn zum Reden zu bringen. Er faßt ihn nur dann und wann bei der Hand, umarmt ihn oder drückt ihn an sich.

Wir gehen und gehen, viele Tage lang. Oder vielmehr Nächte, denn bei Tag schlafen wir.

Endlich sind wir aus den Hügeln und aus dem Gebiet der TABS heraus. Wir hoffen es wenigstens.

Wenn die TABS auch hier ist, wird es für uns noch gefährlicher, denn nun gehen wir über die sandigen Ebenen und können uns nirgends verstecken.

Die Dunkelheit ist unser einziger Schutz.

Ob wir Futter und Wasser finden, ist nun nicht mehr sicher.

Besonders Wasser, denn ein paar Wurzeln und Sträucher, von denen wir essen können, gibt es immer noch.

Wir sammeln die Blätter einer dicken, saftigen kaktusartigen Wüstenpflanze, in denen etwas Wasser gespeichert ist, und hoffen das Beste.

Sonst können wir nicht viel tun.

Wieder so eine Nacht.

Nicht lange nach Sonnenuntergang sind wir aufgebrochen, um Mitternacht haben wir ein Weilchen geruht, und nun sind wir wieder unterwegs.

Der Gedanke an unser Dorf und unsere Familien hält Matt und mich auf den Beinen. Matt und ich halten Golam auf den Beinen.

Plötzlich merken wir, wie der ebene Sandboden ein wenig klumpig, hart und wellig wird.

Wir blicken zu Boden.

In der Dunkelheit vor der Morgendämmerung können wir eben noch etwas wie Stücke von Baumstämmen erkennen.

Wir sind ein bißchen überrascht, denn wie kommen diese Bäume hier in die Ebene? Aber wir sind ja noch nicht weit von den Hügeln, darum denken wir, jemand wird Holz geschlagen und es hier verstaut haben, bis der Fluß wieder Wasser hat und es weggeflößt werden kann.

Als wir weitergehn, sehen wir Bäume überall, ringsum, so weit das Auge reicht.

Sie sind wackelig, und es geht sich schlecht auf ihnen. Wir suchen nach freiem Boden, finden aber keinen. Also beißen wir die Zähne zusammen und gehen weiter, denn umkehren wollen wir nicht.

Allmählich beginnt das Morgenlicht durch den Dunstschleier über der Wüste zu sickern.

Grad in dem Moment falle ich fast hin, weil ein Baum sich unter meinen Füßen bewegt.

Ich höre etwas wie ein Stöhnen, wie einen Wind, der durch die Bäume jault.

Wir sehen umher. Nirgendwo sind Bäume, außer den toten. Und Wind weht auch keiner.

Aber das Stöhnen ist unüberhörbar.

Es scheint noch lauter zu werden und dringt nun aus allen Richtungen auf uns ein.

Allmählich bekommt es einen eigenen, gebrochenen Rhythmus.

Über die gräßlichen Töne erhebt sich ein durchdringender Schrei.

Ein hohler Schrei.

Ein Schmerzensschrei.

Ein Schrei so voll Schmerz, daß die toten Bäume lebendig werden und sich zu regen beginnen.

Noch mal der Schrei. Es ist Golam. Sein Gesicht ist verzerrt.

»Ich seh sie«, schreit er, »ich seh sie, ich seh sie!«

»Wen siehst du?« sag ich, froh, daß er wieder etwas sagt, aber nicht so froh darüber, was er sagt und wie er es sagt.

»Geister«, schreit Golam, »ich sehe Geister! Die Geister des Kots!«

Als seine Worte die Luft durchbohren, setzen einige von den beweglichen Baumstämmen sich auf. Es sind gar keine Bäume, es sind Leiber.

Wir sind über Leiber gegangen. Diesmal aber über sterbende, nicht über tote.

Matt sagt: »Es wäre gut gewesen, wären sie uns gefolgt.«

Golam fängt an zu rennen.

Beim Rennen beugt er den Körper scharf nach vorn, die Arme knicken scharf in den Ellbogen ab, die Beine biegen sich scharf durch in den Knien, sein spitzer Hintern sticht scharf heraus.

Urkomisch sieht er aus.

Im Rennen schreit er.

Er rennt und schreit, schreit und rennt, rennt und schreit, immerfort rennt und schreit er über Leiber hinweg; Leiber von Männern, Frauen und Kindern, Leiber von Toten, Lebenden und Sterbenden.

Wir rennen Golam hinterher.

Alle rennen wir. Golam schreiend, ich brüllend, Matt redend: »O Gott, mein Gott, warum hast du uns verlassen und dich davongemacht?«

Es ist wie das Lager in Gonta und hat doch keine Ähnlichkeit mit dem Lager in Gonta. Es ist wie ein Gürtel rings um die Welt, weiter, weiter und immer noch mehr.

Überall abscheulich verrenkte Leiber, die Menschen nachäffen.

Golam rennt und schreit immer noch.

Ich renne und brülle immer noch.

Matt rennt und weint.

Wir machen ein solches Getöse, daß ein paar richtige Menschen von nirgendwo hervorkommen, um nachzusehen, was los ist.

Sie stehen in einiger Entfernung, mitten in den schwärenden Wunden der Welt, die sich selber verstümmelt.

Die richtigen Menschen kommen auf uns zu, mit behutsamen Schritten, um nicht auf die Leiber zu treten.

Teil V

MEIN FREUND MATT

(wieder eine Art Anfang, diesmal anders)

1

Ein alter Freund und neue Pläne

Wir sind alle ziemlich krank, nachdem uns die Leute, die sich um das Flüchtlingslager kümmern, gefunden haben.

Sie waschen unsere Wunden und Verbrennungen aus und verbinden sie, geben uns ein Medikament gegen unser Fieber und verordnen Ruhe.

Sie geben uns auch Porridge und Milch.

Anscheinend haben sie nur »begrenzte Vorräte«, und wenn wir auf die Pflege nicht sehr bald »ansprechen«, werden sie uns nur noch »unsere Zeit zu Ende bringen« lassen. Mehr zu tun, können sie sich nicht »leisten«, nicht mal in »besonderen« oder »exemplarischen« Fällen.

Wir wissen nicht recht, was das alles bedeutet, und trotzdem sind wir ihnen dankbar.

Sie machen allerhand Bilder von uns, besonders von den Stellen mit den Schnitt- und Brandwunden.

Sie machen auch eine »Ton-Aufnahme« mit einer langen Rede zu den Bildern, die mit den Worten endet: »... wenn Sie diese Bilder sehen, werden diese Kinder fast mit Sicherheit inzwischen tot sein.«

Es ist ihnen ziemlich unangenehm, als sie merken, daß wir Englisch verstehen, aber Matt sagt ihnen, keine Sorge! Wenn wir sterben müssen, müssen wir sterben.

Das hat Großmama Zottelzitz immer gesagt.

Etwa eine Woche haben wir so herumgelegen. Manchmal wissen wir, was um uns vorgeht, manchmal wissen wir's nicht. Sie scheinen die Hoffnung für uns aufgegeben zu haben. Wenigstens für Golam und mich.

Aus Matt werden sie nicht klug. Mal sieht er am schwächsten aus, mal am stärksten.

Ich kreisele und strudele abwärts, als ich eine kühle, sanfte Hand auf der Stirn spüre.

Ich erkenne sie sofort.

Wenn ich sage, ich erkenne sie, will ich nicht sagen, ich weiß, wessen Hand es ist. Ich will sagen, ich erkenne, es ist eine Hand, die ich kenne, auch wenn ich nicht genau weiß, wer das ist, dem die Hand gehört.

Aber ich weiß, es ist eine gute Hand. Die Hand eines Freundes.

Plötzlich fühl ich mich besser.

Aber ich weiß immer noch nicht, wer es ist.

Ich höre Matts Stimme. »Hallo, Alberto!«

Auch dann muß ich mich noch ein Weilchen besinnen, wer Alberto ist.

Natürlich, jetzt, wo ich's weiß, kommt es mir unglaublich vor, daß ich nicht gleich wußte, wer Alberto ist; aber als ich's nicht wußte, kam es mir nicht unglaublich vor, daß ich's nicht wußte.

Aber das zählt ja nun nicht.

Was zählt, ist, daß wir wirklich froh sind, Alberto zu sehen.

Bald fühlen wir uns auch wieder einigermaßen gesund.

Alle sind überrascht.

Golam aber ist immer noch nicht wieder ganz bei sich.

Sein Fieber ist weg, und seine Wunden sind nicht mehr so schlimm, trotzdem ist er noch nicht wieder ganz bei sich.

Alberto fragt nun, wie wir hierhergekommen sind und warum in diesem Zustand. Wir erzählen es ihm.

Wir fragen ihn, ob er weiß, ob die TABS das Versteck der RAFF herausgefunden hat.

Wir wissen wirklich nicht mehr, was wir den TABS-Leuten gesagt haben, als sie uns darüber zum Sprechen brachten.

Er sagt, davon weiß er nichts, aber er weiß, daß bei den Soldaten irgendeine große Geschichte im Gange ist.

Man hört so viele Gerüchte, und sie können nicht alle falsch sein.

Er sagt, er hat verschiedene Lager besucht, große und kleine, und kommt bald auch nach Gonta. Er sagt, er wird uns dahin mitnehmen, und wenn wir bereit sind, hier noch ein paar Tage zu warten, dann kann er uns in unserm Dorf absetzen, bevor er zum nächsten Lager weiterfährt.

Wir hören dies voll Freude.

Matt fragt ihn, ob er etwas über Tom und seine erbarmenswerte Frau weiß.

Alberto sagt, sie sind in Pasadena, California, USA.

Ich bin echt geschockt.

Matt nicht.

Er sagt, er hat's immer gewußt.

Klugscheißer!

Am nächsten Tag geht Alberto die Kranken und Hungernden besuchen, um zu sehn, ob er irgendwie helfen kann. Matt nimmt er mit.

Alberto kommt allein zurück.

Matt sehn wir nicht mehr, obwohl wir ihn überall suchen, wobei wir über viele Leiber hinwegstolpern und im Kot ausrutschen.

Viele Tage vergehen so, denn es ist ein großes Lager mit mehr Menschen, als ich mein Lebtag je gesehn habe; und Alberto möchte soviel Zeit wie möglich mit ihnen verbringen. Er freut sich, daß von den Kranken mehr wieder auf die Beine kommen, als er gehofft hatte.

Als es Zeit wird, daß wir fortgehn, kommt Matt zurück und sagt: »Es wird Zeit, daß wir fortgehn.«

Das sagt er mit Tränen in den Augen und mit einer seltsamen Miene, wie ich sie noch nie gesehen und seither nicht mehr vergessen habe.

Wir setzen uns hin und nehmen zusammen unsere letzte Mahlzeit ein.

Als ich den letzten Rest Porridge zusammenkratze, frage ich Matt, woher er gewußt hat, daß es für uns Zeit wird, fortzugehn.

Er sagt: »Ich weiß, was ich weiß.«

Ich schaue ihn an, dann schaue ich Golam an und sein Gesicht mit dem vergangenen Lächeln, sein einst wippendes Haar, das nun mehr da liegt, wo er den Kopf aufstützt, als oben auf dem Kopf; und ich frage Matt, wenn du schon so ein Klugscheißer bist, wieso kannst du dann Golam nicht helfen?

Matt sagt:

»Ich bin nicht die Sonne, ich bin bloß die Erde. Ich selber geb kein Licht. Ich kann nicht machen, daß es hell wird, bloß weil ich's will, egal, wie sehr ich's will. Er muß es auch wollen. Erst mal muß er wollen.«

Ich merke, daß es ihm nicht leicht fällt, sowas zu sagen.

Alberto ist ganz geschmissen von dem, was Matt sagt, und er ruft die Mutter Maria an, sie soll uns allen helfen.

Dann sagt er zu Matt: »Wenn du ›er‹ sagst, wen meinst du, Golam oder Jesus?«

Matt sagt: »Mach daraus, was du willst. Du bist älter als ich und weißt mehr. Ich kann nur leuchten, wenn sie leuchtet.«

Die ganze Zeit glotzt Golam grad vor sich hin, ißt nur wenig, ohne zu sehn, was er ißt.

2

Hena ist an der Macht

Wir sagen zu allen ein Dankeschön für Futter, Medizin und Kleidung, dann gehn wir mit Alberto aus dem Lager.

Wir sind noch nicht weit, als Golam plötzlich wie zu einem Baum erstarrt und keinen Schritt mehr gehn will.

Seine Füße sind angewachsen, die Augen starr, und sein Körper zittert wie der Schwanz einer Klapperschlange.

Wir sehen in seine Blickrichtung.

Da steht ein Jeep, khakifarben.

Wir wissen, wenn Alberto uns in dem mitnehmen will, kriegen wir Golam nicht mit hinein.

Golam denkt, das ist die TABS.

Zum Glück gehört der Jeep aber zum Lager.

Alberto sagt, er reist lieber mit dem Lastwagen, weil er manchmal Kranke mitnehmen muß. Außerdem, sagt er, ist Golam nicht der einzige, der vor der TABS und ihren Jeeps einen Horror hat. Darum macht er um alle Jeeps einen Bogen.

Also steigen wir in den Lastwagen und fahren los nach Gonta.

Auf dem ganzen Weg sehen wir lange Reihen von Leuten, die kaum mehr die Füße heben können, mit ihren Kindern und dem bißchen, das sie nicht zurücklassen wollen, auf der Suche nach Nahrung und Wasser.

Wir fahren immer weiter, mit Unterbrechungen über einen Tag und eine Nacht lang.

Endlich sind wir in Sichtweite von Gonta.

Was wir sehen, läßt uns jäh anhalten.

Die Straße ist verstopft mit vielen Jeeps, und eine Anzahl Soldaten stehn da und kontrollieren jeden, der raus oder rein will.

Ein Glück, daß Golam hinten im Wagen liegt und daß die Sonnenblenden heruntergelassen sind, damit er nicht wieder Fieber bekommt. Darum sieht er die Soldaten nicht.

Um die Wahrheit zu sagen, auch Matt und mir ist der Schreck in die Knochen gefahren, aber wir werden damit fertig.

Ich hoffe wenigstens, wir werden damit fertig. Alberto will nichts riskieren. Schnell läßt er uns beide auch nach hinten umsteigen. Dann fährt er weiter. Ich denke, es wird nur schlimmer, wenn wir jetzt wenden und die Soldaten auf die Idee kommen, uns zu verfolgen.

Bald werden wir von den Soldaten angehalten. Ich habe selber Herzklopfen, aber ich mache mir noch mehr Sorgen um Golam. Um seinetwillen ebenso wie um unseretwillen. Wenn er jetzt anfängt zu schreien, kommen wir vielleicht alle in Schwierigkeiten.

Matt legt die Arme um ihn und hält ihn nieder.

Durch einen Spalt in der Plane sehn wir, daß Alberto ausgestiegen ist und mit den Soldaten weggeht. Sie scheinen ganz ernsthaft miteinander zu reden.

Und so geht das immer weiter, so lange, bis wir noch besorgter werden.

Als Alberto endlich zurückkommt, ist Golam eingeschlafen.

Wir fahren weiter, denn vom eigentlichen alten Kern des Dorfes Gonta sind wir immer noch ein Stück weit weg, und noch weiter weg vom Lager, das auf der anderen Seite liegt, wo es zu unserm Dorf hin geht.

Überall Soldaten.

Ich habe noch nie im Leben so viele Soldaten gesehn.

Die Furcht vor ihnen packt mich fast so schlimm wie Golam.

Ich bin heilfroh, daß Alberto bei uns ist. Ich weiß nicht, was wir sonst gemacht hätten – oder, was wohl wichtiger ist, was die mit uns gemacht hätten. Alberto hält vor einem kleinen Gebäude, das zu dem kleinen Krankenhaus gehört.

Wir steigen aus und schauen umher, ob keine Soldaten zu sehn sind. Golam ist nun wach, und wir wollen ihm nicht noch mehr angst machen, als er schon hat.

Matt fragt Alberto, als wir in das Gebäude gehn, warum Millionen und Abermillionen Menschen (ihr kennt ja Matt, wenn er mal loslegt!) in dem Lager gewesen sind, aus dem wir grad kommen, wo es doch in dem Krankenhaus hier viel besser zu sein scheint.

Alberto sagt, das Lager ist in der Nähe von Bader, wo der wichtigste Flughafen ist und wo alle Lebensmittellieferungen und Medikamente erst einmal ankommen. Darum wollen alle dorthin. Niemand wird näher an Bader herangelassen, darum lagern alle dort. Jeden Tag wird das Lager größer und größer. Und je größer es wird, desto schlimmer wird es.

Inzwischen sind wir ins erste Zimmer links eingetreten. Ein oder zwei Leute sind dort, aber niemand, den wir kennen.

Nachdem Alberto sie begrüßt hat und so weiter, nimmt er uns beiseite und sagt: »Nun sagt mir doch mal bitte die Wahrheit: Was hattet ihr eigentlich vor?«

Wir sind überrascht, daß er uns das fragt, und wir sagen ihm, daß wir überrascht sind, daß er uns das fragt.

»Wir sind überrascht, daß du uns das fragst«, sagen wir.

Sag ich, jedenfalls.

Matt schaut Alberto bloß überrascht an.

Golam glotzt ohne Überraschung ins Leere.

Alberto ist eine ganze Weile still, sieht uns in die Gesichter und in die Augen, als ob er herausfinden will, ob wir nun wirklich überrascht sind oder bloß so tun.

Er kann sehn, wir sind wirklich überrascht, daß er uns das fragt.

»Manche von diesen Soldaten suchen ganz speziell nach euch.«

Im Moment, wo er das sagt, wird Golams Gesicht wie verbranntes Holz. Er fängt an zu zittern wie der Schwanz der Klapperschlange.

»O Gott«, sagt Alberto, »das hätte ich nicht sagen dürfen!«

Aber zu spät.

Trotzdem gelingt es uns, Golam zu beruhigen. Wir geben ihm einen Schluck kostbares Wasser und nehmen ihn in die Arme.

Währenddessen möchten wir zum Verrecken gern wissen, was los ist und warum die Soldaten uns suchen.

Matt sagt: »Wo du schon mal soviel gesagt hast, sag uns am besten alles. Wenn Golam soviel weiß, kann er auch das übrige wissen. Das ist oft besser, als wenn man nur die Hälfte weiß.«

»Aber viel mehr weiß ich nicht. Darum geht's doch«, sagt Alberto. »Darum frag ich doch euch. Ich dachte, ihr müßtet was wissen. Schließlich würden die Soldaten doch nicht ihre Zeit mit der Suche nach euch verschwenden, wenn es nicht irgendeinen Grund gäbe. Sie hatten sogar Fotos von euch.«

Dazu fällt uns nichts mehr ein.

»Das kann doch wohl nicht mit dem Coup zu tun haben«, sagt Alberto nach einer langen Pause, mehr zu sich selbst als zu uns.

»Was für ein Coup?« sagt Matt und springt in seiner Ecke vom Boden auf.

»Was ist das, ein Coup?« sag ich, ohne in meiner Ecke vom Boden aufzuspringen.

»Ein Staatsstreich, sowas wie ein Regierungswechsel«, sagt Alberto zu mir. Dann zu Matt: »Nichts Aufregendes. Der eine General hat dem andern die Macht abgenommen. Passiert öfters mal. Ich glaube nicht, daß sich deshalb viel ändert.«

»Ich glaube, doch«, sagt der eine von den Männern im Zimmer.

»Wer ist der neue General?« fragt Matt und setzt sich wieder hin, weil seine Aufregung sich legt.

»Ein General Dnomo«, sagt Alberto. »Den Namen hab ich schon mal gehört, aber sonst weiß ich nichts über den.«

»Es ist nun mal nicht viel über ihn bekannt«, sagt ein anderer Mann. »Er hat schon immer ziemlich viel zu sagen gehabt, nach dem wenigen, was ich gehört habe, aber mehr hinter den Kulissen. Hatte was mit dem Verteidigungsministerium zu tun.«

»Mit was auch sonst!« sagt der erste.

»Ein Linker?« fragt Alberto.

»Das weiß niemand. Das ist ja das Problem«, sagt der andere. »Jetzt liegt schon eine Vierfronten-Spaltung in der Luft. Die Soldaten, die noch zu Tako halten, und die andern, die hinter Dnomo stehn, auf der einen Seite; die militanten Rebellen unter Jabbar und die Friedenspfeifer-Rebellen unter Mobu auf der andern Seite. Diese letzteren wollen sich mit Dnomo zusammensetzen, um zu sehn, ob sie sich einigen können; aber das wird nicht leicht sein, besonders wo Takos und Jabbars Anhänger wild entschlossen dagegen sind.«

»Komisch, daß die beiden, die sich so hassen, diesmal noch am ehesten miteinander einig sind«, sagt der erste.

»Ist das nicht oft so«, sagt der zweite, »traurigerweise?«

»Und solange das alles nicht klar ist«, sagt Alberto, »wird die ganze Welt schön stillhalten. Die Entscheidung, ob man den Hungernden nun Hilfe schickt oder nicht, wird davon abhängen, auf welche Seite sich Dnomo schlägt.«

»Stimmt.«

Matt hat sich alles angehört und gerät immer mehr in Erregung.

»Hena«, sagt Matt leise.

Ich versteh ihn nicht. Ich sage, ich versteh dich nicht.

»General Dnomo ist Jak«, erklärt Matt.

Ich verstehe immer noch nicht. Aber das kümmert niemanden.

»Wer ist Hena?« fragt Alberto.

»Die kennst du doch«, sag ich zu ihm, »unsere Hena.«

Alberto kuckt, als ob er uns nicht glaubt.

»Hena«, sagt der erste von den beiden Männern, »unter den Stadtkindern als Hena die Hure bekannt. Eine kleine Göre, vor der große Männer sich fürchten. Jedenfalls haben wir das hier so gehört.«

»Du machst Witze!« sagt Alberto.

»Ich weiß eigentlich gar nichts ganz sicher«, sagt der Mann, »bis auf das eine. Daß ich jetzt ganz sicher keinen Witz mache.«

»Kein Wunder, daß die Soldaten nach uns gesucht haben«, sagt Matt. »Hena muß die Lösegeldforderung bekommen haben. Sie wird auch von Reza erfahren haben, daß wir nicht mehr bei der RAFF sind. Darum hat sie die TABS-Leute nach uns ausgeschickt. Sie muß ihnen die Fotos gegeben haben, die Jak von uns gemacht hat. Seltsam!«

»Jetzt sind die Soldaten nicht mehr von der TABS«, sag ich und will einmal klüger sein als Matt. »Von der DABS vielleicht, aber nicht von der TABS.«

»Von was in aller Welt redet ihr da?« sagt der erste von den Männern.

»Wie gut kennt ihr denn diese Hena?« fragt der zweite.

»Nur allzu gut«, sag ich.

»So gut nun auch wieder nicht«, sagt Matt.

»Mann!« sag ich, nachdem alle andern von dem Thema abgekommen sind, »wenn ich mir das vorstelle, all die Soldaten – und die suchen nach uns!«

»Da muß ich dich schleunigst desillusionieren«, beginnt Alberto, »aber ...«

»Schleunigst was?« sag ich, ohne die Absicht, unhöflich zu sein.

»Es tut mir leid, dich enttäuschen zu müssen«, beginnt er von vorn. »Ach, entschuldige! Vergiß es. Ich meine, die suchen nicht alle nach euch. Die meisten sind hier, um dafür zu sorgen, daß es wegen der neuen Regierung keinen Ärger gibt.«

Ich bin wirklich ein bißchen enttäuscht, das zu hören. Meinetwegen auch desillusioniert, egal, was das heißt.

Aber froh bin ich auch.

Der Gedanke, daß da Hunderte von Soldaten nach uns suchen, ist schon ein bißchen beängstigend, sogar wenn unsere Hena sie geschickt hat.

Wir müssen uns nun schnell entscheiden, was wir machen wollen.

Golam, in dem Zustand, in dem er ist, geht auf keinen Fall mit den Soldaten. Ich, ehrlich gesagt, bin auch nicht scharf auf ihre Begleitung. Wer weiß, ob die Regierung nicht gleich noch mal wechselt. Oder sowas. Auf die Soldaten möchte ich mich lieber nicht verlassen.

Wir könnten einfach weitergehn zu unserem Dorf, aber es ist ziemlich wahrscheinlich, daß Hena sich schon an unsere Familien gewandt und sie vielleicht sogar nach Bader geholt hat.

Obwohl wir ehrlich froh sind, daß wir diesen Tako los sind und daß unsere Hena in unserm Land nun was zu sagen hat, wissen wir doch nicht so recht, was wir als nächstes tun sollen. Aber ich denke, das habt ihr inzwischen auch schon kapiert.

Matt sagt, das beste wäre, wir bleiben hier und schicken irgendwie eine Nachricht an Hena, und sie kann Reza oder irgendwen, der kein Soldat ist, herschicken, um uns zu holen.

Der Plan klingt gut, aber dabei gibt es zwei Probleme.

Das erste ist, wie wir die Nachricht zu Hena bekommen, ohne daß die Soldaten davon erfahren.

Das zweite ist, daß wir nach all der Zeit so begierig sind, unsere Verwandten wiederzusehn, daß wir am liebsten gleich weiter zu ihnen möchten. Ich brenne sogar darauf, meine große Schwester wiederzusehen, die ich hasse.

Aber, wie schon gesagt, vielleicht sind sie gar nicht mehr da.

Unsere Pläne drehn sich im Kreis.

Alberto sagt, schlaft erst mal drüber und entscheidet euch morgen. Wenn ihr ausgeruht und erfrischt seid, habt ihr auch bessere Ideen, sagt er.

Leider wird es nichts mit dem Ausruhn und Sich-Erfrischen. Nicht mal zu einer richtigen Nachtruhe reicht es, denn mitten in der Nacht werden wir durch Rauch und Feuer geweckt.

3

Staub, Asche und Dallas

Matt ist als erster auf den Beinen und sieht nach, was los ist. Zu uns sagt er, Beeilung, macht, daß ihr hier rauskommt – zu uns, das heißt, Golam, mir und zwei von den Männern, die im Lager helfen, Madru und Dano. Wir liegen in einem offenen Schuppen vor einem der Räume, wo die Medikamente aufbewahrt werden.

Zu Madrus und Danos Job gehört es, dafür zu sorgen, daß die Medikamente sicher verwahrt und nicht gestohlen werden oder sonstwas. Nicht, daß irgendwer sowas tun würde, aber trotzdem, besser, man geht auf Nummer Sicher, wie die Ärztin sagt.

Draußen, als wir völlig wach sind, erleben wir den seltsamsten und schönsten Anblick, den wir je gesehn haben, und hören die seltsamsten und schrecklichsten Töne, die wir je gehört haben.

Ich wenigstens.

Es ist, als ob man das alte Leben hinter sich hat und nun ein neues anfängt, und da sieht man erst mal die ganze alte Welt mit allen Spuren des alten Lebens verbrennen, zur Vorbereitung auf das neue Leben.

Großmama Zottelzitz hat mal von der großen Brandnacht geredet. So muß das sein. Nicht wie das Küchenfeuer, auch nicht wie das große Krachen im Buschwald vor all den Jahren.

Flammen fliegen so weit, wie nur die Geister fliegen können, und noch weiter – nur geht es nicht weiter.

Der Staub, der unter den tobenden Füßen der Halbtoten aufgewirbelt wird, die von den Toten wegrennen, mischt sich in die Flammen und brennt; seine zarten Pünktchen flackern und blitzen und tanzen umher wie wahnsinnig gewordene Sterne.

Der Geruch der brennenden Leiber ist wie der Geruch von Brot, wenn es gebacken wird.

Manche sagen, das Feuer ist in dem kleinen Schuppen an der Bushaltestelle ausgebrochen, wo das Benzin aufbewahrt wird. Manche sagen, es ist in einer von den kleinen Stroh-hütten ausgebrochen.

Manche sagen, es ist in dem Raum ausgebrochen, wo die Medikamente verwahrt werden.

Wir wissen nur soviel, daß es in dem Raum, wo die Medikamente verwahrt werden, nicht ausgebrochen ist.

Manche sagen, es ist von den »neuen« Soldaten gelegt worden, die ihre Macht zeigen wollten.

Manche sagen, es ist von den »alten« Soldaten gelegt worden, die ihre Wut herauslassen wollten.

Manche sagen, es ist von selbst ausgebrochen. Manche sagen sogar, es wurde von den Geistern angezündet, die den Menschen ihre Sünden heimzahlen wollten.

Wir wissen nur soviel, daß es irgendwie irgendwo aus-gebrochen ist und daß es nun überall ist.

Als ich immer noch zu benommen bin, um mehr zu tun als zu staunen – da geschieht es.

So schnell, daß ich nicht merke, es geschieht, bis es geschehen ist.

So langsam, daß es immer noch geschieht.

Matt taumelt vorwärts, und in null Sekunden ist er voll in Bewegung. Er steht im Feuer der brennenden Hütten bei den brennenden Leuten.

Ich will ihm nach, ihn festhalten, zurückschleppen; aber Madru und Dano packen mich bei den Armen, so fest, daß ich mich nicht losreißen kann.

Ich erinnere mich an die Hitze, die Einsamkeit und die Schönheit. Seltsamerweise, denn ich zitterte vor Kälte, war umringt von Leuten und verschlungen von der Häßlichkeit.

Nachdem Matt viele Leute herausgeholt hat, fängt er zu brennen an. Er versucht noch mal zurückzurennen, um zu sehn, ob er noch was tun kann, begreift aber auf halber Strecke, er schafft's nicht.

Dann dreht er sich zu uns um, als ob er kommen und ein letztes Lebwohl sagen will, aber er kann nicht.

Er steht da wie festgewachsen auf dem brennenden Sand und brennt.

Er hebt die Arme, als ob er uns umarmen will; der ganze Körper ist eine Flammenglut.

Das ist der Moment, wo ich anfange zu schreien. Ich achte kaum auf einen Haufen Männer in weißen Gewändern, mit weißen Kapuzen über den Köpfen, um die Gesichter vor den herüberwehenden Flammen zu schützen; sie stehen herum und schauen zu, wie Matt brennt.

Dano hält mich immer noch fest, aber Madru läßt mich los und sagt in blankem Unglauben: »Wo in aller Welt kommen denn die her?« Seine Stimme ist gedämpft und voll Furcht. Ich schreie weiter, und Matt brennt weiter, und die Männer in Weiß mit den weißen Kapuzen schauen weiter zu.

Golam dreht sich zu Madru hin und sagt: »Dallas.«

Das Rot am Himmel ist nicht nur der Widerschein des Feuers.

Der Wind wirbelt und heult. Ein Sandsturm von höchster Gewalt bricht los, weil alle Geister der Wüste stöhnen, ächzen und jammern vor Zorn über die Störung durch das Feuer.

Kein Wunder, daß jeder, der noch rennen kann, weggerannt ist.

4

Das Kotkreuz

Wir sind mit der ziellosen Karawane der Kranken, Verbrannten und Hungernden gegangen, Golam und ich.

Wir gehen irgendwo lang, wohin, wissen wir nicht.

Wir gehen eben. Schleppen uns von hier nach da.

Wir wissen nicht, wo Alberto ist. Wir wissen nicht, wo irgendwer ist, den wir kennen.

Um die Wahrheit zu sagen, ich weiß nicht, wo Golam ist. Ich schaue den Skelly neben mir an.

Sein Kopf ist kahl, mit einer großen, wuchernden Brandwunde, wo einmal das dichte, wippende Haar war. Im Mund hat er faulende Gaumenstümpfe statt der blitzenden Zähne. Die seidigschwarze Haut ist an manchen Stellen trocken und schuppig, an anderen Stellen eiternd und nässend.

Nun gehen wir nicht mehr.

Golam kommt keinen Schritt weiter.

Um die Wahrheit zu sagen, ich komme auch keinen Schritt weiter.

Überall wär ich lieber als hier – sogar in Pasadena, California, USA –, aber ich kann mich nicht mehr dazu aufraffen, irgendwohin zu gehn.

Der arme Tom! Der hatte also auch nur zwei Eier.

Ich suche nach meinen Eiern. Es scheint, ich habe gar keine.

Komische Sache!

Finde ich, wenigstens.

Ich versuche zu lächeln, aber mein Gesicht ist zu steif und gespannt. Ich fürchte, es platzt und splittert, wenn ich lächle.

Golam stößt ein leises Quieken und ein bißchen Kot aus und stirbt.

Ich danke den Geistern.

Ich möchte Golams Körper unter einen Busch legen, aber ich kann ihn nicht hintragen. Ich versuche, ob ich ihn schleifen kann. Es geht.

Aber leicht ist es nicht. Erst muß ich mich hinlegen und mich selbst weiter schleifen − das ist leichter als laufen −, dann zieh ich ihn hinter mir her durch den Sand.

Es ist ein Meer von Sand. Ich kann einen Busch sehn. Er ist wie eine Insel. Er ist immer gleich weit weg, egal, wie nah ich ihm komme.

Ich geb es auf.

Es hat sowieso nicht viel Sinn, den Busch zu erreichen.

Es ist besser, die Bussarde finden Golam gleich hier. Wenigstens gibt er ihnen dann Futter.

Ich ziehe ihm seine Lumpen aus, säubere sie und decke sie über seinen Körper.

Der Wind weht sie davon.

Ich wollte, ich könnte neben seiner Leiche ein kleines Kreuz machen.

Ich weiß, Golam hat sich die Seele nicht retten lassen, aber ich glaube, ihm wär es so recht.

Matt jedenfalls hätte es so gemacht.

Ich habe nichts, womit ich ein Kreuz machen könnte.

Ich nehme eine Handvoll Sand und streue Golam ein Kreuz auf die Brust.

Der Wind weht es davon.

Dann habe ich eine Idee.

Ich wische etwas Kot von Golams Schenkeln ab. Er ist noch warm und frisch.

Ich streiche Golam ein Kreuz von Kot auf die Brust.

Das weht der Wind nicht weg.

Mit dem Blut in dem Kot sieht es richtig hübsch aus.

Ich lege meinen Kopf auf Golams Brust, mehr zur einen Seite hin, damit ich das Kotkreuz nicht verschmiere. Ich schlinge meine Arme um seinen Leib und lege mich neben ihn.

Ich kann mich erinnern, daß ich das vor Jahren schon mal tun wollte.

Ich schlafe ganz glücklich ein.

Mein Freund Matt

Ich werde von meinem Freund Matt geweckt. »Wach auf«, sagt er mit der sanftesten Stimme, die ich je gehört habe. »Wach auf, die Zeit ist da!«

Ich strecke und krümme mich gleichzeitig, wie eine Katze, zufrieden und glücklich. »Die Zeit ist da, wo du mich ablösen mußt«, sagt Matt.

»Du bist nun die Erde; und die Erde ist dein.

Ich werde auf dich scheinen, wenn du dunkel bist.

Ich werde auf dich regnen, wenn du durstig bist.

Ich werde dir lächeln, wenn du froh bist.«

Er fährt mir durchs Haar und lächelt.

Seine Tränen fallen wie Tau auf mein Gesicht. Aus Tau wird Regen, sanfter Regen. Wie Tau. Wie Matts Tränen.

Ich blicke zu Matt auf. Draußen fällt ein sanfter Regen.

Er fällt auf alles, was ich sehen kann.

Mein Bauch wird voll mit Freude.

Ich lächle Golam an, Matt, Hena.

Dada faßt mich um die Schultern. Mam umarmt mich.

Ich komme mir wie eine Blume vor.

Ich komme mir wie Gras vor.

Ich komme mir wie ein Baum vor.

Und wieder komm ich mir wie ein Baum vor. Warum auch nicht? Schließlich sind die Geister von Bäumen unsere Verwandten. Fragt die Großmama Zottelzitz, wenn ihr es mir schon nicht glaubt.

Ken Bugul
Die Nacht des Baobab
Aus einem senegalesischen Dorf kommt Ken Bugul nach Europa. Sie berichtet, was es bedeutet, unter Weißen schwarz und schön zu sein.
192 Seiten, UT 10

Buchi Emecheta
Zwanzig Säcke Muschelgeld
Nnu Ego hat ihrem Vater zwanzig Säcke Muschelgeld eingebracht, obwohl er mit ihrer Mutter nicht einmal verheiratet war; denn die stolze Ona hatte es immer abgelehnt, die untergebene Ehefrau zu spielen. Dafür gerät Nnu Ego um so tiefer in die Maschen der Forderungen an eine »vollwertige afrikanische Frau«.
264 Seiten, UT 14

Etienne van Heerden
Geisterberg
Der weiße Siedlerclan der Moolman, seit Generationen mit ihrem dunkelhäutigen, aber blauäugigen Seitenzweig verbunden, besitzt ihren Grund und Boden nicht nur, sondern ist besessen von ihm, besessen von den geheimnisvollen Kräften des Wassers, das sich tief unter der dürren Erde verbirgt, wo Traum und Wirklichkeit, Vergangenheit und Zukunft, Leben und Tod verfließen.
376 Seiten, gebunden

Giselher W. Hoffmann
Die Erstgeborenen
Der alte Ecksteen, Betreiber eines kleinen Kramladens in einem trostlosen Ort in Namibia, hat seinen Traum, in der Kalahari Diamanten zu finden, nie aufgegeben. Es kommt zu einer verhängnisvollen Begegnung mit einer Sippe der Gwi, der »Erstgeborenen«, wie sich die Buschleute nennen. Ein einfühlsamer, spannender und anspruchsvoller Abenteuerroman um Leben und Überleben in der Kalahari-Wüste. 440 Seiten, UT 38

Bestellen Sie unseren kostenlosen Verlagsprospekt:
Unionsverlag, Rieterstrasse 18, CH-8059 Zürich

Literatur aus Nordafrika im Unionsverlag

Tahar Ben Jelloun
Der öffentliche Schreiber
Ein rätselhafter öffentlicher Schreiber erzählt den gewundenen Lebensweg eines jungen Marokkaners – ein Leben der heftigsten Sehnsüchte und bittersten Enttäuschungen. 192 Seiten, UT 56

Tahar Ben Jelloun
Das Gebet für den Abwesenden
Eine geheimnisvolle Reisegesellschaft zieht von Fès durch ein mythisches Marokko in das Land der majestätischen Sandflächen: Sindibad, Gelehrter mit wachem Verstand, der an einer unglücklichen Liebe zerbrach, Boby, der lieber ein Hund wäre, und Yamna, die ehemalige Prostituierte. 208 Seiten, UT 70

Rachid Boudjedra
Der Pokalsieger
Das Fußballstadion während des Pokalfinales, das ganz Frankreich verfolgt, wird zu einem Schauplatz des Algerienkrieges.
264 Seiten, gebunden

Rachid Boudjedra
Die Verstoßung
In einem halluzinatorischen Monolog erzählt ein junger Algerier die traumatischen Fetzen seiner Kindheit: die Verstoßung durch den Vater, der ein fünfzehnjähriges Mädchen heiratete.
280 Seiten, gebunden

Driss ben Hamed Charhadi
Ein Leben voller Fallgruben
Als seine Familie nach Tanger umzieht, verliert er sich im Gewühl der neuen Stadt. Er sucht Arbeit und findet selten welche. Huren locken, Geld rinnt durch die Finger. 352 Seiten, UT 22

Bestellen Sie unseren kostenlosen Verlagsprospekt:
Unionsverlag, Rieterstrasse 18, CH-8059 Zürich

Bei Klett-Cotta ist erschienen

James Hamilton-Paterson
Seestücke
Das Meer und seine Ufer
Aus dem Englischen von Hans-Ulrich Möhring
324 Seiten, Leinen
ISBN 3-608-93672-6

Sieben Zehntel des Erdballs besteht aus Ozeanen.
Sieben Zehntel des menschlichen Körpers besteht aus Wasser.
Hamilton-Paterson bereiste die Weltmeere, er betrat die Küsten auf
seiner Suche nach Seefahrtsgeschichten, Anekdoten, Dokumenten. Er
trug sie zusammen, um uns bewußt zu machen, wie fundamental
unsere Weltsicht von den ozeanischen Kräften geprägt ist.

»Erkundungen zwischen Fakt und Fiktion, Südsee und Arktis,
brillante Geschichten über ›das Meer und seine Ufer‹.«
H. Hintermeier/Abendzeitung

»Seit Melville und Conrad hat das Meer keinen berufeneren
Fürsprecher gefunden.« *U. Baron/Rheinischer Merkur*

Klett Cotta, Postfach 10 60 16, 70049 Stuttgart